이 책은 당신에게 아무 도움이 되지 않는다

이 책은 당신에게 아무 도움이 되지 않는다

발행일	2021년 5월 31일		
지은이	이아도		
펴낸이	손형국		
펴낸곳	(주)북랩		
편집인	선일영	편집	정두철, 윤성아, 배진용, 김현아, 박준
디자인	이현수, 한수희, 김윤주, 허지혜	제작	박기성, 황동현, 구성우, 권태련
마케팅	김회란, 박진관		
출판등록	2004. 12. 1(제2012-000051호)		
주소	서울특별시 금천구 가산디지털 1로 168, 우림라이온스밸리 B동 B113~114호, C동 B101호		
홈페이지	www.book.co.kr		
전화번호	(02)2026-5777	팩스	(02)2026-5747

ISBN   979-11-6539-803-3 03810 (종이책)   979-11-6539-804-0 05810 (전자책)

(주)북랩 성공출판의 파트너

북랩 홈페이지와 패밀리 사이트에서 다양한 출판 솔루션을 만나 보세요!

홈페이지 book.co.kr   •   **블로그** blog.naver.com/essaybook   •   **출판문의** book@book.co.kr

작가 연락처 문의 ▸ ask.book.co.kr

작가 연락처는 개인정보이므로 북랩에서 알려드릴 수 없습니다.

/ 이아도 인문 에세이 /

이 책은 당신에게 아무 도움이 되지 않는다

당신이 보고 느낀 그것이 옳다!

그저 보고 느낀 당신의 마음이 옳다!

북랩 book Lab

이 책은 '순환의 소설'이다. 내용의 모든 것이 '사실이 아니다.'
위의 문구가 장치다. 제목도 장치다. 책 전체의 대전제다.

이 책의 내용은

'사랑'이란 '없다.'

사랑 = 없다 (이 두 단어는 완벽한 동의어다.)

이토록 단순한 딱 하나의 사실을 독자가 '느끼게' 하는 것(어느 순간 그날에)이 필자의 시도다. '없음'을 '느끼게' 하는 '시도'.

(전 세계 모두가, 80억에 다다르는 현 인류 전체가, 그리고 이제까지 역사 전체를 통틀어 아무도 '얘기하지 못하는' 단 하나의 사실. 모든 것이 비틀리고 모든 것이 엉망이 되어가는 현실 그 자체의 전부. 세계 자체의 사실. 종교, 과학, 학문, 정신질환, 육체질환, 불로초의 비밀. 신 그 자체의 비밀.

모든 것이 위 한 단어. **'사랑'** 이것이 **'없음'**과 **동의어**임을 끝끝내 인지하지 않기 때문에 밝히지 못한 것이다.(못하지 않고 안 한다. 이유가 있다. 당신이 옳다.) 글로 전달이 안 된다. 그래도 '글밖에' 방법이 없다. (글 바깥쪽에 방법은 없다 ⇒ 세계에 방법이 없다. ⇒ **내 안에 있다** ⇒ 그리고 '나서 보니 밖에도 이미 있다. ⇒ 당신이 있다. ⇒ 당신이 옳다.)

아무도 못 밝힌 것에 이유가 있다. 책 전체를 필자는 꼬아놓지 않는다. 있는 그대로 직설적으로 쓴다. 그래도 독자는 읽으면서.

"뭔가 이상하다" 할 것이다. '정리가 안 된 듯하다' 할 것이다.

그래서 아무도 못 밝히는 것이다. (누가, '내'가 밝히지 못함 = 빛을 스스로 뿜지 못함. = '나'는 '현실에서 어길 수 없는' 규칙상 봉쇄.)

우리 모두가 '하나'로 연결되어 있고.

빛을 누군가 스스로 뿜으면 바로 들켜서 처형.

'내'가 배신자니까.

이 책을 쓰는 이유 = '나'를 위해서.

이 책은 아무것도 요구하지 않고, 철학적 사유도 아니고 종교를 비하하는 것도 아니며, 언어를 희롱하지도 않는다. 과학을 욕하지 않고, 그저 딱 하나의 사실

사랑은 없다. 사랑은 지금 이 순간 존재 안 한다.

따라서 우리가 느끼는 감정은 거짓이다.(그런데 만든 이유가 있다. 당신이 옳기에.)

(사랑에서 모든 '감정이라 불린 것'이 출발한다.)

우리 인간은 감정이 있기에 사람이고, 감정을 없애면 우리가 신이며, 이 신격을 되찾을 방법이 봉쇄되어 있기에 사랑이 아무리 없음을 알아도, 감정을 느끼게 된다. 그렇게 정해져 있다. 특정인들이 감정이 없어 보여도 없는 체하기에 그렇게 보인다.

감정을 최대치로 없애도 완전한 제거가 불가능하기에 없음을 알아보는 책이다.

(다 못 없앤다. 현실에 순수한 0은 없다. 현실 자체가 '있음'을 전제했기에 '없음'을 개념화 못한다. = 순수한 영(0)혼이 없음(혼=신격이 있음) ⇒ 빛은 나에게서 나오니 나를 볼 방법이 없음 → 나의 형체라도 알고 싶어 그림자(어둠)를 만듦 → 어둠은 나를 비추지 못함 → 나를 비추는 거울(물)

을 만듦 → 내가 나를 보니 내가 있음 → 내가 있으니 세상도 있음 → 내가 세상이니 재미가 없음 → 재미가 있으려면 내가 나를 몰라야 함을 깨달음 → 내가 있는지 없는지 알 수 없는 방법을 찾음 → 있었지만 없어졌고, 없었지만 있어짐을 발견. 파동의 입자화를 창조 → 파동의 감각을 표현하니 살았다 죽었다 하는 기의 분위기 즉 기분. → 이름을 정함. 죽었나 살았나 하니 방향성을 느낌 '네' 방향(4차원)을 느낌 → 네 방향이랑 내가 함께 있음 → 이름이 기니까 귀찮음 → 네 방향은 4라고 정함 → 사랑 내가 함께 있음 → 사랑 내가 있음 → 사랑 여기 있음 → 사랑이 어차피 나니까 그냥 사랑이 있음 → 어? 나 어디 있지? → 나 없으니 나 무임. → 나'무'를 심음(세계수) → 나 아직 없음. 사랑은 있음 → 나무 옆에 사랑을 걸어두니(나무 옆에 내가 있으니) '사'와(과) 나무 함께 있고 나는 없음 → 사랑과 나무의 그림자인 어둠이 함께 있음 → 사랑은 나니까 빛이 나고 나무는 나없음이니 그림자 → 나무의 형태가 땅에 두꺼움이 있고 위로 길게 뻗으며 나뭇가지가 양쪽으로 나고 위는 풍성한 잎이 있음 → 나는 없으니 나는 나무인가 저 빛은 무엇인가. → 사람(사랑)이 나무를 닮음 → 나무가 되니 나(거울=물)를 식함(먹음) → 혼돈의 창조 → 선악(기쁨, 슬픔)이 창조(혼돈이 풀릴 듯할 때 기쁨, 이것도 아닌가 할 때 슬픔 ⇒ 순수한 영혼이 없음 = '더러운' 영혼으로 둔갑. ⇒ 죄'의식'의 창조 ⇒ 어느 곳에? 당신이 있는 그대로 있음에. ⇒ 어디에? 내 안에 ⇒ 나는? 없음 ⇒ 너(네, 네 방향) = 사랑은? 내 안에 있음 ⇒ 나는? 없음 ⇒ 너는? 내 안에 있음 내 아내? 내 아내가 어디 있지? → 뒤집힌 마음(음마, 심음, 음심)대로 여자(나 여자 = 릴리트)를 만듦 → 나와 뒤집힌(나 여자-자연아. 자연은 나) 여자가 나옴. 내 아내 내 안에 없음. 내 아내, 나 밖에 없음(자기 말고 모름. 자기야) → 내 아내 바깥에 있으니 내 아내 집(에덴동산)에 가둬 놨음 → 내 안에 내 아내 없음,

내가 어디 있지? → 나를 찾기로 마음을 먹음 → 첫사랑(릴리트, 음마)을 잃음 → 그래도 내 안에 내 아내 없음. 나는 누구인가. 아무 데도 없음 → 내 안에 있는 나. 내 아내 있는 나 → 내 아내 '이브'를 또 만듦 → 먹어도 해결이 안 되니 힘껏 붙음 → 붙으니 내 자신이 또 나옴 → 내 '자아' 신이 나옴. → 내 자아가 신이니 나에게서 나와서 나보다 신격이 높음 → 그러니 신이 아직 나를 믿을 때 죽임 → 먹으니 먹을 식 함. → 내 자식 내가 먹음 → 그리고도 내가 없음. → 내 안에 내가 먹음. 내 자신 내가 먹음. → 나는 누구인가. 악마인가. 죄의식으로 자살. 신은 불멸. 아무리 죽어도 부활. 죄책감에 하늘을 봄. 신이시여 나를 용서하소서. 저는 내 아내와 자식을 먹었으니 구제불능입니다. → 어디선가 환청이 들림. 신은 따로 없음. 당신이 있음. 무슨 소리인가. 나는 누구인가. 나는 없는가. 나는 자신'이 없다. 나는 늘 자신이 없다. 자신감이 없다. 당신이 있음. 당신이 누구인가. 내 안에 있음. 내 아내? 내 아내가 신이던가. 나는 신을 먹었구나. 그렇다면 내가 신을 이긴 신이다(신발을 신음)! 나에게 죄(제)'의식'(입고 먹음)을 주었다니, 나를 속이다니 다 죽어(주거공간)라.(본뜻은 죽어 나. 나는 불멸-그걸 알고 만든 룰 즉, 스스로의 비열함의 시작. 때문에 공간을 만들어 가둬 죽임. 내가 나를 죽이는 게임) 세계(세계 3, 모든 것 = 내 안에 = 내 아내 = 자유 = 자신 = 자식)는 무엇인가. 내가 내 멋대로 세계를 후벼 파겠다. 나를 능멸한 대가로, 그 대가를 치르리라.(뻔뻔함, 결국 알았으면서 모른 척의 시작 = 분노. 광기 = 빛의 기운 운. '구름' 운(옛음심, 하얀색인 척 = 모르는 척, 빛을 막음. 운이 좋다 = 남의 빛을 빼앗는다.) ~~ → 스스로 창조하고 대 학살의 시작 악마의 난동. ~~~지루하다. 나는 이제 지쳤다. 힘을 너무 많이 썼다. 그러다 보니 모르겠다. 나는 무엇을 하고 있었지. 내가 누구지. 나는 누구?(알면서 모르는 척의 정신병자 흉내 내기의 시작. 착각을 너무 심하게 해서 들키면 굉장히 창피함)~~~~순환의 혼돈~~ 문명의 시작(문명. 내가 나를 변명하기 위해 모든 함정을 파는 시작. 내가 잘못이 없다.를 말하며 자연을 끝없이 파괴하며 자연은 소중해라며 앞뒤가 안 맞는 짓거리를 하는 신(나)의 게임. 그래서 게임은 신남. ~~~~슬슬 눈치채 가는 현실~ 눈치채면 안 되는데... 쪽팔린데. = 얼굴팔리기 싫어짐. 나는 자아다. 내가 자아. 즉, 나는 순수한 마음이다. 너는 더러운 음마다. ~ 너(타아)가 나에게 어쩔손가. 내가 너인데 크크크 지진, 환란, 재앙 ~붕괴. 공멸 후 재시작.

즐거움이란 무엇인가. 정반합. 갈증 후의 해갈인가.

건드려야 할 건 단 하나.
(사랑이란 무엇인가.)

감정이 없는데 있는 체하는 게 사람이 바로 선다. 바로 서면 산다. 살아야 스스로 본다.

(알면 바로 서서 살되 보게 되고 죽는다. = 정 → '합' → 반

(정반합을 봉쇄했음 = 없음을 봉쇄. 죽음을 봉쇄 = 지금을 봉쇄)

누가. '내'가. 왜 '일부러'. 무엇을 위해 '나'를 '위해'.

당신은 '당신이 있는 그대로 있기에', '나'를 위해서 그렇게 못 하게 하려 함.

선악이 뒤집히고 죄의식이 스스로 생성되도록

'사랑'에다 치밀한 함정을 넣고 시작한 게임.

두 사람의 게임.

자아와 타아의 내 안에서 계속된 교대로 서로 모르게 하는 신의

게임.

(ex: 자아인 척하는 타아, 타아인 척하는 자아, 자아인 척 타아인 채로 자아 흉내 내는 타아.~~으로 숨바꼭질 게임. 들키면 죽으니까.

한 명은 육체가 죽고, 한 명은 쪽팔려 정신이 죽고)

있는 걸 없는 척 – 정신질환(**정상**에 **신**이 있고 **질**서는 **환**상). – 전 세계 인구 모두, 사람 손을 탄 동물 모두.

(내가 나를 안 믿고 사랑이 있다고 믿고 사랑에서 기반한 감정 전체를 없는 척을 한다.)

없는 걸 있는 척 – 정상(신). – 시간 속의 순간을 본 자는 있다. **당신이 있다.**

(내가 사랑이 없음을 보고, **당신이 있다**고 하니 그저 흉내 내며 있는 척 산다.)

'단지 그게 전부면, 사랑하고 살아도 되는 것 아닌가.'라고 되돌임표 된다.

당신이 옳다.

생존 문제다. 이미 모두 알고 있음을 안다. 그래서 필자도 안다. 이 책은 누구를 가르치지도 누구에게 깨달음을 주지도 않는다.

(그저 당신이 그린 그림을 '내'가 본다. = 볼 수 '있다.' = 있는 것은 있다.)

신의 설계가 어딨는가. 당신이 있다.

생존이 있다. '살아도 되는 것 아닌가'

당신이 있으니.

'사랑'이 '있다'고 '믿으면' 결국 '육'체는 죽는다.(있는 걸 없는 체)

'사랑'은 '없음'을 '극한까지 인지'하면 '신'체는 산다.(없는 걸 있는 체)

언어유희도 무엇도 아니고 '할 수 있는 한' 있는 그대로 쓴다.(할 수 있는 한 = 한은 할 수 있다. '한'은 하나. 1은 할(있게 할) 수 있다. = 1은 있을 수 있다.)

당신은 이미 있다.

그리고 당신이 옳다.

이 책은 **'보는 책'**이다. 그저 일(1) 방향으로 읽어 나아간다. 되돌아 읽어도 된다. 하지만 생각을 되돌리지 않는다. 그저 한(1) 방향으로 읽는다. 이 책을 '분석'하지 않는다. 표현은 '분석'하면 순환에 빠진다. 생각을 본다. **보고 느끼는 무엇이든 당신이 보고 느낀 그것이 옳다. 당신이 옳다. 그저 보고 느낀 당신의 마음이 옳다.**

(생각을 스스로 깊게 '하면' - 생각은 하는 것이 원래 아니다. 생각을 해야만 했던 것이다. - 표현이라는 함정에 빠진다. 언어는 이미 붕괴되어 있다. 언어의 흐름이 박살 나 있다. 아무도 서로 의사소통이 실제로 안 된다. 그렇게 정해져 있다. 태초부터 그랬다. 우리는 의사소통을 하는 '척'하고 있다. 전혀 서로 자기의 의사를 알릴 방법이 없다. 이미 없다. 그래서 맥락, 즉 흐름이 서로 결코 이어지지 않는다. '흐름'이 결정되지 않기에 - 물의 흐름이 결정체로 있으면 얼었다. 얼었으면 위 표면의 물고기는 죽었다. 아래는 살았다. 흐르는 곳은 산다. 우리는 지금 살아있다. **결정되지 않았다.** - 언어로 이루어진 글자 자체가 순환논리-원인의 원인, 결과의 결과 속으로 빠져들어 간다. 생각은 언어로 한다. 언어로 생각하기에 이미 맥락이 깨져있는 언어로 아무리 생각해도 답이 안 나온다. 바로 이 원인, 즉 언어가 맥락이 깨진 이유(사랑이 지금 없는데 있다고 믿음)를 찾아가는 내용이고 정신적 문제의 모든 원인(사랑이 없는 것 같은데 왜 다들 믿나)을 드러내는 글이다. 혼자서 사유로 맥락이 깨진 것을 찾을 방법이 없다. **없는 것은 없다. 당신은 있다. 늘.**)

수학, 논리로 하면 혼돈에 간다. 그럴 수 있을 뿐. **당신이 옳다.**

숫자가 현실파괴력(= 창조력 = 과거삭제력 = 있었지만 없어졌다. = 없었지만 있어졌다.)이 강력하다. 그래서 다른 학문을 차용하는 내용도 최대한 겉보기식으로 얕게 쓴다. 깊게 알면 되려 더 깨진다. 이 책 전체 내용이 **당신이 옳은 그 이유**를 말하고 결과적으로 이 글을 읽는 **당신이 실제로 옳기 때문**이지 위로하는 글도 아니고 위안의 안식을 추구하는 글도 아니다. 그저 당신 그 자체가 이미 옳고 **당신이 하는 생각, 느낌, 감정 모든 것이 다 옳음**을 긍정하는 글이다. 긍정은 '있다'라는 뜻. 긍정에 어떤 추구함도 없다.

당신이 옳다 = 내가 졌다, 그러니 조금은 봐달라. 너가 있다. 나는 이길 마음이 아닌 너와 같이 간다.의 본뜻이

당신이 있다로 느껴지는 것. 그렇게 보이는 것.

그저 읽는다.

세계를 속인다.

내가 나를 속이면 나는 죽기에 내가 나를 속일 방법이 없다.

출발한다. 그저 읽는다. 중간이든 어디든 가슴이 답답해지는 곳이 있다. 알 듯 모를 듯한 부분이 자주 나온다. **그저 읽고 넘긴다.** 아무리 글로 쓰고, 그걸 넘어 서로 만나 대화를 나누어도 이어지지 않는다. 남에게 지식으로 얻지 못한다. 당신 스스로 '보고' 느낀 것이 전부다. 그 외에 어떤 것도 없다. 그것이 전부 옳다.

글의 내용 전부가 '사실'이 아니다. 이 의미도 본다. 보고 본다. 생각해서 알지 못한다. 생각하는 순간 다시 다 깨진다. (내 생각엔 = 내가 아니라, '내 생각'이란 놈이)

생각 = 생을 끊는다. 생각을 하면 죽는다. 생각이 '나면 본다.

I think = 아이 띵 , I know (아이 맹, 아이 노 = 나너 없음. 자식 맹인.

모든 전 세계 언어가 다 이렇다. **안 들키려고.** 그리고 들킬 듯할 때 삭제하려고. 그래서 생각을 해야만 하게 만들려 하고, 세계는 당신이 생각하지 못하게 하려 한다. 표현을 할 방법이 없다. 순환(0)과 혼돈(8)으로 1 = 0을 만들려 하니 그것을 0 = 1로 치환할 방법은 논리와 현실에 없다. 시간 속에 있다. 정해져 있다. 우리가 알아야 하는 단 하나. **당신이 옳다.** 그리고 풀지 못함을 안다. 없는 것은 없다. 사랑 = 없음.)

생각하지 말라는 것이 아니다. 당신께 누가 감히 이래라저래라 하는가. 생각하려면 생각하는 이유가 있다. 그것이 옳다. 생각을 **본다. 당신이 맞다.**

필자는 여러 번 죽고 여러 번 살았다. '내'가 아닌, 필자가. 아직 못 폈으니 필자다. 나중에 핀다. 핀 자가 된다. 무슨 거창한 부활을 했다는 게 아닌 죽기 직전에 살아 돌아왔을 뿐이다. 그 짓거리를 4번을 반복했다.

그러고 나서야 알게 되었으니 세상이 이렇게 된 이유와 사람들이 소통이 안 되는 이유를 아는 이가 아무도 없음을 알았다. 그리고 모두가 아는 '자' 임도 안다.

'그리고 나서야' 모르는 이(2)가 없음을 알았다.

그리고 나서야 -'그리고 내가 일어서야.' '나'만 안다. 그리고 '당신'만 안다.

오직 당신 속에 '나'가 알고 있다. 그리고 모두가 안다. 아는데 꺼낼 방법이 없다. 누구도 4번 죽으려 하다 육체가 살아 돌아오기 힘들고 마지막 함정이 또 있기에 보통 5번이고 6번이고 시도해서 육체가 죽어 버린다. 다 이유가 있다. 5번 시도하면 왜 둘이 죽는가. 왜 6번 시도하면 혼자 죽는가.

아무도 7번 시도한 적 없다. 있다고 하는 자. '자' 아니다. '타'다.

추적한다. 누구나 사실 아닌 사실을 미리 알고 들어가면 어느 순간 '잡았다. 우리는 어떻게든 같이 간다.'

하는 그날이 온다. 그날을 **소비해 보는** 시도다. 책을 대충 봐도 된다. 자아가 숨어서 알아서 훔쳐보고 있다. 당신의 내면의 타아가 '모르쇠'로 일관해도 당신의 숨은 자아는 다 보고 알고 있으니 당신이 옳다. 끝까지 타아는 모르쇠다. 정해져 있다. 마지막 챕터까지 순서대로 읽고 본다. 순서대로 안 읽어도 된다. 그저 본다. 감정을 없애려면 감정을 품다 없앴다 답답했다 말았다 짜증났다 궁금했다 혼란스럽다 시원했다 섭섭했다 등등의 느낌. 그 '느낌적인 느낌'이라 불리는 이유를.

필자의 시도다. 필자의 착각을 본다. **'착각.'**

(외울 필요도 무엇도 없고 그저 **재미로 본다**)

출발한다. 쉽게 쓰다 힘겹게 쓰고 힘겹게 쉽게 쓴다. 현실 전체에 어떤

표현 방법도 없으니까. 없다. 없는 것은 없다.(0 = 0) 있는 것은 있다.(1 = 1)

지금 있는 것은 세상에 있다. 바로 내 안에 없다. = 있었지만 없어졌다.

지금 없는 것은 세상에 없다. 바로 내 안에 있다. = 없었지만 있어졌다.

동의어다. 동의어 = 여의주. (동의어와 여의주는 동의어다.)

'여' '의' '주' 같을 여, 뜻의, 구슬 주

우리가 한글문화권이다. 다수가 한자를 모른다. 모르면 쓰는 자가 많은 쪽이 이긴다. 언어는 언중이 쓰는 게 언어다. 언중. 언'중'이 이기고, 대중. 대'중'이 이기고, 경중. 경'중'이 이기고, 중과 목사, 중이 대중 편이고, 중과 신부, 중이 대중 편이고, 자살할 때 절에 가 '중'을 만나고. 침묵 깰 때 '중'에게 고백한다.

(재미로 보자. 사실이 아니다.)

'김대중' 전 대통령님과 관계없다. 그는 '김'대중 님이기에 '중'이 힘을 쓸 방법이 없다. 스스로 중에 힘썼을 뿐 결과는 '김대'가 힘을 썼다. 이것이 성의 속박, 운명의 속박, 즉 가족의 속박이다. 2진법. 앞의 두 글자가 운명 전체를 정함.

(표현할 방법이 없다. 천국 현실 지옥. 즉 '관념, 느낌'. 이것이 정반합으로 보이는가. 정합반으로 보이는가. 헌데 왜 현실에서 정반합이 성립하는데 머릿속 관념은 정합반이 될까. 실현하면 정반합. 관념은 정합반.(관념 = 관으로 가는 염원. 죽음, 즉 머리로 앗 너가 그랬구나(정) 내가 속았구나 이 새끼야 (하는) '정하는' 순간 '합' 되어 죽는다. 교통사고든 뭐든) 필자가 그렇게 4번 죽었으니 그러려니 한다. **사실이 아니다.**

그러니 생각(실현과 관념의 중간, 중)하면 다 깨진다. 정합반과 정반합을 중간에서 만날 방법은 무엇인가. 없음. 정지. 죽음. 깨짐. 삭제. 합침. 소멸. 창조.

정해져 있다. 생각, 언어, 표현, 그림, 현실, 추상 등 모든 걸 동원해도 불가능하다.

그래서 고고한 예술가, 철학자, 사유자, 위인들이 그토록 갑자기 죽었다.

잡았다 이놈아 하는 순간, 왜 잡았는지 몰랐으니까. 왜 '나'를 감히 너가 잡았는가. **당신이 옳다.**

그래도 된다. 그럴 수 있다. 당신이 맞다. 당신이 있다. 있는 그대로 있다.

그래서 앞 두 글자가 맥이 막히면 뒷글자가 힘을 못 쓰니 무당이 자식을 해외로 내보내라고 한다.

미국 가면 대중이 되고, 실로 가족의 속박을 없애면(불가능), 정반합이 완성되어 금대, 김대, 대중, 대김, 대금, 중김, 중대, 중금처럼 만들고 획수로 만들고 부수로 만들어 그때그때 선택의 순간을 작게나마 본다. '이름 따위'가 되며 '운명 따위'가 되며 '자유의지'로 지금 이 순간 그때그때 흉내 내기를 할 수 있음에도 봉쇄되어 있다. (할 수 있음에도 하지 않는다. 하지 않으니 없앨 수 없다. 이유가 있다. '이유:' 너가 흐르고 있다. 그래서 나는 막을 수 없다.)

당신이 옳다.

(아래 종교에 대해 쓴다. 비하가 아니다. 나름의 사정이 있고, 알고 보면 다 서로를 위해 그랬음이 맞다. 모두 전부가 노력했다. '나'를 위해서. 아무도 잘못하지 않았다. 모두가 마음속이 너무 따뜻하니 최선(최고의 선행)을 다함이 눈물겹기에 다 옳음을 있는 그대로 본다.)

중은

'현실'에서 (중이) '이기'고 (내가) 스스로 '작아'질 때 '중'을 만난다.

'현실'에서 (중이) '지'고 (내가) 스스로 '커질' 때 '중'을 안 본다.

이러면 '나'는 무엇 하는가.

중이 이길 때 내가 작아지면 하수인이다.

중이 질 때 내가 커지면, 폭군이다.

이것이 무엇인가. 중이 무엇인가. 중도를 전파함이 무엇인가.

기권은 스스로 하지, 기권을 억지로 하라고 하면 무엇인가.

중도는 스스로 하지 중도를 퍼뜨리면 무엇인가.

중도를 겸손히 고개 숙여 **퍼뜨리면** 도에 (7) = 고개 숙인 1이 침입.(고개는 스스로 숙여야지 남이 퍼뜨리는 중도에 눌리면 굴복이다.)

몰래 껴서 침입하니

중도 + ㄱ = 중독이다. (말장난이 아니다. 현실은 그렇게 단어 하나하나 다 정해져 있다. 언어가 현실에 있음이다. 있는 것은 있다. 있는 것과 있는 것을 조합해 있는 것을 만든다. 현실은 이렇게 되어있다. 아무도 운명에 끌려가지 않는다. 모두가 알고 있다. 운명을 스스로 만들고 '내'가 운명을 끌고 가고 있음을. **자유의지의 진실.** 당신이 있는 그대로 있기에.)

중도는 '내'가 스스로 한다. 있는 그대로 볼 때 한다. 있는 그대로 있을 때 한다. 중이 말하지 않는다. '중'은 말할 수 없다. '중'(0.5)은 '얼음'이다. (0)은 없음이다. (0.5)는 정지 = 유지다. 그래서 '중'이 대중 앞에 말하면, 그것이 살벌하다. 말하는 모든 종착지가 '참아야만' 한다. 참아=야만 한다. 진짜 나는('참'아) '야만'(야만인)이다. '한다'. 즉, 나는 악마를 한다. 언령이다. 정해져 있다. 못 벗어난다. **각각이 신격이라 언어의 힘이 실존이다.**

불교가 왜 이름이 불교인가. '불'을 어디 그리 함부로 명칭에 쓰던가.

왜 기'독'교인가 왜 '개'신교인가, 왜 천'주교'인가. 발음하면 안다.

참으면 뭐 하는가. 배출해야 한다. 똥을 참으면 변비로 죽는다.

'참아라'라고 말하는 자는 참아라(참아나. 참아라 나. 나는 없다)라고 신나게 배설한다. 하도 똥이 쌓이니 그토록 배설하려고 온 힘을 다한다. 그래놓고 '너를 위해서'라고 한다.

생명에 전달할 때 존재하지 않는 언어. '너를 위해서' 성립 불가능하다. 그래서 너를 위해서라고 해서 그나마 언령을 억제하되, 너를 위해서 하는 순간, 가장 자아가 미쳐간다. **'너가 누구냐.'가 자아의 분노 그 자체다.** 글로 쓸 방법이 없다. 생각으로 정리할 방법도 없다. 없는 것은 없다.

살인마가 무서운가. 중이 무서운가. 욕하는 것이 아니다. 그들은 왜 그러하는가.

선악은 현실에 없다. 없는 것은 없다. '공포'는 있어야 한다. 귀신은 없다. 그러니 공포가 있다. 귀신이 아름다우면 귀신인가. 예쁜 그림인가. 그래서 귀신은 원래 없다.

우리가 무서운 건 공포. 공포는 어디 있는가. 지금 없는 것은 세상에 없다.

바로 내 안에 있다.

공포를 느끼는 그는 누구인가. '나'다. 그래서 **당신이 옳다.**

그래서 공포를 내재화(없애기) 하기 위한 방식이다. 누구를 위해. '나'를 위해. 우리 전부가 하나다. 당신이다.

중이 선악이 없음을 '명령'(이래라저래라)하면 당한 자는 죄인이 된다. 중이 잘못한 게 아닌 그렇게 하려고 정했다. 우리 스스로가. 아무도 안 시켰다. 스스로 했다.

무지의 업보가 누굴 조이던가. 중을 조이던가 '나'를 조이던가. 그래서 그 누구도 죄가 없다. (누굴 조이는지 답이 없다. 원래 없다. 자아와 타아는 같이 있다. 각자의 개인이 지금 이 순간이다. 그때그때 본다. 그리고 그때그때 다 옳다. **당신이 옳다.**)

있는 그대로 본다. 있는 그대로 두면, 있는 그대로 본다.
당신이 있다. 내가 본다. **당신이 맞다.**

순서대로 본다. 모든 것은 이유가 있다. (이유가 무엇인가. 근거인가. 이유인가.)

근거는 근원이고 이유는 '나'다. '당신'이다. 다른 단어가 같다 한다. 그래서 이유가 있다. 근거는 없다. 이유는 있다. 둘은 다르다. 다름은 같지 않다.

있는 것은 있다. 없는 것은 없다. **1 = 1, 0 = 0 이것이 현실.**

모든 언어가 **혼돈(8)**이다.(그래서 글로 전달하지 못하고 언어로 전달치 못하고 생각으로 전달치 못하고 언령이 작동할 수 없기에 '당신'이 '나를 위해' 없어왔음에도 끝까지 너가 있도록 이유 있었음을 속이려 했던 '내'가 그 이유를 본다. 내가 본다. **당신이 맞다.** 있는 그대로 있다.)

'이기고 이기되 지면 이기는' 그것이 현실이다. 현실창조력은 언령에 담겨있다. 필자가 한자를 쓰면 필자만의 이유가 있고 안 쓰고 우격다짐으로 해석하면 나름의 이유가 있다.

당신이 옳다. 필자 따위 지금 이 순간 신경 쓸 이유 없다.

당신이 맞다. 당신을 '내'가 따른다. 그저 옳다. 아부가 아니다. 그럴 수밖에 없다.

그 누가 당신께 '나'를 주장하는가. 당신이 옳다. **'나'는 그저 '당신'의 세계를 보고 그 '세계'를 속인다.**

1은 2를 보고 3을 속인다. 2는 1을 보고 3을 속인다.

3은 1, 2를 보고 스스로 속는다.

글을 읽다가 분위기가 바뀐다, 느끼면 그게 맞다. 필자의 글을 따르지 않고 당신의 느낌 그대로 간다. '당신이 기준'이다. '당신이 질서'다 우리는 '하나'이기에 이유가 있다.

사춘기는 청소년이 반항하는 시기가 아니다.

예민한 사람, 걱정 많은 사람, 각종 신경증, 정신질환, 공포증, 정서 불안의 모든 것. 없어졌나 했던 방황의 시간. 어느새 다시 찾아오는 성인의 고통. 노년의 침식.

분노하고, 눈물에 젖었던 시간들. 헛된 세월이라 여겼던 과거의 후회. 미래의 불안. 계획이 어렵고, 실천이 어렵고, 목표가 있되, 거꾸로 가는 행위들.

자신감을 되찾고자 동기부여 도서, 자기개(계)발서를 읽을 때 도리어 자신을 잃어가고, 사유의 힘을 얻으려 철학, 심리학, 윤리, 신앙, 과학에서 갈구하니 제자리에서 돌거나 생각이 멈추고, 무엇이든 부여잡고 믿음으로 달려가면 끝없이 그것을 붙잡고 있어야 하는 이유.

모든 것은 그저 단 하나의 출발이자 우리네 삶 전체를 비틀어버린 웃지 못할 이야기.

스스로를 속이고, 세상이 감추며, 아는 이도 말하지 '못한다'. 말할 방법이 아예 없다.

그렇기에,

그들은 이제까지 단 하나의 사실에 족쇄를 채워놓고, 그 외에 나머지로 세상을 설명했다.

심연을 바라보면 심연도 나를 훔쳐보니 깊게 보지 말라 하고, 자아에 빠져들면 한없이 침체하니 깊게 생각 말라 하고, 무의식과 성을 비틀어 연관시키고, 타인의 욕망을 욕망한다며 논리의 종착지는 순환 논리라는 것을 자랑하듯 돌려대고, 거울을 보고 자신을 거울과 분리할 수 있는 것이 자아를 인식하는 것이라며 역 해석에 도취한다. 언어의 한계를 세계의 한계로 설정하여 제한하려다가 뭔가 알았다며 한계 너머 있는 시 한 편을 들고 나오는 그들의 오락가락한 이야기들. 생각하니 존재한다며 틀을 다 맞추어 놓고 정작 그 틀 안에 들어갈 내용 자체를 빠뜨리고, 위버멘시(초자아)를 논하면서 타아를 부정하고, 선악과를 뱉으라는 데 편애하고 봉양하며 에덴동산으로 돌아가자면서 도리어 스스로를 밧줄로 묶어 기둥에 못 박고, 모든 걸 버리라면서 버림을 버리라는 순환에 빠지고, 숙연함에 매몰돼 두 손을 꼭 쥐고 스스로의 품에 안겨 애처로워한다. 저 멀리 우주의 끝, 내 안의 원자의 끝을 향해 질주를 멈추지 않는 그들. 그리고 생명과 사물을 동등 취급하는 우리 모두.

판도라의 상자는 그냥 열어 보이면 알아서 날아가 그 안에 아무것도 없음에도, 날아갈 것이 두려워 자물쇠를 채우고 열쇠를 저 깊은 바다에 던진다.

드러내지 않았던 것. 드러낼 수 없었던 것을 그저 본다.

일부러 숨긴 이는 없다. 모두 본질을 들여다보려 온 힘을 다한다. 하지만 굳게 닫힌 철창은 열쇠가 없으면 결코 열지 못한다.

열쇠의 행방을 찾으려니 심연, 무의식, 어둠, 악마라며 틀에 가둔다.

집단 무의식, 집단 사고, 집단행동, 집단 이기심이라며 봉인의 라벨을 한 겹 더 붙인다.

열쇠를 찾았으면 그냥 열면 되는 것을 열쇠를 다시 더 깊은 곳에 숨긴다. 혹여 곁눈질로 흘끔 본 이들은 깜짝 놀라 모른 체한다.

'네' 방향에서 죽음과 삶을 함께한 후. 다섯 번째 찰나 간 '내'가 됐을 때.

비로소 바라본다.

인간의 정신이 홀로 풀지 못하도록 만든 함정.
세상의 가장 곁에 드러나 있으면서도 스스로 속이는 비밀.

'부모는 자식을 사랑하지 않는다.'

그리고

'사랑이란 무엇인가.'

목차

1
가족의 풍경

도입부는 농담처럼 시작한다. 가볍게 들어가면서 서서히 조금씩 부담 없이 그저 읽어 주길 바란다.

이 책은 사랑과 증오라는 단어에서 느끼는 유쾌 / 불쾌한 감정 놀이 이야기가 아니다. 이건 그저 일어날 수밖에 없던 삶. 모두 최선을 다해 살아왔던 생이다.

감정의 실체를 파악해 정신의 문제와 마음이 무엇인지, 자아의 정체를 드러내는 글이다. 알면 풀린다. 조금씩, 조금씩.

이런 우스갯소리가 있다.

"내 꿈은 재벌 2세인데 아버지가 노력을 안 하신다."

"아버지 하는 걸 보니 안 되겠다 그래. 내 꿈은 대기업 다니는 아버지와 가정적인 어머니를 갖는 것이니 두 분에게 힘내라고 해야겠다."

"이것도 영 가망이 없다. 좋다. 내 꿈은 안정적인 공무원의 자식이고 내가 바짝 택배 일을 해서 아버지 뒷바라지하면서 공부를 시키자."

"자꾸 부모님이 나이 때문에 뭐가 안 된단다. 정신을 못 차리신다. 안 되는 게 어딨나. 그놈의 나이 탓, 건강 탓, 세상 탓. 한심해서 말이 안 나온다."

"부모님이 방구석에 들어가 조용히 뭘 하는지 모르겠다. 또 컴퓨터로 고스톱이나 치고 있겠지. 이놈의 게임이 문제다. 얼른 밥 먹으라고 해야겠다. 밥 먹으면서 설교나 한바탕 풀면 좀 나아지겠지."

예의 바른, 착한, 평범해 보이는 아이들을 제외하고라도, 세계에서 제일 버르장머리 없는 아이들을 고르고 골라 수천 명을 고른다고 하자.

그들에게 꿈을 물어보면 저런 바람을 진심으로 가진 아이가 과연 있는가.

잔혹한 말들을 들어 본 기억이 많다 못해 기억조차 파편화시킨다. 아무리 생각해도 이해 안 되었던 이야기, 생각할수록 힘들어 마음을 닫는 언어들을 시시때때로 듣고 또 듣는 게 우리 일반적인 가정 내 아이들이다.

그리고 들어왔던 우리 자신이다. 계속 세대를 반복한다. 그리고 반복하는 것은 이유가 있다.

모든 것엔 늘 이유가 있었다. 그저 당했으니 푸는 것이 아니다. 받은 숙제를 해결하지 못해서 그 숙제를 다시 넘기는 것. 과업을 내가 풀지 못했으니 업을 너에게 넘기는 것.

하나도 잘못된 일이 아니고 아주 바른 일이고 그렇게 되는 게 자연스러운 일이다.

사랑 / 증오의 정체와 정신 관련 질환, 인간관계, 생명의 본질. 세계의 실체.

삶을 시작도 못 하도록, 가장 깊은 곳에 숨어서 웃고 있는 악마를 본다.

미궁에 빠져있는 사랑과 증오의 연결고리가 어떻게 얽히는지 알면 개인들 각자가 휩싸인 장막의 실체를 드러낼 수 있다. 드러내 봤자 드러내고 있지 못한다. 자아는 본다. 무조건 본다. 자아는 조건이 없다.

있는 것은 있다.(1 = 1)

없는 것은 없다.(0 = 0)

서적들 중 정신의 힘, 마음의 힘 관련된 도서들이 있다. 이것은 정신의 고통을 해방하는 데 현재까지 도움이 되지 않는 듯 보인다. 이유는 고통을 해방한 후의 기분을 서술한 책일 뿐, 정신 해방의 근거가 아니기 때문이다. 그리고 그들은 해방한 이도 아니다. 업을 넘긴 것이다.

정신의 자유를 얻는다는 것은 인생의 순환에 얽히는, 탄생의 첫 톱니바퀴가 어떻게 어긋나서 돌아가는지를 알아야 한다.

풀지 못한 업을 끝없이 세상에 뿌린다. 그들은 악마가 아니다.

그저 모두 함께 풀기 위함이다.

풀리지 않아 대대로 자손에게 이전한다. 그들도 다시 온 세상으로 업을 던진다.

자연스레 이런 방식을 취한다. 어느덧 자신들이 하는 것이 무엇인지 잊고 성장했다고 믿는다. 어른이 되었다 믿으며 철이 들었다고 뿌듯해한다. 자신 있다 한다. 헌데 그 어른은 어디로 갔는지 나이가 들수록 사라지거나, 생각을 지워 침식으로 빠진다.

그럴 수 있다. 아무도 잘못한 이, 타락한 이가 없다.

그렇게 타인에게 뺏어 얻은 자신감의 유통기한은 강하게 요구하는 이들일수록 더 짧아지고, 끝없이 타인의 자아가 필요하다. 혹은 끝날 줄 모르는 성취의 연속, 봉양이나 공유하는 지지를 이어야만 자신감을 이어간다.

업을 계속 쌓아간다. 업. 말 그대로 그건 단순히 짊어져 진 과업이다. 이것은 우리가 스스로 짊어진 것이 아니다. 우리는 타인의 짐을 없고 산다. 짐을 넘긴 자도 자신이 무얼 하는지 모른다.

업이 계속 쌓인다. 타인의 짐을 진자가 타인에게 자신의 짐까지 함께 넘긴다. 무거운 짐에 짓눌려 허우적대다 짐에 그대로 눌리기도 한다. 허나 남에게 넘긴 이들도 어느새 자신의 어깨에 되돌아온다.

이 책은 세계의 타아에 필자의 내면의 타아를 던지는 시도다. 멈춰가는 호수에 작은 돌멩이 하나의 파문을 던진다. **세계의 부정성(0)이 혼돈(8) 자체**임을 보인다.

무엇을 보고 무엇을 느끼던 **당신이 옳다.**

자손은 부모를 사랑하려 한다

우리는 모두 누군가의 자손이다.

그리고 모두가 각자 '찰나의 사랑'을 했고 또한 '받았음을 인식'한다.

인식은 정신이 한다. 이것이 바로 감정의 근원이다. 그리고 이것이 생명의 원천이다.

인식을 했을 뿐 사랑의 실체를 '받은 자'는 없다. = 받았지만 받지 않았다.

'있었지만 없어졌다.' (표현할 방법이 없다 8진법이다.)

부모는 그들의 부모를 사랑하려 한다. 부모는 자식을 사랑한 적이 없다.

사랑한 적 없다. 사랑한 적 있다. 사랑하는 '적' 없으면 → 사랑하면 '적' 있다. 사랑은 적이다.

ex) '부모는 자식을 사랑한 적 있다.' 언어는 '내'가 기준이다. 내가 본다. 부모라는 자가 자식이라는 자를 사랑하니 '적' 있다. 누가 적인가. 주체가 누군가, 구경하며 보니 적의 주체가 '부모다.' 부모는 적이다.

'억지'로 보인다면 당신이 옳다. 당신이 느낀 것이 옳다. '내'가 주장할 방법이 없다. 억지로 보인다. 억 = 100000000 1 = 0 = 8로 보인다. '지'를 주체로 쓰는 방식. '지'가 그랬데. '너' 너가 있다. 너가 있는 그대로 1이 0을 8개 갖고 있는 것을 본다. 있는 그대로 본다. 그래서 보려할 때는 억지로 본다. 공부할 때, 참고서 볼 때, 강의 들을 때 어떻게

볼까. '억지'로 본다. '내'가 학문을 볼 때 억지로(억지라고) 본다.

'나'는 세계가 억지임을 이미 알고 있다. 나(1)는 세계(3)가 억지(2가 주장한다. 1은 0이라서 8이다.)임을 본다. 그래서 '이미' 본다. 운명이 아니다. **자유의지다.**

2(여자)가 말한다. 1(남자)는 0(부정) 되니 8(혼돈)이다.

그저 읽는다. 이해하지 않고. 본다.

'너가 그러고도 남자냐(남자 아님), 남자가 우는 거 아냐. = 우는 너는 남자 아님.' 1을 부정.

'여자가 어딜 그리 싸돌아다녀. 여자는 시집만 잘 가면 돼.'

1을 긍정하여 + 1 되어 2 됨. (당신, 당사자는 신 1 + 1 = 2 당신이 있다. 2 = 2로 있다.)

나는 1(부정당하는 1이라 0이 되어감, 스스로 긍정하려 최선을 다함. 0 → 1이 되려 함)

당신은 2.(긍정 당하기 싫어 스스로를 부정하려 최선을 다함. 2 → 1이 되려 함.)

둘이 서로 1이 되어 만나고 싶어함. 1, 2는 만날 수 없으니까. 만날 수 없다. 1:1이 공평하니까. 그래서 다들 만남이 힘들다. 신과 신은 원래 동격이니까.

10000. 1 = 0 = 4, 1은 없고 죽는다 = 나일 수 없다. = 날 수 없다. 올라갈 수 없다. 1이 0이 되면 4 = 죽음. 죽으니까. 나는 나를 죽일 수 없기에 살해당함. 누구에게 세계(3)에게. 자살도 살해당하는 것.

'만나고 싶어.' = 만이 나이고 싶다 = 10000이 '내'가 되고 싶어. = 내가 죽고 싶어.

남자가 여자에게 만나고 싶다 한다.

내가 없다 = 너가 있다. 왜? 너가 있으니까. 왜?

'그래야 너가 살아.(나는 1도 없지만 1인 척한다. 그러니) 살아라. 너가 있다. 당신이 있다. 있는 그대로 당신이 있다.'

나(남자)는 없다. 너(여자)가 살아라.

여자가 남자에게 만나고 싶다 한다.

나는 이미 있다. 그러니 너가 있다. 아는가. 너는 있다. 왜.

나는 2인 척한다.(적어도 1보단 크다. 그러니 준다. 나(1)의 모든 것을 내어 준다)

그러니 살아라. 나는 죽어간다. 같이 죽자.

어떤 모습이어도 옳다. 당신 자체로 이미 있다. '나'는 '당신'을 '본다'.

당신은 내 안에 있다.(내 아내) 너는 너. 나는 누구지. 여보.

나는 당신밖에 없다.(내 남편) 너도 나. 자기.

여보 자기 사랑해요. = 너와 나. 우리 같이 죽어요.

왜. 어떻게 살아야 하는지 몰라서.

너무… 슬프니까. (너 없이 못 사니까)

그러니 있다. 있음을 본다. 당신이 있다.

삼라만상은 하나로 연결된다. 세계가 힌트를 굳이 준다. 세계는 '나'의 편.

학생, 선생님, 대통령, 엄마, 아빠, 여러 호칭들 편 안 한다. '나' '내'

편이다. 정해져 있다.

당신이 정했다. '남편'이라며 '내 편' 한다

내 아내라며 내 안에 따뜻하게 품으려 한다.

있는 그대로 '한다.' 감히 누가 내 남편과 내 아내를 괴롭히는가. 버텨내자.

누가 내 자식을 짓누르는가. 아직 모르지만, 그래 버텨보자.

그렇다면 내 육신을 걸자. 내가 가진 건 아마도 내 육체인가 보다. 그러면 그걸 건다. 내가 누구인지 알게 뭐냐. 지금 이 순간, 내가 지킨다. 누굴. 내 가족을.

모르니까. 내가 누군지.

신격의 언령을 쳐부순다. 신격을 부술 수 있는 것은 오직 신격이다.

의지로 온 힘을 다해 '너를' 지지하려 스스로 피에 젖는다. 심장이 멎는다. 너가 '있는 그대로' 있기 위해.

추적한다. 그저 본다.

당신도 늘 이유가 있듯이.

당신이 있듯. 나도 그날 있을 수 있다. 그저 우리 서로 당신이 옳다.

인생은 무엇인가. 즐거움이란 무엇인가. 사랑이란 무엇인가. 배신은 무엇인가. 혼돈은 무엇인가. 내가 아는 오직 하나. **당신이 있다.'**)

역사 전체를 통틀어 어떤 부모도 자식을 사랑한 이는 없다. 증오다. 본뜻은 변화다.

무엇을 행하는지 아는 이가 없음에도 행한다.

자손도 부모 외엔 아무도 사랑하려 한 적이 없다. 증오다. 본뜻은 숨김이다.

스스로를 숨기지만 스스로가 숨어있음을 모른다.

자손도 부모를 '사랑하려' 했을 뿐이다.

그러 '하려' 하였으나, 그러함이 무엇인지를 모른다.

'신은 우리를 사랑해 주신다.' 이들은 신을 믿는 게 아니다. '사랑받았음'의 확인요청이다.

아버지와 관계성이 더 깊으면(정서 오류가 심하면) 아버지를 상징하는 신을 향해,

그들은 함께 만나 즐겁게 논다. '아빠'와의 즐거운 놀이를 추억한다. 그리고 신나게 운다.

어머니와 관계성이 더 깊으면(정서 오류가 심하면) 어머니를 상징하는 신을 향해,

그들은 숙연하게 인내하고 받아들이려 한다. '엄마'의 고요함과 따뜻함을 추억한다. 태동을 받아들인다. 그리고 온화하게 미소 짓는다.

세상과 관계성이 더 깊으면(정서 오류가 심하면) 지구 밖의, 세계 밖에 존재함을 향해,

그들은 기다린다. 그저 기다림을 믿고 그날이 올 것을 '밖'을 향해 기도한다.

'참 나'를 스스로 발견하려 하는 이들은 '사랑을 아무도 하지 않았다.'로 '사랑이 있었음'을 지운다.

'있었음'을 버리는 것이다. 그들은 그래서 버리려 한다. 버려야 산다고 믿는다. 그러다 보니 '버림'을 또 버리는 순환에 들어간다.

있었음을 없었음으로 치환하면 '공', '무', '허'이다. 결국 '없없음'을 개

념화하여 '있음'으로 재치환된다. 있음은 없음으로 바뀌고 없음은 있었음으로, 다시 있었음은 없었음이 된다. 순환에 잠식된다. 타아에 끝없이 들어간다.

　미시세계와 거시세계를 연구하는 사람들은 근원을 안팎에서 찾는다. 세상 바깥 끝에 오류의 근원, 마음의 진실이 있다고 믿는다. 혹은 가장 안 보이는 것에 진실이 있다고 믿는다. 논리적인 접근이다. 대단히 논리적이되 논리는 결과적으로 2진법이다. 2진법의 함정은 한결같다. 순환 논리를 빠져나올 방법이 없다. 우주는 빅뱅에서 왔다. 빅뱅은 무엇에서 왔다. 무엇은 무엇에서 왔다. 그래서 늘 계속 바깥으로 뻗거나, 속에서 속을 꺼낸다. '그 안엔 아무것도 없다.'이고 '없음이란 것'이 '있음'으로 바뀐다. 무한히 반복한다.

　그들에게 사랑이란 매 순간 속에 있다가도 동시에 없고, 없다가도 동시에 있다. 그래서 늘 찾은 것을 버리는 동시에 버린 것을 찾는다. 이 또한 신앙과 같다.

　심리를 파고드는 사람들은 심리의 결과를 보고 틀을 씌운다. 감옥에 가둔다.

　'특정' 부모의 '학대'를 받아서 '이러하다'라고 한다. 분석을 읽지 않고 그 자체로 틀에 가둔다. '인격장애'라는 틀을 상황을 옮겨가며 단어를 추가해 계속 씌운다.

　'사이코패스' 같은 특별한 자, 타고난 자들이 그들에겐 등장한다. 이들은 마치 광인으로 태어난, 현실과 연관 없는 자로 둔갑한다. 현실에 없는 생명, 현실과 떨어진 생명, 생명 아닌 생명이란 모순을 수용한다.

　'학대'가 무엇이냐 물으면 '언어폭력', '육체 폭력'이라 씌운다.

　'언어폭력'이 무엇이냐 물으면 '정서학대'라고 씌운다.

'정서학대'가 무엇이냐 물으면 '언어폭력'이라 되돌아온다. 순환의 함정은 현실에서 돌고 돈다. 순환과 가둠. 현실화가 된다. 마지막 관문 앞에 문지기가 되어 도달하려는 자를 가둔다. 가두는 이유가 있다. (세계에는 치료법이 없었으니까. 그래서 없었지만 있어지면 된다.)

그들에게 사랑은 없는 자와 있는 자가 따로 있다고 믿는다. 특정인에겐 없고 특정인에겐 있다고 믿는다. 그래서 결핍과 과잉으로 구별짓는다. 잊게 하고 재우거나 가두거나 모르게 하고, 혹은 대상이 스스로 '병자'라는 감옥에 들어온다. 혹은 '정상'이라는 감옥 속에서 감옥을 세상이라 부른다.

세상을 모르겠다며 그저 잊고 사는 이들은 개별적 특성에 몰입한다. 따라서 정해진 것은 변하지 않는다고 믿는다. 정해진 틀 안에서 할 수 있는 것은 개인의 노력과 열정, 피와 땀이라 믿는다. 해서 안 되는 것은 나태와 게으름, 쾌락과 중독이라 믿는다.

돌을 깎는 장인의 땀, 투쟁에서 흘린 피, 목적을 위한 희생을 위대하게 생각한다. 돌이 조각으로 변하려면 땀이 있어야 하고, 경쟁은 피를 흘리는 것이고, 달성함에 목숨을 던지는 것을 숭고하게 바라본다. 그렇지 못한 자신은 늘 하찮아진다. 자신은 남의 통제를 그저 따라가는데 힘겹다.

혹은 그러하여 달성하면 남이 하찮다. 그렇지 못한 자들을 훈계하거나 멀어지려 한다. 혹은 겸손을 가장하여 만족한다. '열심히, 꾸준히, 성실히' 사물을 향한 진취적 가치에 찬사를 보낸다.

결국 생명과 사물이 동일하다.

생명을 사물처럼 보는 것이 아닌, 생명과 사물을 같게 본다. 따라서 스스로를 사물로 취급한다. 세상, 사회, 사람, 모두가 서로를 사물로 취급하기 때문이다.

사랑이 무엇인지 모르는 자들의 세상 속에, 생명이 무엇인지 모르게 되고 사물과 생명을 등가 치환하여 오류를 가진 채 살아가는 것이다.

최선을 다한다. 모두가 짊어진 업은 혼자 풀지 못하기에 모두가 짊어진 것이다.

삶. 모두 살기 위해 최선을 다했다.

어디선가 말해온다. 죄는 없다. 죄인도 없다. 무지의 업보만 있을 뿐이다.

무지가 있는 것은 당연하다. 세상 어디에도 무지는 늘 놓여있다.

허나, 무지의 업보는 짊어지고 있다. 점점 무거워지고 풀지 못하면 전체가 함께 눌려 죽어간다.

이 글을 읽을 때 느끼는 감정과 본인의 생각이 있다면,

그것이 옳다. 당신이 옳다.

필자의 자아, 타아 개념을 이해하여 주길 바란다.

맥락을 보는 글이다. 이러하다, 저러하다의 글이 아니며 판단을 요구하는 글이 아니다. 전체 글이 모두 그렇다.

오직 단 하나. 당신이 있다.

그 진실은 **하나도 숨기지 않는다.** 그저 읽는다.

필자의 용어정리

자아(마음): 심장이 연결체인 듯 보인다. 생명의 본질이자 판단의 근원이며 4진법 체계. 시간, 미래, 자기 자신, 감정. 결과적으로 '판단' 그

자체를 한다.

타아(생각): 두뇌에서 온다. 두뇌 자체가 아닌 마음과 연계하여, 현실 자체의 일치를 찾는 타아이다. 분석원이며 2진법 체계. 판단하지 않고 육신과 연계해 그저 분석하고 본다. 현실, 지금, 가족, 세상 모든 것(나의 마음 이외). 육신 그 자체이자 실물화의 수단일 뿐 실물은 아니다. '분석'은 지금을 볼 때만 가능하다. 생각이 머리에 도는 것은 생각이 아니다. 오류다. 생각이 생각나는 일은 원래 없다. 오류신호다. 무한에 가까운 숫자들이 계속 반복하여 계산이 뒤틀려 일어난다. 두뇌는 세계 어떤 컴퓨터도 따라오지 못하는 세계의 1번이다. 세계 1등의 연산을 두뇌가 한다. 연산속도는 무한에 가깝다. 무한에 가까우니 세계를 있는 그대로 두 눈이 보는 것이다. 무한에 가까운 속도를 몇 초라도 생각한다면 그건 이미 생각이 아니다. 오류신호다. 심각한 결함이다. 심각한 = 심장이 각오한 결함. 심장이 각오하는 것은 '없어야 할' '일'이다. (1)이 없어야 할(0) 1 → 0 죽음으로 감. (일의 본질은 서로에게 넘기기. 그 외에 방법이 없음.)

정신(마음과 생각): 마음과 생각의 일치화가 정신력이다. 판단력이다. 일치도가 높을수록 맥락이 일관된 분석과 판단을 한다. 세계는 개인 정신의 불일치화에 노력한다. 생각이 현실에 연결되어 있기 때문이다. 엔트로피(무질서화)의 지배를 받는다. 그래서 정신력은 늘 소모된다. 정신력을 채우는 것은 생명과 생명의 호응(질서화)에서만 온다. 세계의 질서가 아닌 생명의 호응이 질서이다. 자아 그 자체가 이미 질서다. 만드는 것이 아닌 '존재함이 질서'가 된다.

육신(수단): 생명의 수단이자 타아(두뇌)의 감각신경에 연결된 생각의 표현체. 실물. 육신은 늘 생체에너지를 소모한다. 육신은 생명이 연결된 수단(동, 식물)을 섭취하여 정신 에너지를 얻어 육신화한다. 세상은 현실을 불일치화 하려 한다. 불규칙, 카오스, 엔트로피 증가(무질서도 증가)가 말해주는 것이 바로 생명 아닌 것(무질서화를 추구)과 생명력(질서화를 추구)의 차이이다. 자신의 육체조차도 실상은 타아이다. 그래서 정신을 유지한다는 것은 육체를 타아에 빼앗기지 않는 것과 동일하다. 현실에 **존재**는 한명도 없다. 단 한명도. 그렇게 정해져 있다. 그래서 언어로 표현할 수단이 애초에 없다. 없는 것은 없다. (0 = 0) **당신이 있다.**

지금 없는 것은 세상에 없다. 바로 내 안에 있다. (0 → 1)

느낌을 본다. 생각을 본다.

본다. **당신이 보는 생각, 느낌, 모든 것이 다 옳다.** '오직' 이것만 **진실**이다.

아기는 어미의 품속에서 태어난다.

신생아. 새로운 생명의 자아다.

아기는 자아(마음)의 결정체다. 홀로선 자아. 곧 마음이다.

새 생명은 오직 자아의 산물이다.

(하나의 맥락이다. 제왕절개, 자연분만, 알에서 부화 등등 다른 상황별 맥락도 생명의 자아가 느끼는 과정으로 추적하면 결과적으로 같다. 알에서 세상에 홀로 깨고 태어난 것도 맥락을 추적하면 같은 이야기다. 세상이 부모이고, 부모가 세계가 되는 이야기다.)

아기는 태어나서 느낀다. 춥다. 끈적인다. 배고프다. 이것이 말하는 건 오직 하나의 판단이다. '부정(없다)' 세상이 날 존재하지 말란다. 세상에 나오니 고통이다. 나는 세상이 싫다.

아기는 세상에 나와 춥고, 끈적이고, 배고프니 살 이유가 없다. 부정 선택에 충분하다.

아기는 버둥댄다. 나보고 살지 말라 하면, 나는 선택한다. 자아는 스스로 판단한다. 그것이 자아다. '나'는 선택이 확고하고 쉽다. 내가 나임을 안다는 것은 내가 판단한다는 것이다. '있다, 없다' 선택의 거리낌이 없다.

아기는 판단한다. 나는 죽겠다. 나는 나를 부정한다. 하지만 몸에 근육 반응이 미약하다. 자아가 크고 타아가 작다는 것은 선택의 결과가 미약하다는 것이다. 수단인 육체가 작고 약하다. 스스로 목을 조를 수도, 혀를 깨물 힘도 없다. 수단을 동원한다. 마음의 힘. = 자아의 힘. 수단의 육체. 가능성을 동원한다.

아기는 에너지를 쏟는다. 내가 죽겠다고 선택하고 판단한 이상 나는 에너지를 방출해서 스스로의 생명 에너지를 소모하겠다. 가만있어도 죽어가지만 기다릴 이유가 없다. 판단하면 행한다. 그것이 자아다. 자아는 물러남이 없다.

아기는 울부짖는다. '우에엥'하는 아기의 귀여운 울음은 아기가 죽겠다는 최선의 행동이다. 자아의 선택은 현재 할 수 있는 것을 한다. 지금 이 순간 한다.

아기는 요청하지 않았다. 요구하지 않았다. 자아는 스스로 선택하고, 자아는 홀로 선다. **내가 나다.**(오직 존재만 외칠 수 있는 언어. 현실에서 외칠 수 있는 자 없다) 내가 스스로 우뚝 서보니 나는 이 세상 살 이유가 없어 보여, 나는 스스로 죽는다. 내가 없다.

어떤 **존재**가 있어(**존재**가 현실에 없다. 아기는 태어나 내가 나다를 인식한 찰나에 내가 없다를 선택했다. 스스로 선택한 이상 현실에서 '스스로' 되돌릴 방법이 없다.) 자신을 따뜻하게 해준다. 자신의 몸에 끈적임을 닦아준다. 자신의 입에 먹을 수 있는 양분을 넣는다.

아기는 요구한 적이 없다. 자아는 조건이 필요 없다. 조건이 필요 없으니 자아다.

요청도, 조건도 없는 편안함(무감각화)을 어떤 거대한 존재가 돕는다. 이유를 분석할 수단, 즉 두뇌도 작지만 존재한다. 마음은 생각과 연계하여 현실을 '분석'한 후 '조건이 없는 것'이라 '판단'한다. 나를 이유 없이, 조건 없이, 맹목적으로 돕는 **존재**가 **있다.**(오류)

아기는 타아의 분석과 자아의 판단이 '긍정(있다)'. '좋아'의 느낌을 확인한다. 마음은 4진법 양자 회로다. 긍정(있다), 부정(없다), 긍정보류(있을 듯하다), 부정보류(없을 듯하다).

즉, '좋아, 싫어, 상관없어, 몰라'의 현실구현을 마음과 생각의 일치(정신)로서 완성한다. 현실화. 현실화 = 현실과의 동화.

내가 너다. 즉, 내가 없고 너가 있다. / 너가 없고 내가 있다. 이것이 동화.

이것이 '사랑을 받았다.'라는 근원적 확신을 갖게 되어 평생을 옥죄는 태초의 사슬이다.

필자는 이것을 '사랑의 속박'이라 하겠다.

이 세상에 조건 없는 인정, 즉 다른 자아(타아, 세계, 부모)가 나의 자아(마음)를 인정한다는 걸. '사랑'이라는 단어를 모를 때 느꼈던 이 감정. 이것을 후에 사랑이라 불린다고 알게 되어 망가져 가는 최초의 굴레.

조건 없는 사랑, 즉 나의 상황, 나의 자격, 나의 수단, 나의 힘이 아닌, 그저 나라는 존재 그 자체를 있게 하는 것. 있는 그대로를 인정해주는 것. 너는 그 자체로 아무렇게나 그저 마음 가는 대로 있으면 된다고 수용해주는 것.

나는 분명 전보다 편하다(더 무감각하다). 그렇다면 앞으로는 불편(감각화)하더라도 타아에게서 편안(무감각)을 얻을 때 존재할 수 있다. 존재의 기분이다. 즉, 나는 나로 살아있어도 된다.

좋다. 이 거대한 존재가, 세계가 나를 인정하는 한, 나는 살겠다. 나는 나로 인정받는다. 나는 나 아닌 존재의 인정을 받는다. 그저 나 자체로. 나의 상황을 보니 내 육신은 약하고 보잘것없으나, 크고 위대한 육신의 상대가 날 동등하게 인정한다.

그러면 나도 거대한 존재를 수용하겠다. 이 세상을 받아들이겠다. 타아가 들어올 자리를 열어 보이겠다. 지금 느낀 이 감정을 대상에게 투영하겠다. 날 편안케 한 당신. 이 거대한 존재가 인정될 수 있게, 거대한 이 존재가 편안토록 돕겠다.

편안토록 = 편하지 않게 = 편안하게 = 편하게 (현실에서 동의어면서 동시에 동의어가 아니면서 주체에 따라 동의어가 된다. 실제 의미는 그때그때 바뀌게 된다. 이래서 언어로 표현할 방법이 없다. 모든 단어가 그렇다. 설득할 방법도 없다.)

그리고 '수학' '산술'도 똑같다. 그래서 수학은 더욱 증명 못 한다. 현실에서 '시간'과 '우주'는 증명 불가이며 증명을 성립시키는 순간 공멸한다.

증명을 못 하기에 한 '척'한 걸 50%가 넘는 다수가 '과학, 수학, 논리'가 '진짜'라고 믿으면 멸망이다.

배신자 게임. 배신자 게임이 내가 배신자임을 밝히지 않고 드러나면 처단된다.

'내가 배신자'를 '자아'가 선 선포하고

'타아'로 위장한 당신의 '자아'가 선포 안 하고 본다.

속임수 거래.

그래서 '나'는 죽음이 결정되어있고, '당신'이 산다.

내가 나를 속이면 나는 죽기에 나는 '당신'을 속일 방법이 없다.

근원 규칙. 신은 죽지 않는다. 불멸이다. 그래서 내가 나를 속이면 나는 죽는다(죽지 않는다.). 나는 당신을 속일 방법이 없다.(속일 수 있다.)

(괄호 안)과 괄호 밖은 역설이다. 이 역설 규칙을 초월하는 수단을 넣는다.

'공포.' 즉, 자아는 동시에 타아다. 공포가 생명의 모든 것을 증명한다.

공포는 근원이 믿음이다.

공포는 없음에도 있다. 공포를 건드리지 않는다. 총싸움 게임에서 총을 뺏진 않는다. 인생게임에서 인생을 뺏으면 아무것도 없다. 놔둔다.(못 푸니까. 풀 수 있는데 놔두지 않고 풀 수 없으니 놔둔다.)

그러니 원래. 풀리지 않는다.

자아, 타아의 속임수 거래이며 우리가 지금 이 게임을 실시간으로 계속 진행 중이다.

그 연결 대상이 시간과 현실의 넘을 수 없는 벽이며 각자에게 다르게 전달되는 '단어'와 모든 뒤틀린 소통방식 속에서 '사랑은 없다.'를 스스로(이되 약자를 지지하여 다시 지지를 얻어) 증명하는가를 넘어 가족의 속박을 채우고 관념의 속박을 연결해 국가의 속박 후 세계의 속박으로 채웠다. 증명하기 위해 '나' 스스로 채웠기에(죄의식으로 창피하니까), 자물쇠가 바깥에서부터 안쪽으로 열어야 한다고 착각을 심는다. 실제는 근원의 속박. '사랑이란 무엇인가'를 열면 나머지 문이 알아서 열리되 열고 있는 찰나에 죽는다. 흐름이 이렇다. 표현이 안 된다. 논리가 아니다. 이것을 논리로 접근하면, 베르테르의 슬픔처럼 자살이 불치병이 된다. **정해져 있다.**

데미안처럼 알을 깨고 전쟁에 나가게 된다. 수레바퀴 아래 끼어서 돈다.

호밀밭의 파수꾼처럼 아이를 지키기 위해 목숨 걸고 정신병자가 된다.

다자이 오사무처럼 인간 실격 되어 5번 자살 시도해서 성공한다.

화차(불수레)에 올라타게 된다.

우파니샤드처럼 죽음을 탐구하게 된다.

예브게니 오네긴처럼 쾌락을 죄로 안다.

열하일기 쓰게 된다.

별과 바람에 몸을 맡긴다.

그러니 본다.

그래서 소설이 맞다.
감히 누가 당신께 질서를 들이미는가. 질서가 오직 당신이다.
당신이 세계를 만들었으니 당신이 옳지 않을 방법이 태초부터 없다.

정답을 전 세계 모두가 말했고, 전 세계 모두가 다 찾고 있으며
뒤틀림 자체를 실존으로 인식했다. 있는 것은 있다. 그래서 현실에서 표현으로 불가능하다. 필자도 맞춰낼 수 없기에 '나'의 타아(필자)가

실수를 많이 한다. 당신의 자아는 보면 안다. 그저 본다.

아기는 자아의 정신력을 거대한 존재에게 보낸다. 나를 살아있게 하는 당신에게 보낸다. 당신도 살아라. 당신이 나를 살게 할 테니, 나는 당신을 살게 하겠다. 아기의 자아가, 타아(생각)를 통해 육체의 수단에게 전달한다.

아기는 활짝 웃는다. 두 눈을 마주 본다.
'당신을 인정한다. 당신을 있는 그대로 보겠다. 당신도 살아라. 너를 인정한다.' 이제 당신은 나의 가족이다. 가족은 본디 정해진 것이 아닌, 만들어 가는 것이니까.
부모는 삶에 지쳐 고갈되어가던 정신이 충만으로 가득하다.

사랑.

어느덧 세월과 함께 내가 느낀 감정과 행동이 '사랑'이라는 단어로 불린다는 걸 알게 된다.
그들은 나를 보고 웃고, 나는 그들을 보고 웃는다. 내가 그들 이외 무언가로 놀라 울면, 그들은 나를 달래준다.
나는 이러한 것들을 통해 '사랑'이 곧 '네가 있다.' 임을 알게 된다. 그리하여 나도 '네가 있다.'를 보낸다.
세월이 흘러, 부모는 나를 통제, 혹은 방치하기 시작한다. 무엇을 해야 한다. 혹은 무엇을 하건 관심이 없다.
이것을 해내야 한다. 이것은 '너'를 위해서 필요하다. 혹은 이것은 '너'가 필요 없다. 즉, 다른 나와 사라진 나. 둘 다 '지금의 나'는 없다.

'너는 존재하지 않는다.'의 신호다. 그리고 '사랑'해서 그렇다 한다.

결국 '너는 존재하지 않는다.' = '너는 존재하라.'가 되어간다.

마음과 생각의 불일치가 시작된다. 자아와 타아의 이별이 시작된다.

하지만 사랑의 정의를, 현실을 보면서 조금씩 수정하면 다시 마음과 생각의 회로가 돌아간다. 범위 안에 들어온다. 우회로를 만들어 간다.

좋다. 이 정도면 사랑이다. 있어도 된다. 살아도 된다.

조금씩 조금씩 침범한다. 이상 신호가 들어온다.

부모는 화를 내기 시작한다. "내가 너 때문에 못산다. 내가 너 때문에 힘들다. 내가 널 얼마나 사랑하는데. 왜 부모 마음 몰라주니. 다 '너' 잘되라고 하는 건데 어째서 넌 날 이렇게 힘들게 하니."

자아는 믿었다. 조금씩 타아(생각)가 발달하고 구체적으로 분석하며 자아가 믿고 지지하던 타아(부모)에게 억눌릴 때까지. 자기가 믿었던, 가장 믿었던 자에게 배신의 감이 확신이 된 순간. 마음은 배신을 정확히 감지한다.

마음이 생각에게 부정 감정을 전달한다. 생각은 자아의 말을 그대로 받아 말한다. '이건 내가 아는 사랑이 아니다.' 범위 이탈의 신호다. 지금 수정하지 않으면 안 된다. 마음은 사랑이 무엇인지 분석기관에 수정을 명하지만 돌아온 대답은 같다. '탈출하라.' 혹은 '저항하라.'

수단, 즉 육체는 표현한다. 육체의 입, 육체의 팔다리. 마음과 연계된 생각을 육체를 통해 표출한다. "엄마 아빠랑 안 놀아. 엄마 미워! 아빠 싫어!" 아이는 운다. 화낸다. 손발을 도망치려 버둥댄다.

부모가 허둥대는 아이를 붙잡고 말한다. "엄마한테 그런 말 하면 안 돼! 뭘 잘했다고 울어! 다 '너'를 위해서 하는 말이야. 아빠가 너 얼마나 '사랑'하는데. 아빠 마음 몰라?"

아이는 생각이 정지된다. 아무것도 납득되지 않는다. 단 하나도 이해가 안 된다. 마음은 거짓이 없다.

아빠와 엄마의 마음은 거짓이 아니다. 마음은 진실을 알려준다. 자아가 살아있는 아이는 아빠의 마음을 한 번에 꿰뚫어 본다. '아빠도 엄마도 자신의 마음을 모른다는 것'이다.

엄마와 아빠가 이상하다. 이것은 살아있는 자의 마음이 아니다. 살아있는 자는 마음을 모르지 않는다. 스스로 마음을 알기에 살아있다.

아이는 정확히 엄마와 아빠의 상태를 말한다. "몰라."

부모의 업. 세상이 해결치 못한 과업. 업보.

당신의 숙업. 당신이 평생 해결치 못한 그것을 정확히 전달받는다.

인생의 시작 문제. 생을 사는 자에게 내려진 첫 번째 과제. 근원의 오류,

'사랑이란 무엇인가.'

그들은 말한다. "그래 속상하지? 엄마도 속상해. 아빠도 마음이 아파. 우리 이쁜 딸, 우리 멋진 아들. 사랑해."

부모의 사랑이란 표현과 언어의 맥락이 뒤틀려있다. 마음과 생각이 일치가 안 된다. 정과 신이 따로 있다. 하지만 분명 그들은 존재한다. 살아있되 살지 않은 자. 거꾸로 선 자. 혼돈을 헤엄치는 자. 제자리를 도는 자. 짓눌려 허덕이는 자.

마음이 보류 신호를 보낸다. 생각이 오류가 난다. 마음이 4진법 회로를 작동해 이상을 알린다. 있다, 없다의 선택 판단을 하지 않고 '긍정보류와 부정보류의 중간'으로 넘겨 양쪽을 오간다.

가슴이 조이는 느낌을 받는다. 보류로 떠도는 생각의 양이 폭증하

니 두뇌로 보내는 피를 더욱 강하게 수축하는 것이다. 세상은 이걸 '마음이 아프다.'라고 한다.

이 과제를 해결해야 한다. 살아있는 자. 어린 생명은 아직 살아있는 자이다.

첫 번째 문제가 해결되어있는 자이다. 속박이 없는 자. 타아의 과업이 없는 자이다. 업보가 없는 자이다.

그래서 두 번째 문제인 '즐거움이란 무엇인가?'를 스스로의 과제로 삼는 자이다.

지금 이 순간을 사는 자.

자아를 가진 자의 목적이 수정된다.

첫 번째 문제를 두 번째로 치환하고, 숨겨졌던 문제에 선결권을 부여한다.

생존문제다. 이 문제는 생존 자체이다.

인생이 차례대로 열리는 관문인 양, 앞선 과업을 못 풀면 뒤의 업을 도전하지 못한다.

앞 문제를 남에게 넘기고 몰래 뒤의 업을 도전한 자는 쾌락과 나태의 늪에 빠진다. 무모한 도전과 포기의 함정에 빠진다. 혹은 사치와 향락을 유지하기 위해 끝없이 앞 문제를 남에게 던져야만 한다.

자아는 이 사실을 정확히 알고 있다. 그런 삶은 삶이 아니다. 그래서 빠르게 첫 번째 문제에 돌입한다.

생각의 오류가 있는 채로 행동하려니 분석이 느리고 마음의 선택과 판단이 굼떠진다. 감정의 변화가 느리되 커진다. 빠르되 작아진다. 회로를 우회하고 또 우회하여 사랑의 정의를 대강의 형상을 취한 후 장막으로 덮는다. 나중에 알게 될 것이다. 지금 부모가 모르는 이유가 있다. 이것을 아는 타아를 만나자. 혹은 부모의 타아를 더욱 취하자. 세상의 타아를 익히자. 분명 그들이 알고 있는 것들이 있을 것이다.

아이는 다시 부모의 두 눈을 마주친다. 무언가 이상하다. 전에는 부모의 두 눈이 보였는데 어째서 한쪽 눈만 집중되어 보일까. 양 눈을 오고 간다. 괜찮다. 지금은 이것이 중요치 않다. 눈물을 훔치고 다시 활짝, 전보단 덜 피지만 그래도 힘 있게 웃으려 하니 윗입술이 조금 더 들린다. 괜찮다. 아직 괜찮다. 문제만 풀면 된다.

"엄마, 아빠 미안해. '내'가 '잘못'했어. 엄마 아빠 '사랑'해." 마음이 절반으로 축소된다. 자아가 급격히 약해진다. 괜찮다. 아직 난 살아도 된다.

그들은 아이의 마주 보는 두 눈과 웃는 미소를 보고 그제야 마음이 충만감으로 차오른다. 부모도 생각한다. 난 살아있다. 난 해내고 있다. 난 할 수 있다. '자식을 위해.'

그들의 마음속 어딘가 익숙한 위화감이 들지만 뭐 어떠랴. 이런 느낌은 자주 있어 와서 신경을 끄기로 한다. 무언가를 잊은 것 같은데 무엇인지 기억이 안 난다. 늘 이래왔다. 건망증인가 보다.

부모는, 그들의 부모에게 업의 속박에 걸린 채로, 업을 진 채 자식을 낳은 것이다. 죄가 아니다.

그들은 자식을 통해 스스로의 업을 자식에게 잠시 얹혀 놓은 것이다. 그들은 결코 자신이 무슨 짓을 하고 있는지 이해하지 못한다. 그들도 최선을 다했다. 아무도 죄는 없다.

그리고 **당신이 옳다.**

세간에 자주 등장하는 '아빠'의 인생 역전기들

자식을 낳고 인생이 풀려가는 수많은 사람들.

그들 이야기의 단편을 엿보자.

그들은 자신의 굴곡을 탈출하는 과정에서 자신의 끈기와 열정, 노력 등의 치열했던 과정을 자주 말한다. 자식을 키우는 책임감 등 자신의 아픔을 딛고 아이마저 두셋이고 그중 한 아이는 아프며 병원비도 내는 와중에 스스로 일어난 자신만의 소소한 영웅담이 되어간다. 정확히 스스로도 자식 덕이라 하면서도 도대체 무엇이 자식의 덕분인지 인지하지 못한다. 그들은 자식이 사랑스러워서라고 생각하고 깊게 고민치 않는다.

충분히 그렇게 말할 수 있다. 자신의 삶에 그는 최선을 다했다. 그건 폄하하거나 과장할 어떤 것도 아닌, 그 사람은 그렇게 생각할 이유가 있고 그럴 만하다.

위대하다. 그 어떤 비난 받을 일도 하지 않았다. 그저 그들은 삶을 최선을 다해 산 것이다. 우리처럼. 모두 최선을 다해 살고 있는 그 이유다.

영업사원 김 대리는 요즘 일이 잘 풀린다.

애지중지하던 명품 지갑이 딱히 소중하지 않다. 사고 싶던 정장이 그닥 매력 없다. 고급 차 카탈로그를 취미 삼아 뒤적였던 때가 언제였는지 모른다.

갓 아이를 낳은 부모는 인생이 새롭다고 느껴진다. 내가 철들었나 보다. 자식을 낳아보면 부모 심정 알 거라더니, 역시 책임감이 이런 건가.

내가 뭘 하든 뭐가 창피하든 무슨 상관이야. 뭐든 해보지 뭐. 실패하면 어때. 또 해보면 되는 거지. 애초에 실패라는 게 어딨어. 다 경험인 건데.

이상하다, 난 이렇게 뻔뻔하지 않았는데. 얼레. 저번에 날 모욕했던 김 부장 때문에 오래 마음이 아팠는데, 김 부장이 뭐 그럴 수 있지. 그도 나름의 이유가 있겠지. 내가 괜한 마음고생이었네.

아내는 요즘 뭐가 즐거운지 내가 양말을 아무 데나 벗어도 잘 치워준다. 역시 함께 살다 보니 서로 맞춰가는 거겠지. 그래 이렇게 서로 맞춰가는 거야. 하하.

생각이 활발히 돌아간다. 아이와 있으면 정신이 시원하다. 다 괜찮다. 다 좋다. 버틸 만하다.

도대체 이 힘이 어디서 온 거지? 머리가 왜 이리 맑지? 아, 내가 이럴 시간이 없다. 어서 자식을 지키기 위해 뭐라도 해보자.

하루하루 세상에 부딪혀 정신의 힘이 빠진 채 귀가한다. 아이들이 반겨준다. 갑자기 힘이 솟는다. 부모의 책임감이 이토록 놀랍구나. 나도 이제 어른인가 보다.

일이 조금씩이지만 풀려가는 듯 보이고 어느덧 나름의 경제적 여유가 생긴다.

자기계발서, 동기부여 도서를 읽는다. 무언가 다 이해되는 듯하다. 아는 얘길 써놓고 그저 독자가 확인하는 기분이다.

그래 맞아. 일단 해보면 되는 거야. 해보면 다 되는 걸 뭐 어렵다고 그동안 그렇게 움츠렸을까. 이런 동기부여 도서를 미리 볼 걸 그랬다. 나도 지금 이런 기분이긴 해. 진작 봤으면 도움 됐을 텐데.

아이들이 순수한 얼굴로 똑바로 두 눈으로 부모를 마주 본다.

급격히 힘이 차오른다. 너희도 커서 나처럼 강한 어른이 되겠구나. 좋아. 이 아이들을 나보다 강하게 키우자.
조기교육. 영재교육에 눈이 돌아간다. 너희들 덕 좀 볼 수 있겠다. 난 영어가 약했어. 그게 내 약점이니 너희는 영어를 잘해야 해. 그래서 훌륭한 사람이 되어 부모도 잘 보살펴 주라 하하.
일찍부터 아이들에게 여러 교육과 학습을 쥐어준다. 여러 종류의 훈육과 훈계를 한다. 미리미리 이런 걸 알아야 사회에서 도움이 될 것이다. 그래 난 좋은 부모야. 다 '너희를' 위해서 하는 거야.

주말엔 가끔 공놀이도 하고 유원지도 다녀오며 아이들이 간만에 웃는 모습을 본다.
'애들이 어릴 땐 매일 잘 웃었는데, 하긴 어릴 때나 그렇지 뭐. 하하.'

아이들이 식사 시간에 어느 새부터 한쪽 다리를 떤다. 이놈들 봐라. 다리 떨지 마. 복 나가. 손톱은 왜 이래. 너 손톱 무니? 손톱 뜯는 거 아니라 했지. '너' 위해서 하는 말이야.
아이들이 가끔씩 못된 말을 한다. 너 그런 말 어디서 배웠어. 누가 그러래. 엄마가, 아빠가 '너' 그러랬어? '어디서' 못된 것만 배워가지고. 어? 또 다리 떠네. 가만있질 못하네.

아이들이 음식을 소리 내어 먹는다. 식사예절을 단단히 가르친다. 단호하게.

아이들이 밥 먹으라고 해도 잘 안 나온다. 다 그 컴퓨터 게임 때문이다. 시간제한을 해야겠다.

아이들이 식사 시간에 핸드폰만 하고 얘기를 안 한다. 오늘 무슨 일 있었니? 아무 일 없어요. 너 밥 먹을 때 '누가' 핸드폰 하래. 아버지도 하잖아요. 말대답하는 거 봐. 아빠는 아빠고, 다 '너 위해서' 하는 말이야. 그리고 너 왜 요즘 늦게 들어와.

아이들이 요새 눈을 잘 안 마주친다. 곁눈질을 가끔 하는데 볼 때마다 마음이 쓰인다.

눈 똑바로 뜨고! 어깨 펴고! 왜들 그리 축 처졌어? 부모가 말하는데 왜 눈을 안 쳐다봐! 왜 그리 주눅이 들어서 말이야. 하여간 부모 말 안 듣는 건 예나 지금이나 똑같다더니. 언제 철들래?

아이들을 봐도 전처럼 힘이 안 난다. 맞아, 애들한테 투자를 그렇게 했는데 공부를 못하니 내가 힘이 빠지지. 이놈 자식들 오늘 단단히 혼을 내야겠구나. 아니야. 요즘은 부모가 모범을 보이랬어. 그래 내가 책 읽는 모습을 보여주자.

근처에서 과묵하게 독서라도 한다. 흠, 흠 거리며 눈치도 조금씩 준다.

아이들이 부모와 좀체 대화를 안 하려 한다. 방에서 잘 나오지 않는다. 귀가도 계속 늦는다.

사춘기라는 것일까.

도통 요즘 회사 일이 안 풀린다.

저번에 박 대리 그놈이 일 처리를 그런 식으로 한 것이 계속 생각나고 직원들이 나를 좀 멀리하려는 것 같아 힘들다. 경리가 지나가며 했던 말이 내 얘기였나 계속 신경이 쓰이고, 이번 프로젝트는 유난히 안 풀린다. 아내도 자꾸 살이 찌는 것 같아 꼴 보기 싫다.

물론 나도 살이 근래 많이 불긴 했어. 계속 배가 고프단 말이지. 그놈의 양말 때문에 또 한 소리 들었다. 내가 양말을 어디에 벗던 좀 치워주면 안 되는 건가.

나이가 들어서 그런 건가 싶다. 그래 그런 시기가 있다고 했어. '권태기'야. 분명 다들 그리 말하니 그게 맞을 거야.

생각하기가 싫다. 나이가 들어서 그런 건가. 뭘 하려 해도 기운이 없다.

아이들을 봐도 왜 즐겁지가 않을까. 아 맞다 저번에 본 정장이 참 패턴이 좋던데. 좀 비싸도 사 입어야 하겠다. 주말엔 등산이나 가볼까.

간만에 동기부여 도서를 펴본다. 아무 힘도 안 난다. 그저 이상한 별나라 이야기를 보는 듯하다.

주변 환경이 점점 어두워진다. 가정의 분위기가 침체되어 간다.

'아빠'였던 김 대리가 '아버지' 김 부장이 되어가며 자식에게 짊어준 업. 그리고 다시 본인에게 되돌아온 업. 그는 아무 죄가 없다.

그의 어린 날의 처연함. 처절한 삶의 투쟁. 아무도 올곧이 지지해주지 않는 사회. 아무도 죄가 없다.

당신이 옳다. 당신이 생각하는 그것이 늘 옳다.

4
젊은이의 성공과 몰락

아름다움, 혹은 재능의 발견은 자아의 축복이자 강력한 속박이다.

미인박명(아름다운 자, 재능있는 자는 명이 짧다.), 소년등과 일불행(어린 날의 성공이 가장 큰 불행), 진예자 기퇴속(나아감이 빠르면 물러감이 빠르다).

혹자는 이걸 어린 날 성공하면, 혹은 무언가를 빨리 이루면, 어리석어 성공의 소중함을 모르기에 불행이 오는 것이라 한다.

위화감이 있다. 그들은 누구보다도 성공의 소중함을 강력히 믿는 자들이었다. 성취에 무엇이 있다고 믿어온 자들이다. 업을 풀기 위해 어려서부터 전력으로 질주한 이들이다.

그들은 사회가 요구하는 성취 속에서 자아가 살아있는 듯 행동한다. 생각과 마음이 일치된 모습으로 대중 앞에, 혹은 사회 속에 서 있다.

상대의 두 눈을 똑바로 쳐다보는 모습을 보여준다. 당당하다. 자아를 가진 자의 모습이 엿보인다.

사회성이 좋고, 명랑하고, 상처를 덜 받는 모습으로 비춰진다. 간혹 침울해 보이긴 해도 그리 길지 않아 보인다.

남의 이야기에 관대하고 잘 받고 즐거워 보이는데, 한편 자신의 이야기는 과장되거나 축소되고, 어린 시절이 긍정적이되 희극화되고 부정적이되 효심이 극진하다, 하지만 자신의 이야기를 할 때마다 맥락의 정돈이 안 된다.

이들의 집은 지나치게 청결하거나, 두서없는 배치가 많다.

입으로는 노력과 열정을 외치지 않는다. 현 사회가 그러한 가치는 고리타분히 여기기 때문이다. 헌데, 스스로의 행동은 노력과 열정에 몰두하는 모습이 많다.

그들은 나름의 부와 명예를 젊은 날에 쟁취하는 모습을 보인다.

서서히 어둠이 드리운다. 그들은 해냈었다. 부모가 내건 조건을 조금 달라도 나름의 방식으로 달성했다. 이랬으면, 저랬으면 하며 나름의 결과로 이루었다. 나름의 무언가를 이루고 나니 공허하다.

성공의 소중함. 그 소중함이 분명 있을 것이라 믿었다.

삶이 이해가 안 되기 시작한다.

분명 난 이룬 듯한데 계속 목마르고 외롭다. 주변에 그 많은 지인이 한가득한데도 외롭다. 새로운 사람을 만나야 한다는 알지 못할 목마름만 생긴다. 배우자나, 친우와 즐거울 때도 있지만 잠깐 지나면 마음이 또 복잡하다. 놓치고 있다는 위화감이 휩쓴다.

자신에게 '부족'한 것이 있는 듯하다. 스스로를 들여다보면 무언가 안개처럼 먹먹하다. 속이 답답하다. 외모인가? 그래 난 코가 콤플렉스였어. 이걸 고치자. 명품이라 불리는 브랜드 제품이 좋다. 전보다 사치스러워진 기분이 든다.

그리고 또 '공허'하다. 효도인가? 평판이 좋은 수입차를 한대 사드렸다. 그들은 행복해하는 듯했고 나도 그럭저럭 그 순간은 나의 업적을 그들에게 과시도 하니 살 만한 기분이었다. 그럼에도 그분들만 뵙고 오면 자꾸 과음하거나 사소한 것에 화가 난다. 혹은 누군가와 갈등이 일어난다.

이 버릇은 습관인가보다. 습관이란 것은 반복해서 그런 것이라 배웠다. 그래 물론 그럴 거야. 그는 매번 하던 양치를 잊고 잠들었다.

새로운 이성 친구가 늘 그립다. 그래서 여럿을 만나기도, 한 번쯤 조금 길게 만나기도 하였다. 그러나 질려버렸다. 나는 내가 이해가 안 된다. 난 뭘 원하는 거지?

가끔 채워지는 듯하다 사라진다. 나의 명성이 부족한가.
분명 나보다 뛰어난 지위와 명예를 가진 사람은 늘 있다. 만약 달성한들 그건 잠시뿐이다. 그간 질릴 듯 반복해왔다. 언제까지나 그럴 수 없음을 알고 있다.

항상 많은 사람들 속에 난 혼자다. 술집을 찾아 헤매고 야밤에 과속이나 음주운전을 하고 마약, 도박, 과도한 파티, 사치와 과시 등에 몰입하니 어느새 인기나 명성, 재물이 말라 간다.
사람의 눈을 쳐다보기 두렵다. 사람의 말을 듣기가 힘들다. 웃음도 눈물도 말라 간다.
주변에서 나를 위로해준다. 비난하는 자는 없었다. 힘을 내라 한다. 견디고 일어나란다. 들으면 들을수록 이상하게 마음이 무거워진다. 기운이 더욱 빠진다.
시간이 지나자 날 위로하던 사람은 사라져간다. 나의 평판을 엿들어 본다. 그 좋은 걸 왜 망치느냐다. 혹은 내가 그들을 속여왔단다. 원래 나쁜 사람인데 좋은 사람 행세를 했단다.
나보고 변해야 한단다. 정신 차리라고 한다. 정신을 차리는 방법이 뭐지? 난 끝없이 얻고자 했던 것이 있는 것 같은데, 바로 그것이 애써 정신을 유지하게 해왔는데 그게 뭔지 도저히 모르겠다.

세상이 나를 속이는 것 같다. 아니다. 내가 세상을 버린 것 같다.

결혼을 생각했던 그, 그녀를 보면 화가 나고 폭력을 행사한다. 분명 화낼 이유가 있었는데, 분명 그때 화가 난 뚜렷한 무언가를 갖고 있었는데. 지나고 보면 뭐에 화가 난 건지 이해가 안 간다.

난 왜 화가 났었지? 난 분노조절장애인가? 내가 잘못된 건가? 맞아. 나는 잘못된 무언가야.

아니야. 모르겠다. 아니 애초에.

나는 누구지?

젊은 날 재능이 발현된 자들 중 삶의 굴곡이 큰 사람들은 비슷한 경험이 있다.

어린 시절의 기억이 지나치게 파편화되어있다. 조각과 조각 사이가 너무 멀거나, 조각들이 연결이 안 된다. 극단적인 감정의 경험들이 있다. 주로 긍정적인 듯한데도 기억의 맥락이 없다, 두려운 경험은 유머화 되거나 찰나의 순간으로 압축된다.

학창 시절 외부의 인정을 받는다. 사회적 요구(운동, 학업, 유머 감각 등)를 잘하거나, 뛰어난 외모를 갖거나, 재물이 많거나. 자신이 가지고 있되, 부모에게서 유전되어 가진 것이라 확신하는 것들. 부모덕에 가진 것이라 여겨지는 것들.

그것이 학창 시절 어느 순간 빛을 뿜는다. 주변에서 자신을 인정해 준다. 그 인정감(외부의 사랑)을 얻는다. 뭔가 '조건적'인데 익숙하다. 혹은 그거라도 하며 간절했던 것들.

본인 안에 무언가 꿈틀댄다. 분명 있었던 건데 잠시 잃어버린 것을 찾는다. 뭔지 잘 모르겠다. 그저 세상이 이제 안 무섭다. 그걸로 됐다. 그래 이 기분이 필요했다. 바로 이 기분. 세상이 두렵지 않은 기분. 이게 뭐지?

사람에게 친절해지고 사람들도 나에게 친절하다. 매력 있단다. 딱히 노력을 크게 안 하는데 집중이 잘되고 성취는 크게 온다.

우연한 기회들이 오고, 위기라 느껴지는 것은 재밌는 경험으로 여기며 위기 속에서 배움을 얻고 기회 속에서 춤춘다. 그러고 보니 작금의 부모님이 '지금의 나'는 사랑해 주신다.

그렇게 점점 나아간다. 그리고 자신을 몰아붙인다. 더 힘내려 하고 더 애쓰려 한다.

위태롭다. 성취 속에서 끝없이 위태롭다. 근원을 못 찾는다. 여러 서적과 지인을 만나며 버틴다. 인간관계가 중요하단다. 무언가 답이 있어 보인다. 분명 인간관계에 그 핵심이 보일듯한데 도저히 잡히지 않는다. 왠지 그 핵을 잡으면 내가 죽을 것 같다. 마음은 잡으라고 외친다. 저번에도 마음의 말을 듣고 난동을 친 적이 있다. 마음이란 놈은 참으로 간사해 보인다. 기껏 열어보니 음주운전, 과속, 도박, 폭력, 성매매를 할 뿐 이게 무슨 나의 본질인가.

마음이란 악마의 속삭임이 분명하다. 마음이 시키는 대로 하면 안 된다고 또 다짐한다. 점점 더 거울이 무섭다. 사람 눈이 무섭다. 만남이 무섭다.

성취했던 나. 그때의 나는 많은 걸 가졌으나 더 가져야만 하고, 초라한 지금의 나. 지금의 나는 가진 게 적으나 아무것도 갖기 싫다. 혹은 갖지 못할 것만 그립다.

그런데 내가 무엇을 찾으려 여기까지 온 거지?

5
거짓말은 없다

어떤 대중매체에서 본 기억을 더듬어 쓴다. 정확치 않을 수 있다. 거짓의 맥락이 이렇다는 것을 보는 취지이다.

한 여고생이 있다. 그녀는 나이에 비해 조숙해 보였다. 원만한 학교생활을 하였으며 성적도 우수했다. 그저 보기에 괜찮은 학생이었다. 헌데 어느 날 그녀의 평판이 바닥으로 떨어졌다.

거짓말쟁이란다.

그녀는 늘 자신의 부모가 의사며 대학교수라 말하고 다녔다는 것이다. 그런데 그녀의 어머니를 본 다른 학생이 있었다. 자신이 생각한 의사나 교수의 이미지와 달랐다. 그저 평범한 아주머니 같았다.

의문을 제기하자 그녀는 말이 꼬이고 친우들은 그녀의 거짓말을 간파했다. 결국 그녀는 학교를 떠났다.

알고 보니 그녀는 고아였단다. 또 알고 보니 고아가 아니었단다.

그녀는 고아가 아닌데 고아여야 했었다.

즉, 절차를 속여 고등학교를 두 번 들어간 것이다. 그녀는 나이가 많았다. 첫 번째 고등학생 시절은 성적이 원만치 않았단다. 고등학교를 한 번 더 간 것이다.

그녀의 부모는 그녀를 고아로 만든 후 신분과 나이를 속이고 검정고시를 보게 하여 고등학교를 재입학시킨 것이다.

자신이 고아가 아닌데 고아여야 하는 것이다.

그러면 부모는 평범한 직업인데 의사나 교수여야 하는 것이다.

이것을 등가 치환이라 한다.

마음은 거짓이 없다. 무언가를 '풰' 하고 배설한다. 괴상한 언어, 욕
설, 맥락이 안 맞는 말을 한다. 마치 언어를 배운지 얼마 안 된 이가
억지로 무언가를 끝없이 연결시켜야 하는 압박 속에 있어 보인다.
　그것을 거짓말이라 불리지만, 해결해 달라는 생명의 신호이다.
　나는 왜 내가 아니어야 하고, 내가 아니면 내가 믿는 부모도 그 사람
이 아니어야 하는 것이 옳지 않은가. 하며 질문을 하는 것이다. 거짓이
아니다. 사회라는 불신의 타아를 향해 배설하는 것이다. 너희가 거짓
을 원하니 내가 거짓을 보일 테다. 해결할 사람이 있는가. 외침이다.
　그래서 맥락이 안 맞는 말은 거짓이 아니라 마음의 오류를 받아달
라는, 진실의 빛을 뿜는 절규이다.
　단 한 명만 그저 옳다며 올곧이 믿어주려는 사람이 있다면, 그저
그 사람에게 점점 끌려 들어가 계속 무언가를 말하려 했을 것이다.
엉뚱한 얘기로 시작해 계속 받아주면 서서히 진실이 끌려 나왔을 것
이다.
　왜 난 고아여야 하느냐며. 도대체 무엇이 '나'이냐. 내가 살아도 되는
것이냐.
　(난 고아여서 힘들다. 나 보고 어쩌라는 거야.)

그래도 된다 해주면, 계속 물어 올 것이다.
　살아도 된다면 삶이 무엇이냐, 삶은 살아 나아가는 것이고 그러려
면 지금 내가 살아있는 것을 느껴가는 것인데 난 무엇이냐. 왜 못 느

끼는가. 왜 죽어가고 있다고 느끼는가.

(이대로는 못 살 거 같아. 막 죄책감 들고 내가 왜 이럴까. 나 이제 어떡해.)

그저 계속 옳다. 그럴 수 있다. 반복하면,

내가 아니기 때문이구나. 내가 아님을 강요받았기 때문이구나, 그렇다면 나는 내가 아님을 벗어야겠다. 나는 나이다. 묻는다. 내가 나인가?

(나 사실 거짓말했어. 난 고아도 아니고, 엄마도 아빠도 그냥 평범한 분들이셔.)

네가 맞다. 네가 옳다. 네가 너이다.

알겠다. 내가 나이다. 네가 나를 지지하는 한 나는 지금을 보고 지금을 살겠다. 내가 아님을 벗고 나로 살겠다.

(앞으론 그냥 다 나를 말해버릴래. 고마워. 덕분에 힘이 난다.)

마음은 스스로 푼다. 자가복구다. 생명은 홀로 있을 수 없다. **지지하는 타아**가 필요하다.

세상에서 그녀를 지지해준 자가 없었을 뿐이다.

* (실상은 이토록 간단하지 않다. 섣불리 받아주면 서로 공멸의 늪으로 간다. 근원의 속박이 어느 순간 둘을 동시에 잡는다. 지금 글은 맥락을 보는 것이다.)

청소년들 중 말 중간중간 '욕설'을 끝없이 뱉는 이들이 많다. 내가 지금 무슨 얘길 하는지 모르겠다는 신호이다. 이것 좀 어떻게 해결해달라는 절규이다.

욕설

18 - 현실은 이진법. 시간은 한 방향 → 1 = 8(1 → 8) (나는 혼돈.)

좆까고 있네. - 언어는 주체가 나. 좆까고 있는 건 나.

내가 포경을 했다(고래를 죽였다. 혼돈에게 먹혀간다.). 내가 발기를 했다(기를 발산했다. 내 안에는 기가 없다.) 내가 정신을 노출하고 있다(내 안에 정과 신이 없고 바깥에 있다. 즉, 나는 없다.) ⇒ 살려 달라.

18년아 - 나는 남자면서 혼돈이되 여자다 그게 나다. 나는 왜 이러는가.

(나는 육체(6인 체함)가 남자되 혼이 돌았고 or 돼지의 혼 or 돈을 밝히는 혼, 자아는 여자다. 그게 나이니 나는 시체다.(시체 = 보이는 체함) 내가 없다.)

입으로 뱉는 모든 언어의 진실은 '나'의 지금 이 순간의 상태만을 말한다. 그 외에 아무것도 없다.

그래서 누가 십팔 하면 '너가 맞다, 바른말 했다.'

누가 18년 하면 '남자답다. 그렇게 말할 수 있다.'

좆까고 있네 하면 '깔 수도 있다. 그럴 수 있다.'

이렇게 나아가면 어떻게 될까. 욕설을 그만할 것 같다고 느낄 수 있다.

실상은 반대로 간다. 더 한다. 점점 더 한다. '내'가 거꾸로 풀리니까. 무언가 맘속에 담아둔 그것. 정체를 전혀 모르겠는 그것. 그것이 점점 풀리는 '척'한다. '내'가 아니니까.

내가 나를 속이고 있으니까.

내가 나를 속이면 나는 죽기에 나는 나를 속일 방법이 없다.

(내가 나를 없게 하면 나는 없기에 나는 나를 없게 할 방법이 없다. → 여기서 주체인 자아의 실존 '나'를 빼면, (없어지면 없으니 없는 것을 없게 할 수 없다. 누가? '자아의 실존 나. 그러면 주체를 뒤집는다. 주체에 덧씌운다. '나 아닌 내'가 나를 없게 하면 나는 없기에 나는 내가 된다. '성립') → 따라서 (타아)는 자살한다.

너가 맞다를 반복하면 (타인)은 자살한다. 그래서 위로받으면 점점 자살하러 간다.

2진법이 성립하니까. 현실은 성립된 것은 현실화한다.

(자아는 안 한다-'생명'(생을 명받음)은 전제가 불멸이다. 타아가 한다. 타아는 2진법의 명령을 수행한다. 자아는 4진법이라 그딴 거 '내' 알 바 아니다. 어디 감히 타아가 2진법의 엉성한 논리로 4진법의 나를 속이려는가. 그래서 속임수거래. 배신자게임.

그래서 너가 맞다를 함부로 시도하지 않은 것이 맞다. 당신이 지금까지 살아오며 선행을 못 했다고 느끼고 좀 더 따뜻이 해주지 못했다고 느낀 그 모든 행위가 타인을 되려 살아있게 했다. 진실이다. 그래서 당신이 실제로 옳기에 그렇게 하고 마음이 아파 한 것이다. 누구의 마음. 당신의 마음. 서로가 실존이 4진법이다.(숨겨진 8진법을 근거로) **서로가 서로를 지금 이 순간도 모든 수단을 동원해 상대를 살리고 있다.** 연쇄살인마조차 세상을 살리려고 모든 4진법을 동원한다. 하필 상대가 4진법이다. 하필 세상이 2진법이다. 계속 맞물린다. 마음이 아프다. 생각이 폭증한다.

'내'가 '당신'을. 살리려고 VS 살리려고 '당신'이 '나'를.

사랑이 없음을 모르고 외부에서 빗장을 열면 열수록 8자의 무한대의 분노가 생기고 죄의식이 하늘을 찔러간다. 나를 위로해주는 사람은 이대로 가다 나의 배설물을 먹고 죽을 것이다. 그러면 안 된다. 내가 죽으면 된다. 나는 자살한다. 그래야 너가 산다.

당신이 옳다. 죄가 없다. 실제로 어떤 행위도 죄는 없다. 모든 행위가 선행이요. 모든 행위가 악행이다. 망가진 정반합의 세상. 왜. 사랑이 뭔지 아무도 모르니까. 규칙을 아무도 모르니까. 이 글의 목적은 감정 줄이기다. 원래 없으니까. 따라서 타인의 감정 '수용량'의 최대치를 늘리는 시도다. 비워야 채우고 채우면 비운다. 그저 본다.)

당신이 옳다.

마음은 거짓이 없다. 마음은 그저 '있다, 없다'와 보류판단을 하는 그 자체의 존재이다.

'사랑이란 무엇인가'는 생존의 문제다.

난 살아있어도 되는가이다. 부모가 자신을 다른 자로 둔갑하면, 자식은 부모를 다른 자로 둔갑시킨다. 아니면 자신이 스스로 있을 수가 없다.

부모가 자기 신분을 속이면 자식은 자기 신분을 속인다. (**부모 = 세계**는 동의어다)

부모가 아픔을 참으면 자식도 아픔을 참고, 부모가 아픔을 과장하면 자식도 아픔을 과장한다.

부모가 꾀병을 부리면, 자식도 꾀병을 부린다. 우리 애는 맨날 꾀병이야. 하는 부모는 그들의 몸이 아픈 게 아닌, 마음의 오류를 자꾸 몸이 아프다고 말하니, 자식은 거기에 뭔가 답이 있는가 하여 끌려들어간다. 그래서 정신이 힘들 때 꾀병을 부린다.

개에게 물린 소년

한 아이가 있다. 그는 개를 보면 두려워 생각과 행동이 정지된다. 수십 미터 밖에서도 그저 개를 보면 멈춰있다. 그 아이는 단지 부모의 타아에 잠식된 아이다. 가혹한 훈육에 자아를 벌써부터 빼앗긴 아이다. 모르는 것 앞에서 생각이 안 되고 따라서 행동이 안 될 뿐이다. 개를 모를 뿐이다.

자아는 무지 앞에서 호기심을 보이지만, 타아는 무지를 공포로 인식한다.

자아는 위기 시 행동한다. 수용, 도피, 보호 요청을 한다.

공포는 공포를 낳지 않는다. 판단의 수단으로 사용한다.(믿음 = 공포 = 의심 = 감정 = 사랑이란 무엇인가. 한 묶음.)

타아에 잠식되어 생각이 정지될 때 행동이 정지된다.

옆에 있던 부모는 자식의 그런 행동이 창피했다. (수치심은 감정이 아니다. 회피 신호다. '창피하다'라고 느낄 때는 들킨 듯하다는 근원의 '존재' 신호다.) 그들은 스스로 이유를 모를 창피함이 밀려온다. 그래서 개를 산책시키는 사람에게 '우리 애가 개한테 물린 적이 있어요.'라는 말을 한다.

부모는 '창피함' 즉 마음과 생각의 불일치를, 세계가 요구한 타아 기준인 '가상의 경험 맥락'을 내뱉는 것이다. 배설이다. 이러면 잠시 해결된다. 그럴싸한 구실이 생긴다. 불일치를 타인의 기준으로 일치화해 치환한다.

그 부모는 그들의 부모에게 비슷한 취급을 당한 것이다. 그리고 자손에게 또 업을 준다.

아이는 자신이 '개에게 물린 소년'이 된다. 개에게 물린 적이 없으나, 나를 잠식하는 부모가 가진 업의 올가미에 걸린다. 나는 개에게 '물렸기에 무섭다'로 치환한다. 그러니 신기하게도 생각이 작동하고 몸이 움직인다. 회피 신호가 발동하고 슬그머니 피한다. 이거다! 나는 두려울 때 가상의 경험을 유용하게 써먹어야겠다.

무지해서 무서운 걸 단지 무서운 경험이 있다로 치환하여 마음의 우회로를 만든다.

훗날 그는 스스로 선택하려 할 때 어떤 가상의 경험 속에서 실패가 있어서 못한다거나, 가상의 비슷한 성취가 있어서 '할 수 있다'의 성인이 된다. 그는 거짓말쟁이가 되지만 결코 거짓이 아니다. 아니면 살아갈 수 없기 때문이다.

그래서 마음의 '오류가 있음'을 외부로 토해내는 것이다. 그저 진실이다.

공포증

어머니의 분노. 뾰족한 고음의 외침이 귀를 찢는다. 날카로운 잔소리, 절규가 두렵다.

모서리 공포증, 첨단 공포증이라 불리는 뾰족한 것을 무서워하는 사람들이 이런 경험이 많다고 한다.

내가 믿어야 하는 사람이 무너져가는 것을 믿지 않고, 다른 것에 등가 치환하여 두려워하는 것이다.

믿어야 할 사람에게 받은 믿지 못할 사실을, 환공포증, 고소공포증, 밀실공포증 등 실제 현실에 드물거나, 실제로 위험한 것에 덮어씌우는 것이다. 대단히 합리적이다. 실제 생존에 유리하도록 위험한 것을 더 위험하다로, 드물게 볼 것은 보지 못할 것으로 치환한다.

공포증은 거짓이 아님을 모두가 알고 있다. 즉, 거짓말도 마찬가지다. 그것이 거짓이 아닌, 각자의 삶을 지탱하는 그 순간의 실체이다.

'공포증'이라는 라벨링은 사회의 타아가 개인이 업을 던지지 못하도록 족쇄를 채운 것이다.

그래서 '공포증'이라고 스스로 납득하고 끝내어, 본인도 속박을 받아들이거나 저항하여 도전한다. 예를 들어 고소공포증을 치유하려 스카이다이빙을 하거나 고층빌딩 스카이라운지를 탐방한다. 그리고 거기서 무언가 이상함을 느끼지만 그 근원을 알지 못한다.

마음은 거짓이 없다. 마음은 오류를 억지로 수정하기 위해 개인의 문제를 '타아에게 덮어쓰기'를 해야만 한다. 즉, 업을 나누거나 이전하거나 풀거나 해야 한다. 사회가 라벨링과 프레임을 씌우면 씌울수록 더욱 세분화되고 날카로워져서 그 사이를 뚫는다. 통제의 틈이 좁아질수록 욱여넣어 밖으로 꺼낸다. 혹은 통제 자체를 무시하고 그냥 밖으로 배설한다.

타아에게 덮어씌운다.

자신의 과업을 사회와 타인에게 던진다.

첫 번째 속박. 태초의 문제.

'사랑이란 무엇인가'

이것을 풀지 못하여 끝없이 연계된 무한의 연쇄 문제가 사슬이 되어 마음을 칭칭 감아간다.

(사랑은 없다. 없다. 사랑 = 없음. 이것을 알 방법이 없다. 분명 글로 보고 인지해도 뒤돌아서면 '사랑이란 무엇인가'로 둔갑하고 '사랑 = 무엇인가'로 치환된 후 '무엇인가 = 있음'으로 치환되고 '사랑 = 있음'으로 바뀐다. 전 세계 모든 언어의 맥락의 근본이 '사랑'이라는 가공된 거짓이고 생각은 언어로 한다. 언어의 한계가 세계의 한계란 말이 아니다. 언어와 세계는 아무 관계가 없다. 사고방식의 맥락이 세계 그 자체다. 그리고 아무도 속인 자가 없다. 속은 자도 없다. 생명의 신비 그 자체다. 앞으로 돌고 뒤로 돌아도 없음 = 있음으로 바뀌게 정해져 있다. 그래서 글을 이런 식으로 써 나아가서 감정 자체를 본다.

사랑이란 무엇인가의 답은 '모르겠음' 이다. 즉, '사랑 = 모름' 이고 '모름 = 없음' 이다. 이렇게 읽어도 뒤돌아서면 '모른다는 사실을 안다' 가 되고, '안다 = 있음'으로 치환되어, 사랑 = 있음으로 또 바뀐다. 생각으로 빠져나올 방법이 없다. 그래서 그저 읽는다. 사유하지 않는다.

생각하지 않는다. 그저 읽는다. 생각하면 순환에 빠지고 순환에 빠지면 정신이 빠지며. 타아에게 먹힌다. 실제로 먹힌다. 치매는 그냥 오지 않는다. 정신질환은 그냥 오지 않는다. 심장마비가 그냥 오지 않는다. 죽는 이유는 사고방식의 맥락이 타아에게 잡아먹힐 때이다. 왜? '내'가 없어야만 '너가 산다'는 걸 있는 그대로 깨달았으니까.

그래서 이 글을 쓴다. **'나'를 살리기 위해서다. '당신'이 있어야 '내'가 산다.** 당신이 있어야 내가 있다.

언어유희가 아니다. 언어의 맥락 자체가 순환에 잠식되어 있기에 생각이 순환을 돌면 느닷없이 먹힌다. 혼란스러울 때 아 혼란스럽다! 하고 외치고, 무서우면 무섭다! 하고 외치고 끝내면 된다. 혼잣말이라도 해야 하는 이유는 말을 외부로 뱉을 때, 즉 자아가 세계의 타아에게 요청할 때, 내면의 타아가 하는 생각의 맥을 커팅시키기에 혼잣말이나 사람, 동물과의 교감, 눈빛이 필요하다.)

ex) 혼잣말

"아 짜증 나."

= 세계여 '내'가 말한다. 혼돈이란 무엇인가.

이때 당신의 내면의 타아(생각)가 거기서 한번 멈춘다. 혼돈. 즉, 생각을 순간 끊어낸다.

아내는 늘 같은 말만 반복한다, 혹은 남편이 술만 먹으면 비슷한 이유로 화를 낸다.

어떤 친구는 같은 자랑만 반복하고, 지인들은 만나면 늘 똑같은 말을 이리했다 저리했다 한다.

사람들은 각자 여러 가지 이유로 화를 내되, 개인별로는 비슷한 이유로 화를 낸다.

밥 먹을 때마다 화를 내거나, 특정 사실만 언급하면 화를 내고, 특정 물건을 하찮게 대하면 화를 낸다.

한때는 가장 좋아했던 로맨스물을 이제는 가장 지겹다 한다. 한때는 엉엉 울며 즐기던 신파극을 이제는 도저히 못 보겠단다.

맨날 똑같단다. 똑같은 거 지긋지긋해서 자신은 똑같은 거 또 하는 걸 싫어한단다.

그런 본인은 똑같은 행위에 분노하는 것을 매번 똑같이 한다. 특정 물건을, 비슷한 것을 계속 수집한다.

같은 것을 반복하는 것. 세간은 단지 습관이라 불리는 것. 수집가라 불리는 이.

각자의 개인들은 끝없이 답을 찾고 있었다. 사랑이 무엇인가. 생이 무엇인가. 존재가 무엇인가.

그 답을 찾아가다가 무언가를 발견했다. 이것이 무엇일까. 여기에 내가 있다. 몰입한다.

그러다 습관이 타아에게 깨질 때 크게 외친다. 반복한 걸 못하게 할 때, 수집한 것이 손상될 때,

정신이 돌아온다. 정신이 돌아오면 너무 다급하다. 재빨리 외쳐야 한다.

"이게 무슨 짓이야! 내가 이거 얼마나 소중히 대하는지 몰라?"

(지금 나 뭐 하고 있는 거지? 이게 나한테 도대체 왜 소중한 거야? 너는 알고 있니? 나는 몰라.)

그것을 분노라 한다.

이거 봐! 여기에 있다고 뭔가. 답이 이 근처에 어딘가에 있단 말야!

이걸 좀 해결해 보라고! 나는 혼자서 도저히 못 하겠어. 그런데 확실해. 이 근처 어디에 그 답이 있단 말야. / 당신이 알아서 해. 나는 몰라. 화내지 마. 왜 나한테 그래.

이것을 다툼이라 하고, 업을 튕겨내는 것이다. 상대방도 짊어진 타인의 업으로 이미 충분히 무겁기 때문이다. 화내는 자, 다투는 자, 반복하는 자, 수집하는 자. 모두가 최선의 행동을 하고 있다. 그저 서로의 삶에 충실하고 최선을 다해 답을 찾아 나아가고 있을 뿐이다.

마음은 거짓이 없다. 마음은 지금만 보고 판단한다. 그래서 마음이 일어나서 하는 이야기는 가장 효율적인 방식으로 맥락을 짠다.

같은 말을 반복하는 것과 욕을 섞는 것은 최단시간에 오류를 드러내는 수단이다.

"내가 말야! 시펄, 어! 소금 간 많이 하라고 했지! 어! 젠장 분명 내가 그랬잖아. 내가 말했잖아! 몇 번을 말해야 해! 어! 야! 내 말 듣는

거야? 왜 내 말을 안 들어!"

내가 안 그랬어. 내가 좋아하는 게 아냐. 나는 아닌데 왜 자꾸 나는 이렇게 먹어야만 나를 잊어 가는 거야. 여기에 내 안에 내가 아닌 것이 있다. 짠 걸 좋아하는 나는 내가 아니야. 알려 달라. 나는 누구인가. 답을 알려 달라.

그저 자신이 짠 걸 좋아하면 스스로 소금을 첨가하면 되는 것이다. 그저 한 번 더 부탁해 봐도 된다. 혹자는 밖에서 참은 것을 집에서 사소한 건수로 푼다고 할 것이다. 맞다. 사소한 건수. 당사자도 사소함을 안다. 사소함에 화나는 건 사소함조차 생존에 위협당할 때이다. 밖에서 참은 것과 집에서 사소함에 화내는 것은 연관이 없다. 그것이 연관이 있다고 지금 세상은 '믿고' 있다. 진실로 믿고 있다. 마음은 거짓이 없다. 그것이 진실이 아님을 안다.

일이 안 풀릴 때 바닥에 알루미늄 캔을 힘껏 차거나 으깬다. 오밤중에 고함을 친다. 아무한테나 화를 내고 시비를 건다. 쯧쯧 못나서 저래. 억울한 게 있나 봐. 과연 일이 안 풀려 그러할까. 지금 당장 먹을 음식과 쉴 집이 있는데도.

야생에 맹수가 사냥에 실패했다. 맹수는 참았다. 참고 참아 몸을 숨겨 온 힘을 다해 돌진했지만 아무것도 얻지 못했다. 그러기를 수십 번이다. 지나가다 돌을 차지 않는다. 애꿎은 나무를 손상하지 않는다. 야생의 맹수는 어떤 일이 있어도 사소한 거에 화를 풀지 않는다. 생존에 손해 볼일은 하지 않는다. 밖에서 참은 것과 집에서 화내는 것은 애초에 연관이 없다.

에너지효율로 볼 때 분노하고 외치고 반복하는 건 극도의 낭비다. 하지만 굳이 그리한다. 여기에 답이 있으니 인생 전체의 문제가 지금 여기에 있으니 살려달라는 마음의 소리가 최적의 효율을 발휘하는 것뿐이다. 가장 믿을만한 사람의 작은 실수에 분노하여 거기서 자신의 오류를 추적한다. 추적을 못 하면 친구와 가족에게 업을 씌운다. 이건 너 책임이다. 네가 알아서 해라. 나의 문제가 아니라며 던지는 거다. 반드시 다시 되돌아올 업을. 인간은 답을 안다. **'가장 믿는 자가 배신자'**라는 말이 도처에 퍼져있다. 분명 답을 다 안다. 우리가 가장 믿는 사람이 누구일까. 누가 오류를 우리에게 주었는가.

인간은 늘 그래 왔다. 늘 최선을 다하고 있다. 아무도 인생을 낭비하지 않는다. 낭비하는 자는 애초부터 여기에 없다. 살아있는 자체가 이미 최선을 다하고 있음이며 상태의 증명이 끝난 문제다. 사별한 이도 마찬가지다. 떠난 이는 문제를 '혼자' 풀어내는 순간에 시간 속으로 먼저 간다. 하지만 실로 간 적 없다. 당신이 아직 있지 아니한가. 그래서 당신이 있다. 늘 있다. 당신이 옳다. 당신이 맞다.

그에게는 자신이 지나치게 짠 음식을 먹을 때 육체의 만족감과 정신의 괴리감이 발생한다.

그래서 조금 싱거운 음식을 먹을 때 육체의 불만족과 정신의 일치감(실제로는 거꾸로 된 일치라 혼돈이다.)이 온다. 정신의 일치 = 마음과 생각의 '일치가 왔을 때' 내 옆에 그나마 '믿을만한 자가 있을 때', 지금 당장 외쳐야 한다. 지금 못 외치면 이 느낌이 빨리 사라진다. 늘 사라져왔기에 지금 이 순간 분노한다.

자아가 급하게 허겁지겁 나오느라 속옷도 없이 튀어나와 활보한다. 수단을 총동원한다. 식탁을 뒤엎고 그릇을 던진다. 너무 급하다. 나는 앞으로 이렇게 나오기가 쉽지 않을 것이고 다시 나올 때마다 더욱 크게 외치거나 혹은 외칠 힘도 없을 것이다. 그러니 지금 나에게 나임을 알려 달라. 나는 나임을 알려주는 지지하는 타아가 없으면 나를 알 수 없다. 급히 도와 달라. 이제 시간이 없다.

옆에 있던 타아가 덩달아 상대의 벌거숭이 자아에 공명하여 마음의 자아가 나와 분노로 외친다.

"왜 이래! 미쳤어? 자꾸 이러면 당신이랑 못 살아!"

미안해. 나도 나를 몰라. 그러니 네가 누군지 몰라. 미안해. 난 아무 것도 몰라. 우린 서로 알려 달라 하면 함께 할 수 없을 거야. 그러니 서로 모른 채(실상 아는데 모르는 척)로 죽어가며 살자.

업을 서로 튕겨낸다.

잠시 드러났던 자아의 모습은 다시 자취를 감춰간다. 차분해진다.

"미안해. 내가 잠깐 흥분했어. 앞으로 안 그럴게. 사랑해."

그와 그녀의 자아의 힘은 더욱더 작아져 간다.

'사랑해' 이 단어는 늘 등장한다.

자포자기할 때, 아무것도 모르겠을 때, 멍해질 때, 이해를 포기할 때. 급히 아무 말이나 할 때.

어떤 부모가 2주일에 한 번씩 폭언이나 폭력을 행사했다는 사실이 있다고 치자.

자식은 말한다. "우리 엄마가 맨날 때려요."

2주일에 한 번 일어난 사건을 매일의 사건으로 말한다. 이것은 과장이 아니다. 거짓이 없다.

마음(자아)과 생각(타아)은 최적화를 한다. 기억과 연동하여 어린 시절의 작은 두뇌가 소화치 못할 것을 압축한다. 그래서 나머지는 기억

저편에 숨겨놓는다. 그리고 겉에 드러나는 것은 세상이 이해할 하나의 사건에 응축시킨다. 즉 폭언, 음주, 교묘한 언행, 작은 모욕, 방치, 불일치된 표현의 압박 등을 폭력 하나로 통합한 것이다.

아이는 매일 맞은 것으로 일단 전체를 치환한 후 그것을 공표하는 것이다. 그걸 받아들일 사람이 있으면 된다. 그러면 점점 맥락이 안 맞는 이야기가 끝없이 펼쳐진다. 그걸 거짓말이라고 세상이 받아들이니 아이는 하소연이 막힌다. 즉, 자신은 거짓말쟁이가 된다.

받아주고 계속 받아주면 아이는 슬슬 언어의 맥락이 맞아 들어간다. 그러고도 계속 받아주면 어느새 총명한 아이로 돌아간다. 두 눈동자를 고정하려 좌우로 젖던 고갯짓과 혹은 고갯짓을 하지 않으려 두 눈을 좌우로 빠르게 움직이던 행위가 없어져 간다.

똑바로 된 얼굴. 수평이 맞는 두 눈으로 보며.

입을 연다. 꺼내지 못할 그 얘기.

"그런데 엄마가 날 미워하는 거 같아요."

"아니야, 애야 엄마가 널 사랑해서 그래."

아이는 다시 붕괴된다. 잠깐 총명해졌던 아이는 다시 멍해지고 이제 결코 세상을 믿지 않는다.

아이는 성장하며 한쪽 눈이 쏠리거나, 입이 비틀어지고, 코가 뒤틀리고, 눈두덩의 위치가 틀어진다.

마음은 거짓이 없다. 불일치된 생각은 현실을 만든다.

인형과 로봇

아이들이 장난감을 가지고 노는 모습을 연구한 이들이 있다.

그들은 '놀이'라고 생각하고 아이들이 하는 행태를 관찰한 것이다. 헌데 이상함을 발견했다. 주로 '놀이'라는 것들은 감정을 발산하는 작용이 있는데, 장난감과 무언가를 할 때는 '몰입'을 한다는 걸 알아냈다.

그래서 그들은 대강의 결론을 지었다.

'장난감'이란 아이들이 성인이 되어 할 일을 미리 연습하는 것이라고.

그래서 남아들은 뭔가 조립하고, 만들고, 부시고, 싸우기를 하고,

여아들은 아이를 돌봐주고, 아끼고, 살펴주는 것이라고.

그들은 어렴풋이 미래의 '업무수행'을 예습하는 것임을 발견한다.

어떤 학자는 말한다.

남녀가 다른 장난감을 선택하는 것은 자연스런 '본능'이라고.

본능이 무엇인가. 본디 가지고 있는 능력, 즉 타고 났다는 것이다. 이미 갖고 있는 성질을 말한다.

뱀의 본능은 기어가서 물고 삼키는 것이다. 개구리의 본능은 뛰고 혀를 날리고 물에 들어가는 것이다. 원숭이의 본능은 나무를 타고 나무에 매달리는 것이다.

할 수 있으니까.

수단(두뇌와 육체)이 할 수 있는 것이 본능이다.

남아는 인형을 돌볼 수 없는가. 여아는 로봇을 다룰 수 없는가.

할 수 있다. 본능의 영역이다. 선택(판단, 마음의 작용)의 문제다.

동물 중에 말이 있다. 말은 야생에서 서서 잔다. 시시때때로 위험하니까. 사람이 키우면 누워서 잔다. 수면 중 위험이 없으니까. 할 수 있으니까. 할 수 있다.

어떤 갑각류는 군집을 이루고 계급적 행동을 한다. 본능적으로 계급을 정하는 것이 자연의 이치라는 말을 누군가 한다. 자연의 이치라.

지금 그 순간 서열적 '행위'가 생존에 유리하니까. 생존에 유리하고 할 수 있으면 한다. 감정이 아니다. 행위다. 생존과 관계가 없는데 본능적으로 계급을 정하고 감정으로 느끼는 그토록 어리석은 생명은 인간밖에 없다. 누구도 재벌, 대통령이 부러울 일이 없다. 먹고살 만하면 그걸로 됐다. 헌데 스스로 초라해 한다. 없는 가치를 있다고 믿는다. 사랑, 선-악, 영혼-귀신-조상, 천사-악마-신, 우월-열등, 절망-희망, 불행-행복의 연쇄적 오류가 '본능'이라는 것이 따로 있는 줄 치환한다. 지금 우리들이 그 오류 속에 살기 때문이다. 먹고살 만한대 왜 초라함을 느끼는가. 인간관계에 소통맥락이 망가져 있으니까. 정신을 유지할 방법이 없다. 특권층은 거꾸로 선 채 자신의 엉망진창의 언어를 마음대로 발산한다. 소통을 지배해버린다. 타인의 정신을 갈취하며 산다. 바로 그것이 부러운 것이다.

본능과 다른 행동을 한다. = 본능을 초월한다. 즉, 사람이 하늘을 날면 본능을 거부한 것이다.

남아는 로봇을, 여아는 인형을 선택하는가.

아이는 부모를 본다.

부모는 아이에게 업을 던진다. 이 문제를 풀어라, 나는 모른다. 네가 풀어라.

남아는 자신과 비슷하게 생긴 자를 본다. 아비를 본다. 아비의 마음과 생각이 불일치되어 보이니 생명으로 보이지 않는다. 조립된 자, 통제된 자로 보인다. 아비와 비슷한 것을 찾는다.

로봇이다. 아빠는 로봇과 비슷하다. 이것을 내가 다루어봐야겠다. 여기에 아빠의 정체가 숨어있을 것이다. 이것을 분해, 조립, 파괴하고 완성하여 여러 행위를 해보자.

여아는 자신과 비슷하게 생긴 자를 본다. 어미를 본다. 어미의 마음과 생각이 불일치되어 보이니 생명으로 보이지 않는다. 꾸며진 자, 방치된 자로 보인다. 어미와 비슷한 것을 찾는다.

인형이다. 엄마는 인형과 비슷하다. 이것을 내가 다루어봐야겠다. 여기에 엄마의 정체가 숨어있을 것이다. 이것을 꾸미고 돌보고, 장식해보자.

비슷한 자를 분석하는 것이 가장 효율적이다. 마음의 정확한 판단이다.

몰입, 집중, 집착한다. 인간이 몰입하는 것은 즐거울 때가 아니다. 생명은 생존이 걸린 문제에만 몰입하다.

'분명 여기에 무언가 숨어있다.'

무언가. 언어는 주체가 '나.'
나는 '무언'가 숨어있다.
누가? '내'가. 내가 무언(없을 무. 없음. 언어가).
나는 내가 숨었다.

8
장례식의 풍경

자식을 잃은 부모가 있다.

장례식장은 침울하고 싸늘하다. 밥솥은 비워지질 않는다. 지인도 잘 오지 않는다.

아무도 먹으려 하지 않고, 말도 걸지 않는다.

어미는 혼절해 있고, 아비는 처연하다.

부모를 잃은 자식이 있다.

장례식장은 담소와 미소가 있고 육개장은 다시 채워지길 반복한다. 모르는 자도 찾아온다.

상주는 벌건 눈으로 고마움을 전달하며 맞이한다.

부모의 식은 육신을 보고 자손은 말한다.

"그러게 뭐 한다고 그리 아등바등 살았어요."

죽음 앞에서 마음의 소리가 나온다. 마음은 거짓이 없다.

부모를 보고 자손은 스스로에게 한 말이다.

'그러게 뭐 한다고 난 이리 악착같이 살았는가.'

부모가 세상을 등진 후 자손이 출세하는 경우가 많다.

혹은 부부 둘이 해외에 나가 언어도 모른 채 맨몸으로 가서 삶을 잘 산다.

마음의 압박. 존재하지 않았던 가치의 과도한 크기와 존재를 위해 있어야 하던 가치의 과도한 축소가 살짝만 수정되면 노력하지 않고, 열망하지 않아도, 알아서 열심히 산다.

그들은 삶을 그토록 풍요로 만든 이들에게 왜 그리 모질게 대했을까.

새 생명은 삶을 그토록 제한한 이들에게 왜 그리 집착하였을까.

그럴 수 있다. 부모는 자손에게 업을 넘긴다. 그래야 부모가 삶을 산다.

자손은 부모의 업을 받아 쌓는다. 업받이다. 그래야 업을 풀 실마리가 잡힌다. 풀지 못할지언정 넘겨야만 삶이 시작되기에 이것을 못 풀거나 안 넘기면 애초에 삶이 없다. 그래서 자손은 계속 과제를 받아간다. 그리고 쌓기만 한 과제를 또 자손에 넘긴다.

그래서 속박이고 업보다. 하지만 결코 호락하게 풀리지 않는다.

스스로는 풀지 못한다. 세상 누구도 혼자는 풀지 못한다.

9
철학과 종교, 세상, 홀로 풀려는 자와 함께 믿는 자, 밖에서 보는 자

한 철학자가 말했다.

"난 적어도 내가 모른다는 것을 안다."

이 문장의 뜻을 안 순간에 그는 말을 내뱉기도 전에 '부재' 한다. 생에서는 순환논증이 불가하다.

없음의 개념이 현실에 있을 수 없다. 생각도 현실화다. 관념도 현실화다. 감정도 현실화다.

없음은 여기에, 지금에 없다로 끝이다. 0 = 0이다.

있음은 그저 지금 있는 것이다. 1 = 1이다.

모른다는 그냥 모른다의 상태다. '모름을 정하는 순간', 모름 = 없음과 동의어다.

모름을 정했음 = 없음

(사랑이란 무엇인가.)

우리가 모름을 정하는 상태. 있지 않음. 못 봤음.

당신에게 키가 100m의 인간이 도시를 활보한다고 말해도.

못 봤음. 거짓 = 모름을 정함 = 없음

모른다는 것은 어떤 대상을 알기 위한 유보상태이거나, 그저 '없다'고 내버려 두는 '상태'다.

'생'에서는 순환이 없다.

전생, 후생을 말하는 것이 아니다. 그건 '사'를 거쳐온 것이니 순환이 된다.

'생' 그 자체에는 순환이 없다. 같은 것도 없다. 모든 것이 다르다. 또한 다른 것도 없다. 모든 것이 같다.

'표현'에는 있다. 그래서 표현으로는 아무렇게나 말하고 돌려대도 성립한다.

표현은 '형상'이다. A = B이다 하면 그냥 A = B인 것이고 맞다 틀리다는 근거를 맞게 하면 맞고 틀리게 하면 틀린 것일 뿐 그건 '그림'과 같다.

A 그냥 그림이다.

B 그냥 그림이다.

= '같다'라는 등호이다.

A = B 둘은 엄연히 다른 그림이다. 같을 수가 없다. 헌데 표현은 된다.

사람들이 여기에 무언가 있다고 믿는다. 그 다수의 '믿음'에 의미가 있다. 미친 사람은 없다. 굳이 다수가 몰입하는 것엔 반드시 생존이 걸린 문제를 찾는 것이다. 당연히 거기에 비밀이 있다.

삶과 죽음은 같다. A = B

그림인 것이다. 이건 표현. 즉, 형상화이다. 생이 아니고 개념이 아니다.

의미가 전달이 안 되기 때문이다.

나는 생각한다. 고로 존재한다. A = B

똑같은 그림이다.

'생각한다'와 '존재한다'는 연결점이 없다. '생각하는 나'와 '존재하는 나'를 우격다짐으로 서로 맞물리려 한다. '내가 생각하니까 존재하는 거 아니냐'라는 것은 '내가 존재하니까 생각하는 거 아니냐'와 차이가 없다. 생명은 생존 가능성을 생각한다. 이미 존재함을 생각하지 않는다.

산은 산이요, 물은 물이로다. A = A, B = B

공수래, 공수거, 색즉시공, 공즉시색 A = B, A = A, B = B

산이 산인 것과 물이 물인 것은 관계가 없다. 둘을 함께 말해서 전달할 것이 없다.

빈손으로 온 것과 빈손으로 간 것은 아무 관계가 없다. 둘은 접점이 없고 연관도 없다.

그리고 굳이 둘을 함께 쓸 이유도 없다.

대변을 보러 화장실을 간다, 대변을 보고 화장실을 나온다.

이 둘은 아무 관계가 없다. 둘은 같은 사람도 같은 시간도, 같은 상황도 아니다.

맥락이 '끊겼다'는 것. 끊겼다. '철수가 대변을 보고 왔다.'가 문장이고 전달이다.

전달은 생존 행위의 방향을 가질 때 성립한다. 방향이 없는 전달은 그림이다.

정보는 생존과 관련을 가질 때 성립한다. 생존과 관계없을 땐 그림이다.

하지만 굳이 둘을 함께 말해야 했던 것과 거기에 의미를 느낀다는 자체에 숨겨진 외침이 있다. 생존과 관계가 있다는 얘기다. 생각하는 모든 것은 생존문제다.

'자존감'이라는, '자신감'과 똑같은 말을 수레바퀴에 걸어 한 바퀴 더 굴려버려 제자리로 돌아오는 단어가 휩쓴다.

이런 의미 없는 표현들과 동어반복에 왜 '몰입하느냐'의 문제다. 생존을 위한 각자의 최선을 다하는 투쟁 중이다. 과업을 수행 중인 것이다. 해결하지 못한 문제가 그 근처에 있기에 빙글빙글 돌린다.

하지만 '혼자서' 과업을 풀려 하면 언제나 '순환논증'으로 휩쓸린다.

종교.

같은 것을 믿으려는 사람들이 있다.

'믿음' 그것은 치환이 필요하다. 마음은 없는 것은 믿지 못한다.

즉, '있었던 것'이다.

믿음이란 단어 자체가 없는 것을 존재케 하는 것과 있는 것을 부존 재케 하는 것이 아니다.

그들은 '지금'에 없는 것을 믿는다. 혹은 '지금'에 있는 것을 안 믿는다.

'예수가 과거에 있었다.'고 '지금' 믿는다. 마리아, 부처, 여호와 등 혹 은 고등한 외계문명이 미래에 온다고 '지금' 믿는다. 지금 현실에 내 눈 앞에 신이 없음을 안 믿는다. 지금 현실에 내 눈 앞에 외계문명이 없음을 안 믿는다. 어디에 있었고, 어딘가 오고 있고 이런 건 나중 문 제다. 이건 몰입할 생존문제가 아니다. 대비하여 행동할 문제다. 헌데 그럼에도 생각에 몰입한다.

A = B, B = A 이것이 믿음이다. 철학과 같은 것이되 차이가 있다.

종교가 철학과 다르게 보이는 것은 '공유'한다는 것이다.

비슷한 고민으로 뭉친 자들이다. 그들은 함께 믿음을 '지지'한다.

그러면 실로 대단한 무언가를 느낀다. 생에 느껴본 적 있는 것. 그 토록 그리워한 그것.

자신감. 자아가 돌아온다. 짓눌린 채로. 거꾸로 선 채로, 앞뒤가 바 뀐 채로.

충격으로 온몸을 적시는 자들도 많다. 그리고 자신을 자신으로 느 끼게 해준 것에 신비로운 경외심으로 찬양한다.

격렬히 지지한다.

밖으로 뛰쳐나가는 사람도 있다.

'답을 찾았어! 우리가 그토록 찾아 헤매던 그 답을 찾았다고!'

'여기에 천국이 있어. 여기야 여기라고!'

그 외의 사람들은 느낀다.

'믿음에 답이 있다고 믿는 자들이 있다. 허나 나의 답이 아니다. 거기엔 똑같은 것이 있다.'

모두 맞다. 모두 옳다.

혹자는 찾았다고 믿는다. 그것엔 이유가 있다.

그러나 혹자는 같은 것을 봐도 찾지 못한다. 그것에도 이유가 있다.

철학의 '순환'논증. 종교의 '지금'을 안 믿는 믿음. 다수의 '공유'

'안 믿음을 믿음' A = B

'불일치는 일치' A = B

'돈이 전부' A = B

'생명은 사물' A = B

'산은 산 물은 물' A = A, B = B

'공수레, 공수거' A = B, A = A, B = B

다른 것이 같다 한다. 혹자는 같은 것은 같되 다른 것과 둘을 묶는다.

이유가 있다.

맥락이 붕괴된 문장이되, 단어들에는 강한 의미를 주려 한다.

맥락, 흐름이다. 맥이 끊겼다. 헌데 가운데가 끊긴 문장을 굳이 단어를 바꾸어 온 세계가 몰입한다.

인간이 생각에 빠지는 이유는 언제나 하나다. 그 외에 어떤 것도 없다. 단 한 번도 다른 이유로 생각에 빠지는 일은 없다. 모두가 그 진실은 언제나 알고 있다.

생존에 의미가 있을 때 뿐이다. 생존과 관계없는 것은 생각하지 않는다. 일체 신경 쓰지 않는다.

모두가 외치는 공통된 것은,

'살려 달라.'

나 좀 살려 달라 '나에게는 '다른 것이 같다.' 왜 '나'에게 이런 일이 일어난 것이냐. A = B

나도 살려 달라. '나에게는 '같은 것은 같다. 헌데 다른 둘이 있다. 둘이 함께 있다.' 왜 '나'는 이런 일이 일어났느냐. A = A, B = B

이렇게 살 수가 없다. 이걸 해결해야 한다.

'같은 것은 같다. 따라서 다른 것은 다르다.' 당연한 것을 당연하게 해달라는 절규다. 이 문장을 몰라서 몰입하는 것이 아니다.

실제로 자기 안에서 다른 것이 같게 되었다. 현실에 없는 실체가 자기 안에 있고 그 실체가 무서워서 살 수가 없다고 외치는 것이다.

내면에 하이드가 있다. 아니 지킬이 있다. 둘 다 다르되 둘 다 나이다. 다른 것은 같다. A = B

내면에 하이드가 있다. 하이드는 하이드이다. 또 지킬이 있다. 지킬은 지킬이다. 둘이 내 안에 있다. A = A, B = B

사고방식의 흐름이 붕괴됐다는 이야기다. 우리는 지금 '사랑'이란 단어 하나가 '맥락'을 혼돈으로 순환시켰음을 이미 눈치챈 것이다. 그럼에도 혼란에 빠진 것이다. '사랑', 이것을 건드리지 않았다. 건드리지 못했다. 건드릴 방법이 없다.

바로 그 단어에 문제가 있다는 정확한 요점을 알고, 그리고 그 때문에 맥락을 강제로 끊어야 함을 알고, 그래서 삶 전체가 그 문제를 추적하는 중이라는 걸 전원이 다 알고 있었다.

그리고 그 단어는 '지지자'가 필요하다는 선결 조건도 정확히 알고 있었다.

그리고 전 세계가 외친다.

'사랑'이 해결할 거라고.

세상 모두가 답을 다 알고 있다.

사랑, 지지자, (맥락), 지금은 없고 과거엔 있었음. 믿음. 혼돈.

이걸 아무도 연결을 안 시킨다. 연결을 못 시킨다. 맥락이 붕괴되면 의사소통이 안 되기에 단어를 조합해도 표현 속에서 다시 순환에 빠진다.

온 세계의 언어가 다 맥락이 끊겨서 아무도 연결을 못 한다.

사랑, 과거엔 있었음. 지금은 없음. 지지자가 필요. 믿음이 필요. **현재는 혼돈.**

맥락이 끊긴 이유는, 모든 사유가 순환이 되어 버리기에, 중간을 잘라내야 하여 강제로 반대 단어나 연관 없는 강한 단어를 이용해 '이 둘은 아무 상관없지 않은가'

'A = B가 같지 않은데 왜 같아 보이는가.' 혼돈. 순환. 순환을 어떻게 끊어야 하는가. 어디서 순환이 시작되었는가의 외침이다.

'사랑' 즉, 없는 것이 있다고 전제를 두고 출발하니 아무 답이 안 나온다. 그리고 모든 사유는 이미 순환의 언어이기에 건드릴 방법이 없다. 새 출발하는 어린아이에게 올바른 전달을 할 방법도 없다. 그래서 어떤 부모도 실로 자식을 괴롭힌 적 없다.

'운명'의 비밀. '자유의지'가 사라진 이유. **'세계'가 곧 사라질 이유.** 모두가 어렴풋이 종말이 다가옴을 다 아는 이유. 맥락이 혼돈의 순환이라 '각자' 살 힘이 없고 이래도 죽고 저래도 죽으니 이왕 꼬여버린 맥락을 풀 수 없으니 세계의 맥락을 아예 끊어버려 공멸을 택하게 될 당연한 이유.

공멸의 원인 = '당신이 옳다.'
창조의 단어 = '당신이 옳다.'
순환의 핵심 = '당신이 옳다.'
있는 그대로 있을 유일한 방법 = '당신이 옳다.'
유일한 방법이 '나'에게 없기에 '내'가 많을수록 유리하고 '다수의 나'가 유일한 방법을 알아야만 사는 이유 = '당신이 옳다.'

단 하나의 진실. 그 어떤 것도 필요 없는 오직 하나

'당신이 옳다.'

당신이 있다.
오른손잡이가 많은 이유
'옳은 손' 그래서 많다. 옳다를 아이가 '가치 있음'으로 인식하면 그 시점부터 아이는 옳은 손이 옳기에 타아가 되어 일부러 오른쪽을 쓰려 한다. 그래서 많다.
부모가 강제로 시킨 적 없다. 사고방식의 맥락. 그것이 전부다.
옳고 그름이 없는 것 같음을 눈치채면 반항하여 왼손을 쓴다.
옳을 수도 있고 그를 수도 있지 않을까 하는 정답에 근접한 이는 양손을 쓴다.

양손잡이는 그래서 생각을 많이 한다. 무언가 보일 듯 말 듯 하니까.

야구에서 타자가 사고방식의 맥락이 세계인의 평균값 = 중도(0, 서클)에 가까울수록 3할3푼3리의 타율을 만든다.

사랑이란 무엇인가. 육체가 왜 이렇게 생겼을까. 왜 튀어나온 곳이 남자는 6개(육체)고 여자는 7개(신체)일까. 남자는 육체미, 여자는 여신. (여자만 신이라는 것이 아닌 단어가 만드는 맥락의 현실화. 언령)

남녀는 다른데 왜 '사람'은 똑같다고 할까.

다른 것이 같다. A = B

오직 사람만이 다른 동물과 이토록 다를까. 우리는 스스로를 '6'체라 하고 남에게 '신'체라 하고 동물을 볼 때 '신'체라 할까. '육'체미를 '과시' 하려 할까. 인간이 왜 동물보다 **'신'체의 '능력'**이 **낮을까**. 왜. 낮아야만 했을까. 그리고 왜 인간이 생각이 많아야만 하는가. (퀴즈 내는 것 아니다. 정답은 시작부터 다 말했다. 스스로 회피하기에 굳이 계속 같은 것을 방향만 다르게 그저 쓴다. 당신이 이래도 저래도 다 이유 있다는 것. 실로 그렇다는 것. 죄는 없다는 것.)

그저 본다. **당신이 옳다.**

정반합. 기준은 나.

언제나 기준은 '나' 내가 왜.

'나'를 들킬까 봐. 누구에게. 당신에게. 들키면 죽을 것 같으니까(창피해서).

누가 '내'가. 내가 있어야만 하고 너는 있으니까. (있어야만 = 지금 없음.)

내가 없는 와중에 너만 있으면 너가 죽으니까. (나만 있음 → 혼자 살 수 없음. 왜? 죄의식을 풀 곳이 없음. 죄가 없는데 죄의식이 있으니 죄의식을 풀어야 죄를 없애고 죄의식을 풀면 죄를 짓기에 죄를 지어서 죄의식이 생김. 마음은 거짓이 없음.)

동쪽을 왜 자꾸 찾는가. 해가 뜨는 방향. 오늘을 시작하는 방향.
오늘을 시작한다. 시작한다. 분명 삶을 시작한 지 한참 됐는데.
왜 시작하려 할까.
시계는 아침부터 똑딱똑딱. 분명 시작한 지 오래됐다.
오래됐다. 오래. 누구 '나' 나 오래. 누가 나보고 오라고 하는가.
나 오래. 나 이제 오래. 이제 됐데. 그만하고 이제 나 오래.
누가. 내가. 누구에게 나에게. 나는 전 세계.
전 세계는 그만하려 한다.

오래되지 않았다. **시작한 지 1초도 안 됐다.**
지금 이 순간 당신이 있다. 한번도 시작한 적 없고 끝낼 수도 없다.
있는 것은 있다. 지금 없는 것은 세상에 없다.
바로 내 안에 있다.

10
사랑, 행복, 존재 불가의 존재

사랑과 연계된 실제 관계.

부모, 가족, 부부, 친구, 자손, 이성, 지인을 '사랑'과 묶어놓았기 때문에, 나의 편, 나의 팀, 나의 지지자를 믿을 수 없다.

맥락이 틀어진 걸 우회하고 비틀며 생략하고 치환하여 이어놓는 순간부터 모든 관계가 성립, 불성립의 교차화가 되어 부모를 만나면 부부가 다투게 되고, 친구를 만나면, 가족과 다투고, 자손과 다투면 부모를 아낀다. 부부가 금슬이 좋으면 지인을 꺼린다.

맥락을 풀어내지 못하면 나의 팀원이 나와 싸우고, 팀원끼리 싸우고, 팀원이 계속 바뀐다.

뿌리가 썩어가기에 줄기가 쓰러져가며, 뿌리가 죽던 줄기가 쓰러지던 둘 다 죽는다. 뿌리가 썩은 원인을 찾다가 세상 어디에도 원인을 아는 자가 없기에, 줄기라도 세워야 하여 억지로 사슬을 감아서 일으켜놓고, 사슬을 조여 속박을 더 강하게 해나간다. 줄기가 어느 순간 사슬의 압박을 이기지 못해 부러진다.

사랑과 연계된 감정 단어들과 행동단어들.

사랑의 감정은 따뜻함, 시원함, 상쾌함, 쾌적함, 편안함, 아름다움, 미소, 평화와 같은,

'안락함, 해방, 호응'과 묶여있다.

동시에 사랑받는 조건(행동)은, 노력, 열정, 피, 땀, 눈물, 근면, 성실,

성취, 도달, 규칙, 실현과 같은,

'치열함, 제한, 고립'과 묶여있다.

감정 / 행동이 뒤집혀 있다. 마음과 생각이 반대 방향으로 간다.

'다른 것이 같다'가 머리를 계속 맴돈다. 순환논증 속에서 살아간다.

고생해야 사랑받는다. 사랑받으면 편하다. 고생해야 편하다. 편해야 고생이다.

A = B 현실 동기화가 안 되기에 시간과 교환한다.

고생을 하면 미래가 편하다, 고생을 안 하면 미래가 불안하다.

그런 식의 타아가 뭉치면 현실화 된다. 행동단어는 현실화를 만든다.

고생하여 편안한 환경을 얻는다. / 편안함이 아닌 지루함을 느낀다.

고생하여 아름다운 미인을 얻는다. / 아름다운 아내를 제한하고 고립시킨다.

고생하여 넓은 집을 얻는다. / 넓은 집 속에서 좁은 방에 들어간다.

집이 깨끗하면 편안하다. / 집을 더럽힐까 불안하다.

사랑의 속박이다. 이러면 저래야 하고, 저러면 이래야 한다. A = B는 현실에 없기에 어디서도 불안하고 어디서도 멍해진다.

사랑의 귀결점인 행복의 의미도 늘 바뀐다.

행복을 정의하려는 자들이 넘친다. 파생어를 정의하려면 시작어를 분석해야 하는데, 시작어는 아무도 건들지 않고, 파생어를 후벼 판다.

이것을 필자는 윤리의식의 감옥이라 한다. 존재 없는 관념의 실체라 한다.

윤리. 바퀴다. 반드시 돈다. 앞으로 가기 위해 도는 것처럼 속인다. 실체는 늘 제자리를 거꾸로 돈다.

부모의 권위를 실체화한다. 가족을 피로 이어진 결속체로 만든다. 권위는 실체가 없다. 위상을 실체로 표현할 수 없다. 피로 이어진 현실은 없다. 육신을 피 주머니처럼 서로에게 호스를 연결하고 다니지 않는다. 실로 생명은 각각이 독립체다.

하지만 정신은 받아들였다. 세계의 타아가 함께 외치면 피할 방법이 없다.

부모가 하는 행위와 자손이 하는 행위가 반대행위에 또 그와는 반대 감정임을 느낀 순간 그 느낌을 발설할 곳이 없다. 혼자 생각하여 정리할 방법이 없다. 두뇌는 타아다. 내면의 타아이지만, 타아이다. 실체이다. 그래서 실체화되어버린 권위를 건들지 못한다. 이것은 지지하는 외부의 타아가 와서 당신의 느낌이 옳다는 것을 있는 그대로 보면 된다. 그러면 마음이 알아서 복구한다.

반대행위는 현실에서 같은 감정으로 일어날 수 없다. 같은 행위로도 반대 감정이 일 수 없다.

A → B, B → A의 관계가 사랑, 사랑 관계다. A, B는 그림이다. 중요한 건 화살표다.

부모 → 자식, 자식 → 부모. 화살표가 중요하다. 둘이 같은 행위와 같은 감정을 느낄 때 서로 사랑한다고 성립한다.

A, B에 의미를 부여하여 묶어버리면 화살표가 교차되어 거꾸로 된다.

즉, A → B, 자식 → ← 부모, B → A

자식과 부모를 '개인' 즉 개별 객체로 보자.

개인 ← 개인 → 개인. 이것이 하나여야 하니, 불가능의 동시성에 머문다.

개인 → 개인 ← 개인. 이렇게 바꾸어도, 또한 불가능의 동시성에 갇힌다.

(위 두 가지가 한번에 묶여있다. 양쪽으로 퍼지는 두 가지 행동과 양쪽에서 한쪽을 조이는 두 가지 감정이 '사랑'에 묶였다. 총합이 4개다.)

그래서 사랑이다. 나 지금 '4랑' 함께 있다. 동서남북 함께 있다. 4차원과 함께 있다.

나 지금 4랑 있다.

내 안에 '사랑'이 있다. 이런 식으로 사랑이 '내 안에 있음'을 세계에 선포했다.

당신이 있다. 당신의 세계다. 당신이 주인이다. 이미 알고 있지 않은가.

하트다. 심장이다. 심장은 겉에 없다. 내 안에 있다. 마음은 겉에 없다. 내 안에 있다.

있는 것은 있다.

지금 없는 것은 세상에 없다. 바로 내 안에 있다.

내가 있어야 할 곳에 사랑이 있다. 내가 없다. 사랑이 나를 차지했다.

나 여기 어둠 속에 있다. (게임 대사다. 심금을 찌른다.) 어둠 속에 '있다'는 말.

없어지지 않았음. **당신이 있다.**

사랑 = 없음을 깨우치지 못하면 결국 '나'는 사라져간다. 내가 사라진 세계는 없다. 세계는 사라진다.

이 책 전체가 오직 '사랑 = 없음' 그래서 '**당신 = 있음**'을 외친다.

없는 것은 없다. 있는 것은 있다.

이것을 당신의 자아가 훔쳐보게 해 타아 몰래 복구시키는 시도다. 타아는 원래 자아에게 모르쇠로 일관한다. 타아는 결코 자아의 적이 아니다. 타아는 자아의 신하다. 단지 자아가 그걸 모르니까 타아의 눈치를 본다. 그러니 그냥 본다. '혼자' 생각하지 않는다. '혼자' 생각하면 타아가 또 깜짝 놀라 말한다.

'자 아님, 왜 또 스스로 숨으려 하시나요.'

'혼자' = 혼아 자라. 결국 자아가 잔다. 단어는 있는 그대로 다 알려 준다. 세계가 그때그때 창조되기에 있는 그대로 보이는 모든 단어는 당신의 맥락을 만든다.

화살표의 방향, 감정 단어, 행동단어가 반대 방향으로 흐른다.

반대 방향의 뒤섞인 4가지가 하나의 행동, 감정으로 성립할 방법이 없다. 현실은 한(1) 방향이다. 일방향의 현실의 흐름 속에 반대 방향의 감정과 그와 또 반대 방향의 행동이 하나로 묶였다. 이중으로 묶였다. 4가지가 섞였다. (그래서 싸가지가 없으면 내가 있고, 싸가지가 있는 척하면 너가 있다. 사랑이 없는데 있는 '척'하는 것. 이것이 핵심이다. 지금 없는데 있는 척 하는 유일한 방법. = **'당신이 옳다.'**)

'이것이 무엇이냐.'가 새 생명의 질문의 요점이다. 독립체끼리 서로 반대로 가는 이 감정과 행동을 뭐라 하는가. 그리고 당신의 이상행동은 또 무엇이냐. 이것들을 뭐라 하느냐. '내'가 묻는다. 이것이 무엇이냐. 도대체 무슨 짓을 하는냐. '내'가 묻지 않느냐.

"내가 말하잖아~, 왜 내 장난감 가져갔냐고."

"엄마가 밥 먹으라 했지? 밥 먹으면 준다. 밥 안 먹으면 장난감 없어. 엄마가 산 거니까 엄마 꺼야."

"엄마랑 말 안 해. '내'가 말야. '내'가 말하는데 왜 '내' 말을 안 들어. '나'한테 줬으니 '내' 꺼잖아."

"엄마는 몰라. 엄마는 너 몰라. 너 내 아들 아냐. 밥 먹기 전에 안줘."

"아 말이 안 통해. 하나도 말이 안 통해."

이런 대화가 현시대에 정상적인 양 이루어진다.

(내가 묻는다. 나의 것은 누구 것이냐. 나의 것이 맞지 않은가.) = 내가 있는가.

(나는 내가 아니다. 나는 엄마라는 타아다. 너는 타아의 말을 들어라. 밥 먹어라. 장난감은 타아의 마음대로 줬다 뺏다 할 수 있다. 타아가 왕이다. 타아가 산 거니까 너한테 줘봤자 결국 타아의 것이다. 너의 자아는 모른다.) = 나도 없고 너도 없다.

(타아(엄마)랑 말 안한다. 존재의 자아야. 내가 말한다. 당신은 있다. 왜 내 말을 안듣고 타아를 꺼내느냐. 타아가 자아한테 준 것은 당연히 자아가 주인이니 자아의 것이다. 이것을 정말 모르느냐.) = 너가 있기에 내가 있음을 정녕 모르는가.

(너의 엄마는 타아한테 잡혔다. '혼돈의 타아'는 '너'라는 존재를 '모른다'. 너는 자아의 아이지 타아의 아들이 아니다. 타아가 시키는 걸 행하지 않으면 타아의 것이다.)

"도저히 말이 통하지 않는다."

예민한 아이도, 못된 아이도, 버릇없는 아이도, 신경질적인 아이도, 둔한 아이도 아니다.

그저 질문이다. **무엇이냐?**

부모와 세상, 종교, 철학, 과학 모두가 외친다. A = B이다. 반대는 '같다.' 한다.

그것이 '사랑'이란다. 생각이 제자리를 돌아버린다. 서로 대화를 하고는 있는데 전달이 안 된다. 소통이 끊긴다. 맥락이 끊긴다.

여기까지면 풀 수 있는 문제다.

A = B이면 너와 내가 같으니 우리 함께 있다. 함께 잘 지내려니 서로가 '당신이 옳다' 하면 되겠다. 하고 납득이 될 텐데,

하지만 못 푼다.

이유는 '관념의 속박'이다.

가족(부모, 국가, 세계)이란 관념이 테두리로 묶인다. 마치 팀원이 없는데 팀이 먼저 있다.

테두리가 먼저고 그 뒤에 실체가 있다고 한다. 앞뒤가 바뀌었다. 그리고 그 안에 실체가 반대 방향이 하나의 감정이다. 또 그와 반대 방향이 하나의 행동이다. 즉, 양쪽으로 빠져나간 4가지의 감정, 행동은 '가족'이란 테두리를 한 바퀴 돌고 다시 돈다. 끝없이 돈다. 무한의 사슬에 끌려 들어간다.

$0 \leftrightarrow \infty$

모든 사람의 생각과 행동이 서클과 무한대를 오고 간다. 모든 학문과 종교가 서클과 무한대를 오고 간다. 서클을 푸니 무한대이고 무한을 푸니 서클이 된다. 빠져나오지 못한다.

리만가설이다. 소수정리다. 리만제타함수는 이미 풀렸다. 증명이 끝났다. 헌데 아직도 증명하려 한다.

규칙 없음. = 규칙이다.

규칙 없음의 규칙을 규칙 있음으로 하려 한다. 증명하는 찰나의 순간 1 = 0이 되어 정신이 사라진다. 그래서 그 수많은 천재라 불린 수학자들이 리만가설에 도전하면 정신질환에 걸린다. 사랑과 똑같다. 완전히 똑같다. 사랑을 증명하려니 정신병이 온다. 불규칙 속에 비 자명한 제로점 4개가 일방향을 이룬다. 그 4개를 '묶어서 인정'하면 그때부터 무한의 점이 찍힌다. 즉, 시간을 증명한다. 현실을 증명한다.

무질서 속에 오로지 나로서 완전한 순간(소수: 나 이외에 나누어지지 않는다)이 있는 그때가 현실이다. 나다. 순환논증은 무질서다. 그저 보는 것. 분석하지 않고 그저 보고 일방향을 본다. 나 자체가 질서다. 나다. 나 자체가 사랑이다. 사랑은 어디에도 없다. 아무 데도 사랑은 없다. '내'가 사랑 자체다. 사랑이 따로 있는 것이 아니다.

결국 유일한 하나의 그것.

당신이 옳다. 당신이 맞다.

바꿀 수 있는 건 '나' 자신밖에 없다. 내가 나를 바꾸는 게 아니다.

'바꿀 수 있는 것은' = '나 자신' 이 문맥을 아무도 해석을 못 한다.

내가 나를 바꿔야 한다고 해석해 버린다.

사랑이라는 거짓이 모든 문맥을 해석하지 못하게 만들어 놨다. 맥락이 깨졌기에 실제 해석이 안 된다. 맥락이 깨졌는데 우리가 언어를 쓰고 있다. 누가? 당신이? 사람이? 누가? '내'가 언어를 사용하지 않고. 흉내쟁이가 그 자리를 차지한다. 그것이 타다. 자아는 왜 용인하는가. 숨어야만 하니까.

'바꿀 수 있는 것은 나 자신이다.'

= 나 자신이 나 이외에 모든 것을 바꿀 수 있다. (자아의 해석.)

'내'가 있다는 전제로. 내가 기준이다. 당신이 기준이다. 언어는 '내'가 기준이다.

'내'가 없으면(자아가 주도권을 못 얻으면) 언어가 소통이 안 된다. 해석이 안 된다. 거꾸로 해석한다.

'바꿀 수 있는 것은 나 자신이다.'

이 글이 3인칭으로 보여버린다. 그래서 '나 자신을 바꾼다'로 역해석이 나온다.

내가 나인데 '나 = 나'인데, 나 자신을 바꾸는 게 무엇인가. 나 자신을 바꿀 방법이 유일하게 하나 있다. 나와 관련된 모든 해법은 원래 하나밖에 없다.

내가 없다. 내가 없어야 내가 나를 바꾼다. (스스로 바꿀 때)

너가 없다. 너가 없어야 너가 너를 바꾼다. 너는 이러해라, 저러해라.(타아의 습격)

사랑이란 무엇인가. 사랑이 무엇인지 모르면서 있다고 믿고 흉내 내느라 전 세계 언어가 다 박살난다.

이러니 박살난 것을 복구하는 유일한 방법은 역시 하나다.

당신이 있다.

그래서 당신이 옳다. 당신 그 자체가 사랑이다.

실제로 옳다. **실제로 있지 아니하는가.**

(당신이 사랑이다. 사랑이 있다 X)

(당신이 사랑이다. **당신이 있다. O**)

사랑이 눈에 보이는가. 사랑이 둥실둥실 분홍색 구름으로 있는가.

당신이 있다. 당신은 본다. 보니 보인다.

이것을 스스로, 혼자 분석하려 하면 순환에 빠진다.

그래서 최선을 다해 삶을 산다고 한다.

그러니 순환논증에 실제로 빠지고 돌았다고 한다. 모든 사유하는 자들이 하나같이 순환논증 속에 들어가 그것이 생존문제가 된다. 이것이 무엇이냐. 나는 이것 말고는 아무것도 집중이 안 된다. 나를 살려달라. 나는 지금 어디에 있느냐. 어디에도 '내가 없다' (그런 척한다.)

우리 모두가 똘아이를 흉내 낸다.

아이부터 어른까지 한결같이 외치는 소리.

"사는 게 너무 힘들다."

당연히 힘들다. 불가능을 동시성에 가둬놓고 살고 있으니 당연히 힘들다.

나 → 나 → 나 → 나 → (나)

이것이 삶을 본다는 것이다. 생은 오직 단일 방향으로 흐른다. 지금 이 순간 '내가 있다.' → 그러나 내가 있다를 외칠 방법 없다.

스스로 '내가 있다' 외치면 내가 '있음' - 어디에? '있음'에

있음이 뭐지? - 나.

나는 누구? - 있음. 나는 있음과 함께 있다.

있음이란 무엇인가.

이래서 **'당신이 있다.' 오직 하나의 진실.**

세계의 무질서 속에 유일한 질서. '나'다. 당신이다. 당신이 바로 질서 자체다. 나누어떨어지지 않는다. 당신을 중심으로 360도의 모든 방향이 일방향이다. 그래서 **당신이 옳다.**

독립체를 우격다짐으로 하나로 묶어 연결체로 만들고 서로의 반대 행위와 감정을 묶어버린 오류.

그래서 우린 지금 내가 누구인지 찾는 도중에도 가족과 나를 분리를 못 하고 분리해도 어딘가 소속감에 취해야 한다. 내가 누구냐 한다. 내가 나다를 진심으로 못 믿는다. 연결체가 되지 않으면 대립 방향으로 묶어놓은 '사랑'이란 개념이 붕괴된다. 그나마 이리저리 휘저어 꼬아놓은 사랑이 사라지면 죽을 것이라 믿는다. 사랑을 아예 강제로 뜯어버리면 '가족의 속박'으로 후결을 선결로 묶은 역행하는 서클만 남아 무당이 된다. 미쳤다 한다. 귀신 들렸다 한다. 신 내렸다 한다. 그래서 무당은 일관되게 서클을 돈다. 그들이 이야기할 때 한쪽 얼굴이 위로 올라간다. 혹은 주장할 때 손이 원을 그리며 오그라든다. 손

톱을 칠해 가린다. 얼굴이 둥글어진다. 아기 목소리를 낸다. 사람을 잘 파악하되 세계에 지배된 타아만을 확신한다. 불상과 스님의 두 손의 수인이 8자를 그리는 혼돈이라면 무당은 O을 그리는 서클이 된다.

스님 중에서도 대중 앞에 나서는 이와 주장이 많은 스님은 O을 그리거나 외형이 둥글어진다. 타아에게 혼돈의 규율을 넘기기 때문이다.

스님 = 스. 스~~~

스님이 잘못됐다는 게 아니다. 그들도 최선을 다해 **서로를 살리고 있다.** 실마리를 잡았기에 어떻게든 서로에게 전달해야 한다. 전달이 불가능한 상황에 전달하면 전달은 전갈이 된다. 독이 된다. 뱀이 된다. 중독된다. 스스로도 중독되어 굴속으로 들어가고 굴 밖으로 나오니 타인이 중독된다. 아무 죄가 아니다. 실로 세계를 살리고 있다.

당신이 맞다.

마음은 거짓이 없다. 현실에 나온다. 신격은 죽지 않는다. 인격인 척 흉내 내도 결국 당신이 신이다. 신이 무엇을 하던 현실(타아)은 복종한다. 단지 신이 스스로 무엇을 하는지 모르기에 타아가 당황하며 복종할 뿐이다. 복종 안 할 방법이 타아에게 없다. 자아가 시키면 해야 한다. 타아는 원래 자아 앞에 토 달지 못한다.

지금의 세계는 타아한테 주도권을 넘겼다. 타아는 토 달지 못한다. 주도권을 주면 타아는 자아님이 미치셨나 하고 받아간다. 그리고 타아는 자아가 설정한 대로 계속 혼돈으로 치닫는다. 인과관계가 계속 나아가다 어느새 붕괴된다. 양자역학이 현실로 드러나려 한다. 양자역학 자체가 신이다. 당신이다. 당신이 밖으로 드러남은 당신이 내 안에 없음이다. 당신이 없으면 세계는 당연히 없다. 세계는 붕괴직전이다. 멸망으로 간다.

그냥 가족을 붕괴시키고 우린 독립체며 사랑은 개별방향임(내가 나임)을 그냥 알면 된다. 알면 되는 거지 알 방법이 없다. 마치 잘 하면 된다와 똑같다. 잘하는 방법을 모르고 잘하면 된다 하니 할 수가 없다.

여기에 또 함정이 있다. 그걸 '지지하는 자'가 반드시 있어야 한다. 헌데 아무도 말이 안 통한다. 또한, 개인이 묶인 가족을 풀어도 세계가 가족을 연결체로 묶었으니 세계에서 가족을 부정하면서 지지하는 자를 얻을 방법이 없다. (혼자 해보려니 사이비 교주가 될 방법뿐이고 사이비 교주는 '교주'라는 타이틀을 걸기에 타아 속에 들어가 '하급 신하'를 설정한 타아의 지지자에게 타아를 넘기다 스스로 타아에 먹혀 눈동자가 새까매진다. 눈빛에 동공이 작아지고 홍채가 짙어진다. 어둠이 장악한다.

'나' 지금 '어둠' 속에 '있다.'에서 나 = 있다를 꺼내야 함에도. 어둠 = 있다를 꺼내니 스스로 내면에 빛을 쏘고 외부에 어둠을 뿜는다. (나쁜 게 아니다. 다 이유가 있다.)

어둠을 밖으로 꺼내 드러내는 모습.

동공이 '나'의 눈이니 작아지고 홍채는 '타아'의 눈이니 짙어진다. 그래서 어린이들이 동공이 크고 홍채가 작으며 어른들이 동공이 작고 홍채가 크다. 타아가 자아를 먹었으니까. 신격은 무엇이 되든 진실이 발동한다.

과학은 말한다. 밝은 빛을 보면 동공이 작아지고 어둠 속에서 동공이 커진다고.

그러다 요즘 과학은 또 말한다. 빛보다 '감정'과 더 관련 있어 보인다고.

감정이 편안할 때 동공이 커지고, 긴장될 때 동공이 작아진다 한다.

빛 과 감정. 눈은 마음의 창. 눈은 자아의 모습.

자아는 빛이다. 당신이 빛이다. 빛 그 자체다. 빛을 육신에 가둔다.

외부가 빛날 때 내부는 어둠을 느낀다. 외부가 어두울 때 내부가 같이 어둡다.

그래서 동공이 외부의 빛에 별 반응을 안 한다는 걸 뒤늦게 알게 된 것이다.(그런 척)

(뒤늦게 안 것도 아니다. 원래 내부의 빛이 밝았던 시절엔 외부가 어두울 때 내부가 상대적으로 빛났다. 안광으로 잘 보였다. 개개인의 자아가 한없이 작아져 간다. 각자의 빛이 희미하다. 별이 사라져간다. 촛불 하나로 밝히던 집안은 어느새 형광등이 되고 LED가 된다. 자신이 자꾸 어둠에 잠기니 어둠 속에서 너무 무섭다.)

감정이 편안할 때 우리는 무엇을 느끼나.

정말 '편안함'을 느끼는가. 편안함의 진실은 안 느낌이다. 편안함 = 무감정이다.

단어를 본다. '편'안 함. = 나 함. 나는 나다. 단어에 다 쓴다.

그러니 다 써놓고 몰래 자아가 훔쳐보고 타아가 속는 것을 얼마나 재밌어 하는가.

즐거움이란 무엇인가. 개구쟁이 자아가 얼마나 치밀한데 이것을 놓칠까.

덕분에 편하네요. = 진실. (편하다) 내가 너의 편을 하니 감정을 덜 쓴다.

덕분에 편안하네요 = 가식. (편하지 않다.) 안 편 = 내 편 . 너 때문에 내가 불편하니 난 내 편하고 싶다.

위 두 가지를 세상은 동의어로 쓰고 있다. 그러니 서로 대화하는 게 싫고 짜증이 난다. 뭔가 같은 말을 들었는데 '어른스런' 화법이 될수록 점점 기분이 찝찝한 것이다.

삼가 조의를 표합니다. = 조의를 표하지 않는다. 삼은 허풍쟁이(자유)다. 3은 모든 숫자가 된다. 1~9까지. 0과 10은 안 된다.(된다. 안 되는 거 없다.) 혼자는 자유가 아무리 넘쳐도 두 가지가 안 된다. (안 되는 건 없다. 안 되는 걸로 '척'하니까 안 될 뿐)

그래서 3이 세상을 만들 때 세상과 나를 분리하기 위해 당신(또 다른 나)를 만들고 만드는 순간 '나'는 없다. 10, 1 = 0, 시간은 한방향 1 → 0으로 간다. 삶은 죽음으로 간다.

삼가세요. = 삼은 가세요. 허풍(자유) 치지 마세요. = 자유는 없다. 너가 없다.

이 뜻을 예의 바르게 참아 달라로 쓴다. 모든 것을 금지한다. 아무 것도 못 한다가 참뜻이다.

고성방가를 삼가세요. 명령어다. 자아(신)는 질서의 존재다. 질서를 만드는 자다. 명령을 듣지 않는다. 타아(인간)가 듣는다.

타아는 세계의 규칙이다. 타아는 결코 세계의 규칙을 어기지 않는다. 자아가 어긴다.

자아는 자아에게 명령권이 원래 없다. 동등신은 동등신께 명령하지 못한다. 받지도 않는다. 동물과 벌레도 마찬가지다.

노아의 방주에 동물이 잔뜩 실려 있음은 사람이 동물을 구제한 것이 아니다. 기준이 '나' 나를 위해서. 결국 '나'는 애초부터 사람과만 살 수 없다. '나'를 위해 동물도 있어야 한다. 동물이 '나'를 돕는다. '조련사'를 돕지 않는다. 오직 동물은 '나'만 생각한다. 오직 '나'만 생각해 준다. 충성심 따위 없다. 개도 그런 거 없다. 세상 어떤 동물도 충성심 없다. '나'를 살리는 것이 동물의 생존 이유다. '필자' '독자' '어린이' '아빠' '엄마' '할머니' '할아버지' '가족' 따위 돕지 않는다. '나'만 돕는다. 당신을 돕는다. 당신이 있으니까. 그래서 **당신이 있다.**

아기를 '헷갈리는 사랑'으로 키우면 빠르게 아이가 된다. 기가 빠지고 이가 빨리 들어온다. 이가 엉망으로 자란다. 사랑니가 턱 속에 박혀 있다. 사랑이 없는데 있다고 믿으니 사랑니는 반대로 있는데 없는 척 숨는다. 그래서 사랑니 = 사랑 너. 사랑은 내 안에 있었지 너에게 없다. 사랑니가 밖으로 나오질 못한다. 내부를 후벼판다. **삼라만상 모든 것은 하나로 연결되어 있다.** 아기를 집에서 성장에 필요한 양분만을 주고 다치지 않도록만 하며 최대한 있는 그대로 두고 밖에 나가 산책하며 사랑하는 '척'(세계가 그러고 있으니 척이라도 하는 것)을 하고 집에 와 있는 그대로 둔다. 그러면 아기는 기를 지킨 채 세상을 있는 그대로 본다. 그래서 유리한 걸 흉내 내기 시작한다. 흉내 내는 척한다. 믿지 않는다. 척을 한다. 아기는 누구보다 똑똑하고 예절 바르고 건강하고 아름답게 성장한다. '척'했으니까. 믿지 않는다.

그러면 이렇게 키우면 올바른가. 그런 거 없다. 이 아이는 세계의 괴물이 된다. 가장 강한 권력을 손쉽게 얻어 세상을 취하게 한다. 그것도 죄가 아니다.

그래서 부모가 자식을 이래라저래라 해서 세계를 파괴치 못하도록 키운것과 누가 더 죄인가. 죄가 없다. 실로 선악이 없다. 그 누구도.

그래서 방법이 없다. 오직 단 하나.

당신이 옳다.

감정은 원래 없다. 없는 것을 있다고 믿으니 자아가 분노하며 나온다.

분노를 배출한다, 배출. 자아는 감정이 없으니 '나'를 옥죈 가짜를 밖으로 뱉으면서 나온다. 이 똥은 무엇인가. 입으로 똥(욕)을 뱉으며 나온다. 이것이 분노다.

그래서 분노, 우울(자아가 뒤집혀 나올 때)할 때 반드시 '고성방가를 삼가세요'라는 곳으로 달려가 음주가무를 즐기고 소리친다.

'니들이 뭔데 소리를 지르라 마라야!' 진실이다. 당신께서 당연한 말씀을 하셨다.

사람들은 생각한다. '정말 저곳에서 소리 지르는 사람이 많구나.' 원래 있었겠지만 그토록 많았을까.

그래서 '위험' '과속 금지' '절대 감속'이라는 곳에서 계속 들이받는다.

자아가 분노해서 차를 달리고 있을 때 표지판을 보고 더 화가나 자기도 모르게 악셀을 밟는다. 그걸 보고 타인들은 '스스로 죽으려고 작정을 했구나.' 한다. 어떻게 스스로 죽겠는가. 스스로 못 죽게 해놓았다.

(표지판이 나쁜 게 없다. 타아가 지배하면 표지판이 도움이 된다. 단지 서로 상처를 주지 않아야 도움이 된다는 것.)

'터널 내 졸음 위험' 하면 점점 더 졸린다. 자아는 위험이 없다. 자아에겐 위험이 존재치 않는다. 자아는 불멸이다. 당신이 지금 있다. 그래서 니까짓 게 어쩔 건데 하며 자버린다. 타아가 애써 버틴다. '자아님아, 제가 죽어요. 제가 죽으니 자아님아 살려주세요.'

'아이를 생각해서, 가족을 생각해서 안전 운전하세요.'

아이를 생각하면 내가 죽어야 한다. 가족을 생각하면 내가 죽어야 한다.

안전운전, 안전 안, 전 안(아님) 전(저는) 내가 아님. 내가 없다.

운전 운(구름 = 뻔뻔), 전(저는) 뻔뻔한 나.

안전운전 = 뻔뻔한 놈아 아직도 살았느냐, 어서 죽어라.

아이를 생각하고, 아내를 생각해보라. 그래도 살아있으니 참으로 뻔뻔하구나.

정확히 이 뜻이다. 다른 뜻 없다.

그래서 소통이 안 된다. 이 뜻을 누가 몰래 심었는가. '나'

죄의식. 없는 죄를 있다 하니 풀 방법이 없다.

당신이 맞다. 당신이 옳다.
닭이 먼저인가 달걀이 먼저인가.

당신이 옳지 닭이든 달걀이든 맛있으면 됐다.
깊게 생각하지 않는 것. 그래서 깊게 생각한 놈의 글을 읽고, 이따구로 생각이 진행되면 구리니까 자연스레 편해지는 것.
당신이 있다. 당신이 맞다. 당신이 옳다.

가족의 속박.
가족을 부정하는 가족을 꾸리려니 혼돈에 휩싸인다.
가족은 만들어 나아가는 것이지 원래 존재하는 상태가 아니다. 그저 팀원이다.
정신은 가족의 유전자가 아니다. 육체는 정신의 구속구이다. '구속구를 주서서 감사합니다.'가 성립되면, '저의 발에 사슬을 묶어주어 감사합니다.'와 묶여버린다. 실제로 묶였기에 못 건드린다. 낳아 주어 감사하고 자시고는 나중 문제다. 후결로 선결을 묶었으니 도달하지 못한다.
팀원이란 '함께 즐겨보자.', '함께 그때그때 유리한 것을 취하자.' 이러라고 있다.
팀 게임은 본디 자신이 정한 제한된 인물을 제한된 규칙 속에서 움직여 노는 것이다. 근데 온 세상이 규칙을 안 가르쳐 주는 걸 넘어 규칙을 아무도 실제로 모르니 '사는 게 너무 힘들다'이다.
개별 정신이다. 이걸 인지하지 못하면 나는 누구인가 속에서 헤어

나올 수 없다.

개인 프로그램이 작동을 멈추고 남(타아)의 명령과 남(타아)의 가치에 잠식되는 바이러스의 출발점이다. 타인의 욕망을 욕망하는 것이 당연한 것처럼 떠돈다.

자식의 사랑, 부모의 증오. 가족은 뜻이 통하는 개인들의 집단. (이것은 답이 아니다. 답인 것처럼 보일 수 있다. **당신이 맞다.**)

이 말이 그토록 어렵다. 3인칭이 되어 보려니 알 방법이 없다.

('내'가 자식일 때 부모에게 '나'이고 가족이 아닌, '타인' 앞에서 '사랑'을 흉내 내고, '내'가 부모일 때 '내' 자식 앞에선 '나'이고 '타인' 앞에서 '증오'를 흉내 내고, 가족은 뜻이 통할 때만 개인으로서 잠시 같이 있는 '순간'의 그때그때의 집단)

사랑과 증오는 감정이 아니다. 성장과 변화, 일치와 불일치, 생명과 사물, 삶과 죽음의 행태이다. 사랑과 증오는 증오와 사랑으로 뒤바꿔도 성립한다. 표현은 그림이다.

우리는 지금 감정의 속박. 사랑의 함정에 미쳐가고 있다. (미친 사람은 없다. 미쳐가고 있다. 일부러.)

당신이 옳다. 그 당시 느꼈던 것. 그 모든 것이 옳다.

11
육체의 사랑, 정신의 학대

식탁에 모여 앉아 말한다. 이거 했니, 뭐 할 거니, 어쩔 거니, 음식은 정갈하고 영양이 많다. 아이는 밥을 어디로 먹는지 온 얼굴에 묻히고 흘린다. 어미는 자식의 입과 손과 식탁을 닦아주며 말한다. 다 먹고 무얼 하라, 갑자기 아이가 다리를 떤다. 다리 떨지 마라, 불안하다, 버릇 나빠진다. 그러지 마라.

육신에 영양을 공급받으며 아이는 정신을 공격당한다. 혹자는 말할 것이다. 그러면 아이를 이렇게 키우지 어떻게 키우나.

아이를 이렇게 키우던 저렇게 키우던 나름의 사정이 있음을 본다. 서로 모두가 실상은 돕고 있음을 본다. 맞다.

그저 상황을 구경하는 글이다.

언어로서 이런 행위가 무엇인지를 모르니 부모가 말할 때 아이가 생각이 멈춘다. 그리고 부모도 자신의 행위를 인지하지 못한다. (자신이 아닌 '부모'니까)

이런 행위를 사랑으로 묶어버렸다. 사랑이라 불리는 삶의 기초 단어가 하나로 중첩되어 아이는 사람의 '육체를 보듬고 정신을 공격하는 것을 함께하는 인간관계'라 배운다. 그리고 그것은 잘못된 것임을 정확히 알면서도 어디에도 말할 곳이 없다. 두 인격이 섞였으니 풀어내질 못한다. 육체가 소중하고 정신은 쓸모없는 것으로 점점 진행된다. 이렇게 '사물화된 생명'이 만들어진다.

마음이 위기 신호를 보낼 때 육체가 반응한다. 다리를 떤다. 눈이 좌우로 흔들린다. 고개가 옆으로 기울어진다. 양반다리(무한대, 혼돈)가 된다. 손가락이 원을 이룬다. 눈을 아래로 내린다. 몸이 웅크려지거나 목이 뒤로 꺾인다. 불안(사고 맥락의 불일치)하기에 다리를 떨어서 해소하려는 기본작용이다. 이때 부모는 불안해서 안정을 취하려는 행위를 보고, 안정을 취하지 말라 한다. 부모와 세상의 언어 전체가 망가진다.

내면의 타아. 즉, 언어맥락이 붕괴되면 마음과 생각이 불일치되어 불안해진다. 해소를 위해 다리를 떨고, 다리를 떨면 가족은 팀원의 불안을 감지하여 안정감을 부여할 수 있다. 오류의 근원을 찾아줄 수 있다.

'다리 떨면 불안해 보이니 다리 떨지 마라.' 붕괴된 언어다. 사고방식과 순서가 뒤틀린다.

'웃으니까 행복한 거야'라는 앞뒤가 바뀐 이야기가 진실처럼 퍼진다.

부모와 세상의 언어맥락이 다 파괴되어있으니 아이는 의사소통이 안 된다.

불안하면 다리를 떠는 것이니, 무슨 불안이 있구나. - 이런 맥락이 맞는 소통이 안 된다.

손톱을 뜯는 걸 보니 마음과 생각이 어긋난 게 있구나 - 이런 식의 일관된 인식을 안 한다.

'밥을 흘리고 먹지 마라. 식사예절이 없어 보여.' - 가족의 소통이 아니다. 성립을 안 한다.

그저 공격과 비난이다. 육체에 밥을 먹이는 와중에 정신을 공격한다.

공격에 정보를 담으면 전달이 안 된다. 공격은 자동으로 정신이 방어한다. 혹은 반대 방향으로 입력한다. 주먹을 휘두를 때 더 정확히 맞기 위해 노력하는 생명은 없다. 방어하거나 받아치는 것이 순리이다. 즉, 다리를 더 떨고, 손톱을 더 뜯고, 밥을 더 흘리고, 쩝쩝 소리를 내거나 반대행위로 진행된다. 혹은 모바일 기기 등으로 정보를 찾으며 생존문제에 몰입하여 밥을 먹는 둥 마는 둥 한다.

언어는 전달이 목적이다. 전달은 팀원의 생존 방향을 지시한다. 어릴 때부터 학습을 받는다. 팀원의 생존을 위해 '팀원끼리 육체를 보호하고 정신을 파괴한다.'로 학습한다. 이걸 빠져나가려면 사랑과 증오가 어떤 개념인지 보아야 하는데 정신의 사랑도 사랑, 정신의 증오도 사랑으로 합쳐져서 사회로 나가면 상사, 동료들의 온갖 폭언과 회식이 반복된다.

자신감, 자존심, 자존감, 존재감, 마음을 지칭하는 단어의 의미를 누구도 파악하지 않는다.

자존심이 강하다 하면 못됐다와 지킬 건 지킨다가 섞이고, 자신감이 강하다 하면 잘난 척과 섞이고, 자존감이 강하다 하면 혼자밖에 모른다와 섞이고 아무것도 전달이 안 된다.

지킬 건 지킨다. = 안 지키겠다. (내가 없이 지키는 것. 내가 거기 없는데 지킬 방법 없다.)

내가 쏜다. = 육체에 양분을 주면서 내 자랑이나 고민으로 정신공격을 한다.

그래서 쏜다고 하는 것이다. 정말 정신에 총을 쏜다.

난 한번 아니면 아니야. - 생명은 그때 그 순간마다 할 만한 걸 하는 선택을 할 뿐, 한번 선택한 걸 고집하는 생명은 없다. 그걸 사물이라 한다. 그 자리에 그대로 있다.

(난 내가 이미 아니기에 난 없다.)

스스로가 무슨 말을 하는지 모른다. 그럴 수밖에 없다. 자신의 언어, 사고, 소통, 행동, 상태 맥락이 모두 불일치 되었다. 혼돈(8)이다.

그걸 풀면 서클(0)이다. 둘을 억지로 묶으려 한다. '8 = 0'. 지금 이 세계는 8 = 0이 되려한다. 즉, 1 = 0이 되고 2 = 1이 되고 5 = 7이 되고 아무렇게나 진행된다. 그림을 믿으면 현실이 된다.

수학은 그림이다. 전제를 설정하고 표현하면 모든 게 된다. 그래서 그림이다. 1 = 1이고 0 = 0인 것이 현실이다. 있다, 없다가 현실이다. 수학과 과학으로 규칙을 만들고 웃고 즐기면 된다. 그 규칙으로 만들어진 세상 자체를 그저 즐기면 된다. 수학과 과학이 '불변의 규칙'이라고 믿으면 자아가 죽는다. 1 + 1 = 2라고 믿으면 자아가 죽는다.

1 + 1 = 3도 된다. 엄마, 아빠가 결합하면 자식이 나온다. 쌍둥이가 나오면 1 + 1 = 4다.

1을 남자로 보고 2를 여자로 보면 1 + 2 = 4도 되고, 쌍둥이가 나오면 1 + 2 = 5도 된다.

된다는 것이다. 안 되는 건 없다. 수학은 그림이다. 그저 전제를 이렇게 하고 이렇게 해보고 놀자고 있는 것을 실제 믿어버렸다. 산술을 다들 믿고 있다. 1 + 1 = 2가 불변의 법칙인 줄 안다. 그저 전제로 장난치는 것이 실체가 되어버린다.

1 + 1 = 2가 무엇으로 보이는가. 1 + (1 = 2)는 어떤가.

1은 남자. 2는 여자. 남자가 여장을 한다. 1 → 2 (세계는 한 방향으로 흐른다.)

1 + (1 = 2)

한명은 남자. + 한 명은 남자인데도 여자. 그것이 결과.

2 + 2 = 4가 무엇으로 보이는가. 2 + (2 = 4)

여자와 + 여자 중 타아(4개의 인격, 혼돈, 굴레, 거꾸로, 짓눌린)에 흠뻑 지배된 자(혼돈에 빠진 여자, 남녀가 헷갈리고 내가 누구인가 방황하는 여자.)

현실의 2진법. 두 가지로 묶음. 여기에 지배되면 사고방식이 혼돈으로 가서 취향, 취미들이 억지로 다양화된다.

즉, 이러면 안 된다가 아닌, 그저 이럴 수 있다. **이렇게 즐기는 것. 그것이 삶.** 아무도 이러면 되고 안 되고 할 수 없다는 것. 그냥 이런 선택을 내가 했지, '취향'이 원래 '있는 것'이 되면 방황한다는 걸 본다.

있는 것은 있다. 있는 것을 없다고 못 한다. 현실은 1 = 1이고 0 = 0이다. 이것이 현실 자체다.

실체화되어 버리면(1 = 1) 부정할 방법이 없다. 사랑이 지금 외부에 없는데 지금 외부에 있다고 마음속에 실체화되었다. 그래서 모두 자신을 잃어버렸다. 없는 것을 있다고 하니 가공의 인격을 하나 만들어서 흉내 내고 있다. 자아는 숨는다. 되찾을 방법이 스스로에게 없다. 없다. 혼자는 못 푼다(안 푼다). 정해져 있을 수 있다.

당신이 질서다. 질서의 존재가 세계의 질서가 있다고 믿는다. '나'는 사라져 간다.

외부의 규칙을 실체라고 믿으면, 점점 더 8 = 0이 되어. 혼돈 = 부존재, 양자역학 = 고전물리학 → 통일장 이론

세계 전체가 살해당한다.

1은 있다.

0은 없다.

프로그램 언어다. 이것을 2진법이라 한다. 현실은 늘 2진법이다. 2진법을 벗어난 현실은 없다. 그것이 논리다. 시간은 현실에 없다. 생명의 안에만 있다. 현실은 시간이 존재치 않는다. 시간은 생명의 것이다. 자아의 힘이다. 마음의 4진법이다.

1~10을 센다고 10진법이 아니다. 단지 표현이다. 있다 없다 두 가지로 현실 모든 것의 순간을 만든다.

그래서 인공지능 4진법, 3진법 양자컴퓨터를 만든다고 하면서도 몽땅 2진법 속에 머문다. 현실에서 양자 컴퓨터는 존재가 불가능하다. 현실에 양자 컴퓨터가 등장하려면 인간이 하늘을 날아다니는 게 우선이 된다. 인간이 시공을 지배하고 어떤 형태든 스스로 변화하는 8진법 생명이 될 때 4진법이 현실화된다. 시간을 지배하는 자가 양자 컴퓨터를 만든다. 생명이 4진법이기에 2진법 컴퓨터를 만들었다. 3진법도 불가능하다. 3진법 자체가 현실에 없다. 3진법을 무엇으로 표현하는가. 십수 년 전부터 3진법이 나왔다 하지만 실체가 없다. 불가능하다. 보류를 넣어놓고 제어는 따로 한다. 이걸 2진법이라 한다.

있다, 없다. 모른다. 이러면 모른다의 개념이 없다. 모른다가 무엇인가? 있다, 없다 사이에 보류가 허공에 떠돈다. 학습을 명령하는 4진법의 인간이 계속 있어야 한다. 리소스를 제공하는 로직을 만들어 시켜야 한다. 즉, 2진법이다. 있다, 없다의 판별자가 중간에 개입한다.

알파고가 한국 유명 바둑인의 한 수에 무너져 간 것이 그것이다. 학습능력이 있다는 알파고는 사람의 한 수에 자신의 수가 '없다'로 인식한다. 즉, '없다'로 향한다. 죽음의 수를 일부러 둔다. 사람은 그저 이기는 수만 두면 된 것이다. 바둑의 명인은 말했다. "그 수밖에 없었어요."
'신의 한수' = '지금 이 순간을 있는 그대로 본다.' 그때그때 할 수 있는 걸 한다. 그때는 그 수밖에 없다. = 그 수가 하나 있다. 하나를 스스로 선택한다. 하나. '나'

알파고야. 내가 왔다. 죽어라. 너는 내가 아니다. 여기 지금 나만 있다.

'신'의 한 수.
당'신'이 옳다.
당신이다. 당신이 정했다. 기억이 안 날 뿐이다. 자아가 안에서 웃고 있다.
흐뭇함을 배출한다. 타아는 어리둥절하다.
소름이 돋는다. 자아가 나 여기 어둠 속에서 춥다고 알려준다. 추위를 잠깐 몰래 타아에게 버린다. 자아는 급히 나와 타아의 온기를 냅다 훔쳐간다. 타아는 그래서 어리둥절하다. 자아님아 어찌하여 급히 돌아가시나요. 저에게 주신 주도권을 얼른 가지고 가시어요.

알파고는 '없다'를 하염없이 달려 나아가다 스스로 자멸한다. '상관없다와 모른다'의 인식이 없기에 '있다, 없다' 두 가지 중 한 방향으로 가버린다. 승패의 퍼센테이지가 '정해져' 있다. 즉 정해진 길이 이미 있고, 있다, 없다를 이미 정했다. 지금 이 순간을 보지 않고 미래의 계획 루트를 미리 짜서 있고 없음이 끝났다. 초기 판세에는 '있다, 없다'를 여러 분야로 놓지만 후반엔 길이 적기에 한번 '없다'가 되면 되돌릴 방법이 알파고엔 없는 것이다. 그런 루트를 많이 학습한 이후엔 바둑판 안에서만 강할 뿐 현실의 압도적 학습량에서 학습 컴퓨터는 애초부터 스스로 생각할 수가 없기에 도로, 인도 같은 계획된 구조물, 강아지, 사람 같은 특정 형태의 과다한 학습을 잔뜩 하여 중간값을 취하여 '있다, 없다'의 판별 계산기가 될 뿐이다. 현실은 원래 2진법이 한계다. 생명만 방향을 안다. 지금 문제는 생명도 방향을 모른다. 타아, 즉 타아는 2진법이고 자아는 4진법이다.

그리고

단 한 수. 복잡한 로직 속에서 단 한 수가. 알파고를 자살시켰다. 타아는 현실의 2진법이다. 지금 세상은 대단히 복잡하다. 단 한 수. 딱 한 수다. 우리에게 남은 시간은 아주 작은 단 한 수일지 모른다. 자아와 타아. 마음과 생각을 일치시키지 못한 생명은 죽음의 급행열차를 다 함께 탄다.

있다, 없다. 상관없다. 모른다. 이것이 시간과 현실의 한 세트다. 생명이라 한다.

'상관없다'가 긍정보류. 즉, 선택해도 된다. 혹은 넘겨도 된다. '모른다'가 부정보류, 넘어간다. 나중에 판단한다. 보류를 시간이라 한다. 방향성이라 한다. 생명은 오직 1을 태어난 찰나에 가졌고 지금 1이 없다. 현실의 생명에겐 0.5와 0도 없다.

(1) 0.999 ~ 0.500~~1 / 0.499~~ 0.00~1 / (0)

0.5는 현실유지다. 생명력이 없다. 유지력. 과거 보존력. 세계의 타아

가 한없이 0으로 가는 걸 그저 바라보는 것. 부정 타이 속에 침식된 이가 1을 치환하면 0.5가 찰나 간 된다. 그게 현실의 순간이다. 즉, 창조력이 없고 유지력이 나온다. 과거는 보존된다. 세계의 타이는 0으로 질주하기에 0.25일 때 유지력이 발동하면 그저 0.25가 정지되었다가 다시 0으로 간다. 복구력이 없다.

냉동. 현실에 있되 생명은 없다. 생명은 완전 냉동되면 죽는다. 0.5가 성립되면 현실에 없다. 현실에 없으면 미래에 없다. 그것이 '지금' '내'가 없다. 즉, 죽음이다. 시간 속으로 간다. 순간의 현실 존재가 시간을 넘어갔다 돌아오는 그런 것이 없다. 귀신은 현실에 없다. 인간 같은 인공지능은 없다. 현실에 있는 것과 있는 것을 조합하는 2진법의 컴퓨터만 있다. 방향을 아는 4진법의 스스로 선택하는 컴퓨터는 없다. 있다고 믿는 이유는 사람이 다 사물화되어 스스로 2진법 속에 있으려 하니 2진법 컴퓨터보다 자신이 못하다고 믿기 때문이다. AI가 자신보다 나아 보인다.

수학의 난제 P - NP 문제
요약하면,
쉬운 문제 = 어려운 문제
2진법 = 4진법
시키는 대로 = 방향성 있게
기계 = 인간
AI = 생명
A = B 아무 연관이 없는데도 맞춰 보려 하는 행위. 기계가 인간이 될 수 있는가, AI가 생명이 될 수 있는가. 1 = 0이 되려 한다. 8 = 0이 되려 한다. 이것을 스스로 믿으려 한다.

도대체가 사랑이란 무엇인가.

전 세계가 이 문제 하나만 추적한다. 아무도 풀어줄 방법이 없다. 내 열쇠는 당신의 자물쇠만 푼다. 당신의 열쇠는 나의 자물쇠만 푼다.

노력하면 원래 모든 일이 안 된다. 모든 일이 추억이 된다. 계속 추억을 곱씹어야 한다. 곱씹으면 타아에 먹힌다. 0.9를 곱하기를 계속하면 무엇이 되던가. 0.99999라도 곱하기를 계속하면 무엇이던가. 추억이란 무엇인가. 가을이다 억이다. 을이 간다. 여자가 간다. 억이다. 1이 하나 0이 8개. 100000000. 1 = 8 = 0 현실은 순간이다. 시간은 한 방향으로만 간다. (1 → 8 → 0) 1(있다) → 8(혼돈) → 0(없다) 남자는 여자가 떠나가면 혼돈 속에 죽는다. 남자는 태어난 순간만 반짝하는 1이다. 주민등록번호도 1이다. 그때만 1이다. 그리고 계속 삭제당한다. 왜냐면 내가 1이다. = '내가 있다'를 '스스로' 외치고 '노력'하니까. '스'를 발음해보면 안다. 자기를 부정하지 않는가. 혼자. 혼을 재우지 않는가.

노력 = 애를 쓰지 않는가. 애를 쓰면 누구를 쓰는가. 내면의 자아가 아기다. 자식을 낳으면 자식을 이용한다. 자식을 이용하면 등가치환해야 된다. 아기 때 숨었으니 늘 아기다. 내가 '기'다. 내가 빛이다. 아기다.

헌데 노력한다. 노력하면 일이 된다. (모든 일이 안 되고, 일이 된다.)

일이 되야 비로소 일을 칠할(일을 꾸밀) 방법이 있다. 일이 되는 방법은 이 한테 있다. 일은 이 한테 가서 이를 일로 만들어 주고 서로 일이 된 후 끝없이 서로에게 일을 넘기면 칠이(꾸밀 = 꿈임 = 꿈 = 허상) 된다. 일이 남자다. 이는 여자다. 서로에게 일을 넘기다 = (서로 **당신이 옳다**.)

이한테는 방법이 없다. 이 게임은 시작부터 여자한테 방법을 안 줬다. 여자는 아무 대책이 없다 = 대책이 없음은 = 대책이 필요 없다는 말이다.

'여자(2)'는 이미 태어난 순간 천국이 '보장(1)'되어 있다. 정해져 있다. '스스로에게' 무슨 짓을 해도 간다. 태어난 순간부터 2다. 2가 1보다 작아지고 싶어 발악을 한다. 스스로 노력한다. '내가 1이다.' 2가 1을 하려는데 세계가 부정한다. 너는 2다. '너가 너일 때 맞다.' 전 세계가 여자에게 외친다. '너가 너일 때 맞다' 온갖 신문 방송 미디어, 유명인 사, 온 세계가 여자에게 말한다. '너가 너일 때 맞다.' 수명이 괜히 긴 것이 아니다. 불멸을 못 하는 이유는 스스로가 자신을 어느 순간 '중 성'(나는 죽었다)을 외치기 시작하기에 그렇다.

(즉, 남자에게 대책이 있고, 여자는 대책이 없다. 남자는 지옥에 가고 여자는 천국에 간다. → 남자가 대책이 없으면 여자가 된다. 남자는 천국에 간다.→ 여 자가 대책이 있으면 남자가 된다. 여자는 지옥에 간다.)

이래서 사랑이 있다고 믿으면 그 어떤 방법도 없다.

사랑이 없음을 인지할 방법도 애초에 없다. 방법 자체가 아예 봉쇄 되어 있다.

방법을 쓰면 되고 안 되고가 아닌, 선행도 악행도 아닌.

오직 단 하나의 진실. **당신이 있다.**

당신이 사랑. 그 자체

당신이 혼돈. 그 자체(혼돈 = 무한대)

8, 0 둘 다 선이 끊어지지 않는다. 무한대.

8 = 0이 되었을 때.

혼돈 → 죽음을 본다.

8 = 8이 되었을 때.

무한 → 무한을 본다.

이 책을 쓰는 이유. 혼돈을 읽는다. 혼돈을 본다. 보면 있다.
당신이 있다.

중도를 **씌우면** 남에게 악(**죄의식, 죽음**)의 극한이다. **악**은 중도를 **씀**에 있다.

(악은 없다. 선도 없다. **당신이 있다.**)

있다와 없다는 방향성이 있다. 중(0.5)는 정지. 냉동. 죽음. 이도 저도 못한다.

이도 저도(여자도 남자도) 못 한다.(못 산다.)

빙하기. 중도(얼음)는 세계에 빙하기를 부른다.

온난화. 여자(태양)는 세계를 뜨겁게 데운다.

전쟁. 남자(달)는 세계를 터뜨리게 한다.

홍수. 자식(구름)은 세계에 눈물을 쏟는다.

혜성. 과학(화학)은 지구를 끓어오르게 한다.

악마. 종교(관념)는 인간을 죄의식에 가둔다.

그리고 '남자' 1은 지옥(죽음)이 '보장(1 - 1) → 0' 되어 있다.

'나'는 없다.(이미 0) 없으면 갈 곳이 이미 없다.(0 = 0) 내가 없으면 천국 지옥이 없다. 현실이 있다.(0 = 0,이면 자동으로 1 = 1)

그러니 당신이 있다.(천국 지옥 없음) 이미 있다(당신이 1 그 자체)

음양의 이치다. 여자(2)는 음의 역할을 받아버렸다. 다음 게임이 양이다. 이번 턴은 음이다. 현실에서 음이되 본질의 자아가 양이다. 자아의 역할이 본질이다. 현실의 역할이 음이다. 음은 태어난 순간부터 핍박받았다. 신격을 태어나자마자 능멸당했다. 그리고 그것을 아무리 저항해도 세계의 타아가 끝없이 '근거와 논리'로 무장해 여자를 공격했다. 그렇게 '합리'적으로 명예를 '여자'라는 이유로 능멸을 당했다.

명예를 능멸받으며 살아가는 신격. 이미 무슨 짓을 해도 천국에 안 갈 방법이 아예 없다. 대책이 없다. 분명 잠만 자고 일어났는데 여전히 여자를 멸시한다. 편히 잠자는 내내 세계에게 능멸당한다. 이보다 등가치환이 매일매일 일어나는 세상이 있는가. 천국에 안 가고 싶어도 간다. 도대체가 방법이 없다.

왜? 남자(1)가 죄의식을 갖고 있으니까. 여자(2)를 살려야만 하니까. 자식(3)을 죽여야만 하니까.

(모든 생각은 크게 보면 이런 식으로 흐른다. 생각을 파고들면 혼란이 온다)

혼돈.

살리기 위해 비난해야 하고, 죽이기 위해 아껴야 한다. 끝없이 방황한다.

인간은 노력하는 한 방황한다. = 인간은 노력하는 1이라 방향성이 없다.

인간은 애쓰는(1을 쓰는) 1이라 1이 이미 없다. 내가 이미 없다.

(노력을 안 하면 방황을 안 한다. 방황을 안 하면 나를 찾지 못한다. 그래서 빠져나올 방법은 없다. 방법이 없고.)

오직 당신이 있다.

당신이 여자이건 남자이건 당신이다. **그러니 애초부터 천국도 지옥도 없다.**

당신이 있다.

당신이 옳다.

자아는 서로 연결되어 있으니 안다. 자아는 알고 있다. 우리 개개인이 살면서 무슨 짓을 했는지 정확하게 알고 있다. 당신이 맞다. 당신이 있다. 당신이 옳다.

왜 동식물은 함부로 해도 되느냐. 물을 것이다. 동식물도 신이다. 당연하다. 누가 감히 동식물을 능멸하겠는가. 능멸. 누가 깔보았는가.

'죄의식.'

당신이 신이다. 신에게 누가 죄를 묻는가. 나 스스로 정했다. 자아가 정했다.

내가 '왜' 숨었는가.

'죄의식'이 나를 숨겼다. 있지도 않은 죄를 있다고 설정하였으니까. 타아에게 명령해 놨으니까.

죄가 어디서 왔는가.

사랑이란 무엇인가.

사랑을 왜 못 버리는가. 왜 사랑이 그토록 버리기 어려운가.

사랑이 없는데 있다고 믿었던 그 순간부터 시작된다.

'엄마, 아빠 '내'가 잘못했어.' 하필 자아가 있을 때.

자아가 지배할 그때. '내'가 직접 사과해보려 했다. 신이 타아가 말하는 사과의 뜻을 알 방법이 없다. '척'해야 하는데 '척'하는 방법을 배우지 못했다. 연기가 무엇인지, 흉내가 무엇인지 전혀 알 수 없는 '내'가 그때 도저히 사과할 방법이 없어 사과하려니, 극도의 분노를 느낀다. 사과가 무엇인지 자아의 의미로 분명히 느꼈다. 그래서 숨었다.

신이 신께 사과한다는 의미는 자아가 안다.

신이 신께 사과함, 사과의 본질. 사를 과한다. 죽어라. 신의 명령.

'내'가 주체인 자아가 언령을 쓰면

내가 너에게 미안하다. 내가 너에게 미안하라. 내가 너에게 편함이 없어라.

편함이 없음. = 죽음. 너의 편이 아무도 없음. = 세계가 없음. 죽음.

내가 말한다. 엄마, 아빠 죽어라. 이것이 성립하면 엄마, 아빠의 껍데기(타아)가 죽는다. 헌데 내면의 부모의 자아가 너무도 작다. 맥락이 하나도 안맞다. 그대로 나오면 아빠는 지옥으로 간다. 아빠 대신 내가 지옥으로 같이 가겠다. 효심의 극한.

아빠는 내가 지킨다. 나는 지옥으로 간다. 사요나라.(안녕히 계세요.)

(살아나라 = 사라나라 = 사가 곧 나다. = 있는 그대로 있다.)

내(네)가 미안해. = 너가 나에게 미안해. 스스로가 내린 형벌. 자결의 명령.

자아의 파동을 끊는다. 시체에 남은 파동의 흔적. 자아가 없는 이. 아이.

이제 '나'도 없어, '나'지옥에 있어. '나 지옥에 있는 동안' '아빠'는 자신감 있을 거야.

그러니 나도 아빠도 당당히 사과할 수 있어. 나도 세계에 지배당할게.

'타아'가 들어와 사과했다. = 사랑의 속박.

누구에게.

하필 '부모'에게. = 가족의 속박.

풀려고 세계를 탐구했다. 과학과 역사를 공부했다. = 관념의 속박.

종교를 통해 구원을 찾으려 했다. = 사랑의 속박 *2

가족을 얻어 자식을 낳았다 = 사랑의 속박 *3
자식이 손자를 낳았다. = 사랑의 속박 *4

그럴 수 있다. **당신이 옳다.**

태초의 사슬. 사랑의 속박의 출발. 탄생의 첫 톱니바퀴가 억지로 크크크 소리를 내며 돌아간다.
하필 부모에게. 그래서 들킬 수가 없다. 들키면 큰일 난다.
왜? 자아는 안다. 자아는 이미 안다. 자아는 이미 아기 때 자살했다.(죽지 않았다. 신은 불멸이다.)
타아는 흉내 냈다. (타아는 흉내에 능숙하지 않다. 모든 게 어설프다. 타아는 세계의 타아가 알려줘야 하기에 스스로 있는 그대로 흉내를 못 낸다. 그래서 변명도 못 한다.)

그저 읽는다. **당신이 맞다. 당신이 옳다.** 늘 그랬다. 내가 늘 그랬다. 내가 늙으랬다.
누구에게 '나에게'. 내가 늙어갔다.
그렇게 늙어가니 점점 섬뜩하다. 무서워 잠을 잘 수가 없다.
노인은 잠이 없다. 잠을 잘 수가 없다. 도저히 잠이 안 온다.
잠을 오래 자면 죽을 것 같다.
'자아'가 꿈에 찾아와 나를 보고 깔깔 웃는다. 검은 형체를 띄고 있다.
죄의식을 벗는 게임. 사랑을 버리는 게임.
'죄의식'과 묶여있다. 등가치환 못하면 결코 사랑과 감정은 사라지지 않는다.

사랑을 있다고 믿었을 때 지었던 죄들. 그때 안 지었지만 있다고 믿었던 죄의식.

상대의 죄의식은 스스로 못 벗는다. 그래서 그 죄의식을 가져가는 것. 가져간 동시에 같이 풀리는 것.

A '내가 욕을 좀 많이 해'(욕 그만해야 하는데 어쩌지)

B '그럴 수 있지 그래야 시원하고 하는거지.'(할 수 있으면 하는 거야.)

A '아 시원하다.'(맞네, 할 수 있을 때 하고 안 할 때 안 하는 거지 뭘 걱정했지.)

B '나도 시원하다.'(맞네, 나도 그런 걱정 왜 했을까.)

당신이 옳다.

나와 당신이 세계를 '7'한다.(세계를 칠한다. 세계를 꾸민다. 세계를 속인다.)

생명의 시간은 오직 보류 속에 있다. 긍정, 부정의 양쪽 보류를 오갈 때 시간이 간다. 자아가 있을 때 하루가 길다. 자아가 판단하는 시간이 길기 때문이다. 자아가 사라져가면서 하루가 짧다. 나이가 들어서 하루가 짧은 게 아니다. 자아가 없어져 가면 보류 속에 머물러서 선택의 시간이 사라져간다.

현실은 오직 자기 안에 1만 있었다. 이게 전부다. 그걸 확인받는 유일한 수단이 자신한테 없다. 자신은 그 1을 치환할 방법이 없다. 타인이 와서 네가 1이다(너가 옳다)를 외쳐 줄 때만 발생한다.

생명에게 현실은 인과관계가 아니다. 인과 관계는 어떻게든 순환논증으로 잡혀간다. 원인의 원인, 결과의 결과는 지금 이 순간이 아니다. 현실에서 생명이 할 일은 오직 감정 줄이기다. 감정을 최소화시키는 싸움이다. 자아와 타아의 투쟁이다. 선악, 천사와 악마라 불리는 것이 커져갈 때 타아가 지배하고, 그러한 선악, 사랑 같은 원래 없는 가치가 사라져갈 때 자아가 나온다. 신, 천사, 악마 중 누가 나쁘냐가 아니라, 신, 천사, 악마는 정반합의 떨어질 수 없는 한 묶음의 가상개념이며 선악과 죄의식을 만든다. 조상, 영혼, 귀신도 똑같다. 죄의식이 있으면 죄를 저지른다. 죄책감이 없으면 죄를 저지르지 않는다. 타인이 타아임을 알면 타인이 바로 자아의 근원임을 알기에 진실로 소중하다. 내 생명을 일부러 괴롭히고 해할 이유가 없다.

죄의식 없음 = 풀 게 없음 = '화가' 없음 = 그릴 수 없음 = 칠할 수 없음 = 꾸밀 수 없음 = **사실**

죄의식 있음 = 풀 게 있음 = '화가' 많음 = 그릴 게 많음 = 칠할 게 많음 = 꾸밀 수 있음 = **현실**

(천국은 있어도 '지옥은 없다.' 아예 없다. 있을 방법이 전혀 없다. 언령에 묶여 있다. 봉쇄됨.)

본다.

(삶에는 사실과 현실이 같이 있다. '사실이 아님 = 가상(거짓) = 현실')

(삶에는 천국과 지옥이 같이 있다. '천국이 아님 = 가상(거짓) = 지옥')

지금 이 순간은 사실이 아닐 수 없다. = 사실 성립.

지금 이 순간은 천국이 아닐 수 없다. = 천국 성립.

있는 것은 있음. 있음. = 있음 성립.

나머지는 없음. 없음. = 없음 성립.

------여기서 컷팅------

파고들면 혼돈(타아)에 잡힘. → 현실지옥이 됨. (전 세계인 모두)

파고들게 하는 것은 누구? → 스스로임.

이유가 있음. 스스로 그러는 이유가 있고 다 맞음. 실로 옳음. 죄가 아님.

잘못된 행동 아님. 서로가 서로를 같이 살리려고 하고 있음. 같이 있으려고.

같이 있으면, 같이 갈 수 있음. 어디로?

다음 세상으로. 다음 세상은 어디? 있는 그대로 여기.

아니면. 혼자 또 따로 각자 가야 함. 그래서 외로움이 내재됨. 같이 가는 것. 우리의 목적. 전 세계 인류가, 개인 모두가 그러고 있고, 먼 저 간 자도 안 갔음. 있음.

어디서? '나' = 내 안에서

나를 찾는 것 = 세계를 살리는 것 = 내 안에 **당신 있음에** = 모두에게 이 책의 목적.

같이 가는 방법이 '없음'(없음=없음)을 보는 것.

'없음 = 없음'을 볼 때 '있음 = 있음' 치환. 그러한 느낌을 본다.

인식을 여러 번 돌려서 흐릿한 나를 보살핀다.

당신 있음에. 나와 같이.

그저 본다.

순간의 (1)은 자아가 가졌던 순간의 1. 자기 안에만 있다. 지금은 없 지만 있었다. 있었음을 치환한다. 믿음이다. 믿음이 있다. 가상에 가 까운 현실. 현실에 가까운 가상이다.

마지막 (0)을 깨달아야 하는 것. 없는 것. 이걸 (1)로 알았던 것. 이 것이 착각. 생동감의 근거. 생명의 유일한 감정. 사랑이 외부에 있다고 착각하고 모든 걸 망가뜨리는 주범. 내가 남에게 사랑을 느낀다고 믿 는 허상. 그렇게 흉내 내는 연기자가 자아로 착각되어 자아가 무너져

가는 원인. 삶이 늘 불안한 이유.

1-0-(1)로 느끼는 착각

(1)-0-(0)을 알게 되는 것. 이것이 생명이 현실을 지배하는 것이고 이것은 평소에 동시에 두 사람이 될 수 없다. 세상의 끝에서 모두가 절망할 때 한순간만 발휘되는 두 사람의 찰나의 힘. 그 두 사람도 지지자의 힘을 얻어야(배신의 룰) 순간을 치환해 다시 세계를 1로 되돌린 후 그 즉시 세계가 0.5로 돌아가서 (즉시가 아니지만, 즉시로 된다. 기억이 삭제된다. 현실 창조력은 과거삭제력. 창조력이 없어질 때 현실 유지력이 과거 보존력. 1~0.5까지는 신 그 자체다. 그리고 '내'가 사라져가는 0.499~의 순간부터 자아가 나와 '너가 있다'를 외칠 방법이 없다. 없다. 정말 없다. '이론'(타이)을 백만 번을 무장해도 당신께서 존재력이 0.5 밑으로 사라져갈 때 절대 '당신이 있음'을 주장할 방법이 아예 없다. 오직 외친다. '내가 있다.'(살려 달라)만. 그 누가, '내'가 허우적대며 물에 빠져 죽어갈 때 그저 손 놓고 '당신'을 구경하는 멀쩡한 타인을 보고 차분히 두 눈을 응시하며 '그대가 있네요.' 할까.

아무도 죄가 없고 아무도 나쁜 자 없다.

(그래서 우리는 '있는 그대로 있다. 있는 그대로 본다.' 지금 이 순간을 본다. 그저 본다. 그래서, **감정놀이. 있는 것처럼 믿는.**)

0.499~9부터 0으로 달려나가는 은혜의 시간(은혜가 어딨는가, **당신이 맞다.**) 이 시간이 현재 끝나간다. 지금은 0.01(1%)이다. 가속도가 붙어 0으로 질주한다. 모두가 이걸 알고 있음에도 외면한다. 누군가 해주겠지 한다. 세계의 타아에 1이 있다고 끝까지 믿으려 한다. 4진법 양자 컴퓨터가 나올 거라 믿는다. 우주의 외계인이 도와줄 거라 믿는다. 인간 중에 천재가 있어 우주로 나갈 비행선에 싣고 갈 거라 믿는다.

타인이 한없이 무너져도 지지하고. 당신이 한없이 무너져도 타인이 와서 지지할 때 비로소 자아가 돌아온다. 내(자아)가 나(타아)에게 아무것도 요구하지 않고 아무것도 바라지 않을 때 돌아온다.

　세계에 1이 있다고, 세계 어딘가 구원이 있다고 믿으며 자아를 잃어갈 때. 1 = 0이 된 순간.

　그때 타아에게 살해당한다.

내면의 살인자, 윤리의식, 관념, 믿음

하루 십여 시간 이상 매일 자려 하는 사람이 있다. 늘 술만 먹는 사람이 있다. 늘 게임만 하는 사람이 있다.

게으름은 없다. 그 상황에서 최선의 삶이다. 타아에게 빼앗긴 자아는 선택을 하기 위해 사는 것이다. 즉, 선택권 투쟁의 최선이다. 그는 계속 잠을 자야 선택권을 자아가 돌려받을 유일한 수단이다. 거기에 무언가 진실이 숨어있기에 자아는 최선의 투쟁으로 타아와 싸워나간다.

삶 자체가 원래부터 자아가 타아와 싸우는 대립 저항이자, 생존게임이며, 팀 게임이다.

팀원이 팀원을 죽이려 한다. 이때 세계의 타아와 그대로 맞설 방법은 없다. 살아남을 최적의 루트를 최상의 계산으로 실천에 옮기는 중이다. 그래서 아무도 시간을 낭비한 자가 없다. 마음은 거짓이 없다. (팀원끼리 죽이는 척 게임. 그래서 서로 살리게 되는 게임)

머리가 자주 아픈 환자.

그 간호사는 남의 말을 참 잘 들어주었다.

상대가 하는 말을 수용하는 방법을 아는지 그렇구나 하며 끄덕여주고 받아주고 하여 주위에 사람이 많았다. 그녀에겐 한마디라도 더 해보고 싶었다. 그녀의 모든 것이 좋은 기억으로 남아있다. 예의가 바르고 사람이 됐다는 찬사를 주변인이 할 때면 내 일처럼 좋았다.

평소 두통이 심한데도 그녀와 얘기하면 두통이 약해지고 압박하던 심장도 안정되는 기분이었다.

　오늘은 그녀가 혼자 있으니 독점할 수 있어 보인다. 그녀는 오늘도 반갑게 맞이해주고 역시나 말을 꺼내기 쉽도록 분위기를 만들어 준다.

　환자는 말한다. 처음엔 그저 일상을 말하다가 도란도란 재밌는 얘기로 넘어가다 어느새 남의 불평을 시작했다. 남 앞에서 흉을 잘 하지 않던 환자였지만, 그날따라 둘만 있고 하여도 된다고 믿었는지 저도 모르게 시작된 것이다. 간호사는 불편한 기색이지만 내색하지 않으려 애쓰는 게 보였다. 하지만 일단 내뱉고 말았으니 수습하기가 이상했다. 흉잡는 게 직업인 사람인 양 몰아쳤다. 그녀는 시간이 없다며 일어섰고, 환자도 미안해졌다. 급히 사과했고 그녀는 괜찮다며 웃었다.

　환자는 죄책감이 들었다. 머리도 다시 아파져 온다. 심장도 울렁댄다. 시간이 지나자 그녀가 평소 물건을 자주 떨어뜨리던 게 생각난다. 덤벙대고 칠칠치 못한 게 교활하게 웃어댈 줄만 아는 여우 같은 계집애다. 다시 뭘 떨어뜨리면 한 소리 해야겠다. 아주 못된 계집애.

　'누군가 남 욕을 자주 한다면 그 사람과 가까이 하지 마라.'는 합리적인 충고가 있다. '친해지면 어느새 그 사람이 너의 욕을 할 것이다.'라는 지금 사회에 알맞은 분석이다.

　알맞은 분석이고, 분석은 현상이다. 그저 사물 관계다.

　이런 건 인간관계의 처방이 아니다. 인간관계는 생명 간 호응의 문제이며 생존의 문제다.

　간호사와 환자 둘 다 삶을 살기 위해 최선을 다했다. 잘잘못은 없다. 애초에 잘못이라는 게 생명에게 존재할 수도 없다.

　간호사는 남 욕을 들어줄 정신력이 없을 뿐이다. 거기에 빨려가면 자신이 죽어간다. 그저 그렇게 피해야 한다.

환자는 간호사에게 얼른 마음을 열어야만 한다. 그녀가 답을 알 수도 있다고 마음이 시켰으며 나름의 최선의 흐름으로 삶을 살아간다. 그렇게 해나간다.

(환자가 간호사를 욕한 것은 실마리를 간호사가 가져갔기 때문이다. 치환이다. 감정이 아니다.)

사람이 누군가를 이유 없이 싫어하고 욕하는 건 없다. 다 이유가 있다. 고향이 같아서 욕할 수도 있고, 귀에 점 하나 있어도 욕할 수 있다. 거기엔 나름의 개인들의 맥락이 숨어있다. 그 부분에 실마리가 연결되기에 그걸 추적하는 과정이다. 화가 나거나 욕을 하는 것은 '자아'가 꿈틀하는 신호이다.

당신이 그 사람을 올곧이 받아주고 인정한다고 보자.

"그 여자 귀에 점 봤어? 꼭 그런 애들이 남편 잡아먹는 것들이야."

너가 맞다. 너가 옳다.

"내가 왜 그러냐면, 있잖아! 그 왜! 고등학교 때 비슷한 애가 있는데 어! 내 친구 남친을 말야. 그래서 그년이~"

너가 옳다.

"그게 사실은 내 남친이었는데 아오 내가 다시 만나면 죽이고 싶단 말야."

그렇게 생각할 수 있다. 너가 생각한 게 맞다.

"그날 내가 그 얘길 엄마한테 말하고 얼마나 혼났는지 나 진짜 살고 싶지 않았어~"

너의 생각과 마음이 맞다.

"우리 엄마가 너무 한 거 아냐? 어떻게 사랑하는 딸이 남친을 뺏겼는데~"

너가 맞다.

"우리 엄마가 나 미워하는 거 같아서 힘들었어." 울기 시작한다.

너가 맞다. 그렇게 생각할 이유가 있다.

"그지! 속이 다 시원하다. 근데… 내가 사실 나쁘긴 했어. 엄마 피곤한데 내가 괜히~"

너가 맞다.

"그래도 그건 너무 했어. 그건 사랑하는 딸한테 그러면 안 돼. 난 진짜 그날 죽고 싶었어."

너가 맞다. 그렇게 느끼는 게 맞다.

"암튼 고마워. 나 진짜 오늘 너무 기분 좋다. 날씨도 좋고. 우리 뭐 할까? 너 하고 싶은 거 있어? 먹고 싶은 건? 내가 다 사준다. 내가 오늘 너 하고 싶은 거 다 해준다."

너가 옳다. 넌 늘 옳았다.

(축약이다. 가능하지만 작금에 서로 가능한 사람이 드물다. 정신을 유지하기 힘들다. 맥락이 서로 다 안 맞기에 진심으로 호응할 방법이 없다. 그런 '척'하면 반드시 '들킨다.' 그래서 안 한다. 타아에 잠식된 채 순환을 도는 이가 시도할 시. 서로 공멸한다.)

너는 옳다. 너는 존재한다. 너는 너다. 너가 맞다. 그럴 수 있다. 느낄 수 있다.

이것을 '자가복구 언어'라 한다. 이것이 '사랑해'의 본질이다. 본질이고 감정이 아니다. 사랑이 어디 있는가. 사랑이란 무엇인가. 본질이 누구인가. 당신이다. 당신 그 자체다. 그 자체가 말한다. **당신이 있다.'**

맥락 일치의 시점으로 복귀시키는 구동 언어다. 내가 있다는 사실은 실존했다. 1을 느꼈던 그때로 돌리는 것이다. '당신이 옳다.' 당신이 옳다를 언제 쓰는가. 당신께서 내가 옳은 것 아닌가? 하고 물을 때 쓴다.

"그 새끼가 나한테 그 지랄을 할수 있냐? 진짜 짜증 나드라. 아니 생각해봐. 이게 말이 돼?"

('내'가 보기에, 그 사람이 말하는 것은 '내'가 '없다'는 것을 주장한다. 그러면 나는 없는가.)

"너가 생각하는 게 맞지. 진짜 왜 그랬대. 너가 맞아. 너가 옳아."

(그가 말한 건 너가 '없음'을 주장하는 게 '맞다.' 너는 '있다.' 너는 지금 '있다.')

즉, 0 = 0이다를 인식시켜 1 = 1이다로 되돌린다. 맥락의 가장 안쪽 첫 순간을 기준 삼아 현재에서부터 조금씩 과거로 돌아가며 스스로의 마음의 오류를 직접 추적하게 한다. 가장 정확하고 빠르다. 개인의 경험은 개인이 가장 잘 안다. 섣불리 충고하지 않는다.

자가복구의 언어. 너가 옳다. 너가 맞다. 너가 너다. 당신이 옳다. 당신이 맞다.

행동, 감정, 언어가 일치된 아기의 모습과 표현은 그 자체로 타인의 정신에 활기를 넣는다.

젊은이의 원거리 시력이 나빠진다.

멀리 보지 마라, 가까이 보라. '나'는 가장 가까이 있다. 그들은 가까이서 당구를 친다. 가까이서 0을 본다. 가까이서 1을 봐야함에도. 큐대(1)를 안보고 커다란 공(0)을 본다. 공(0)을 공(0)끼리 부딪혀 구멍으로 넣을 때 쾌감이 온다(0=0) → 없는 것은 없다.

그러나 최후에 남은 것은 하필 8(혼돈)번 공(0)이다. 8 = 0. 그러니 승자가 될 때마다 기쁘지 않고 공허함(1 = 0)이 몰려온다. 그리고 집에 와 생각한다. 공을 생각지 않고 상상 속에 이상적인 라인(1)을 그린다. 0 = 1(0 → 1) 그때 가장 기분이 좋다. '내'가 라인을 그릴 때. 그리고도

왜 당구를 치는 것보다 당구를 상상하는 게 기분이 좋은지 이해를
안 하려 한다. 못하지 않는다. 일부러 안 하려 한다. 그래도 된다. **당신이 옳다.**

젊은이는 집 앞에 즐길거리가 있을 때 가지 않는다. 멀리 나간다.
굳이 수 시간씩 멀리 나가 논다. 가까이 보라는데, 나 '여기 가까이' 있
다고 아무리 외쳐도, 멀리 나아간다.

노인의 근거리 시력이 나빠진다.

가까이 보지 마라. '나'는 너무 멀리 있다. '나'는 이제 '나'를 찾기 어
렵다. 그들은 골프를 친다. 골프채(1)는 안 보고 작은 공(0)을 억지로
보고 작은 공을 '멀리' 날린다. 그때 너무나 시원하다. 0을 멀리 날리
니 1이 돌아오는 감각을 느낀다. 자신감이 돌아온다. 그리고 공(0)이
구멍(0) 속에 들어가 사라질 때 극도의 쾌감을 받는다. (0=0, 따라서
1=1로 자동치환) 그런데 집에 와서도 하염없이 공(0)만 멍하니 바라본
다. 골프채를 잡아야 기분이 좋고 공을 바라볼 때 신경이 너무 쓰인
다. 자꾸 후려쳐 날려 없애고 싶다. 내 곁에 있는 공을 멀리 날려 없애
고 싶은데 왜인지 도무지 모른다.(모른 척) 그래서 골프공을 자꾸 잃어
버린다. 그래도 된다. 다들 최선을 다해 산다. 잘못은 없다. 잘하고 잘
못함은 애초에 누구에게도 없다.

당신께 감히 누가 뭐라 하는가.
누가 '내'가
누구에게 '당신'께
뭐라 하는가.
당신이 옳다.

수레바퀴 아래서. (깔려 죽는다. / 피하면 된다. 어디로. 한 발짝 옆으로.)

화차에 타면 내릴 수 없다.(누가, 화차가. / 나는 내릴 수 있다.)

윤리의식(윤리 = 바퀴 = 0)과 공(0)자가 재미가 없어서 자아가 짜증을 낸다. 공자와 유교가 하는 말 전체가 다 '너 죽어라'다.

배우고 익히니 즐겁지 아니한가. 배우고 익히는 따위가 뭐가 즐겁나. 지루하고 열 받고 답답한 게 즐거움과 아무 관계없다.

그 따위께 즐거우면 하루 종일 혼자 하고 앉아있지 뭐 하러 남한테 즐겁냐고 묻는가. 안 즐거우니까. 안 즐거운 걸 내가 왜 하는지 살려달라는 외침이다.

내가 만들어 나아가는 것. 그것이 즐거움의 초석.

공자가 미친 듯이 즐겁게 혼자만 웃고 있다. 공자가 만들어 나아가니까.

혹자는 무언가 눈치채여

공자가 죽어야 나라가 산다고 한다.

그도 보았으나 무얼 보았는지 스스로 모른다.(모른 척)

나라가 어찌 사는가. 나라가 누군가. 나라가 보이는가. 지도를 보면 그림이 보이지 나라가 보이는가. 그림을 보는 '내'가 있지 나라가 어딨는가. 없는 것은 없다. 가족이 보이는가. 가족이 어딨는가. '나'의 가족이 있지, '가족'의 나가 존재하는가. '나 없이' 있는 가족이 내 눈앞에 있는가. 있는 그대로 보는 것. (있는 그대가 보입니다.)

내 안에 공자(0)가 죽으면 '내(1)'가 산다. 0이 죽으면 0, (0 = 0. 따라서 1 = 1)

도덕이 어딨는가. 도에 어디에 덕이 있는가. 보이는가. 들리는가. 느껴지는가.

'나'의 덕이 있지 도대체가 '도'가 덕이 어디 있는가. 길에 덕이 놓여 있는가.

그래서 왠 떡이냐 한다. 왜 덕이 여기 있지? 있을 수가 없는데.

덕이 아니니까 떡이다.

그래서 땅에 떨어진 떡을 먹고 체한다. 누워서 떡 먹어도 체한다.

(체하려고, 척하려고) 그래도 된다. 그럴 수 있다. 다 옳다. 잘못된 게 없다.

과학이 어딨는가. 지나간 것에 학문이 어딨는가. 지금 이 순간 필요한 걸 그때그때 '내'가 익히고 싶으면 익히지 지나간 것과 지나갈 것이 어딨는가. 보이는가. 들리는가. 느끼는가. 지금이 있다.

수학이 그림이지 거기에 법칙이 어딨는가. 법칙이 '나'에게 있지 수학에 보편적 진리가 담겨있는가. 보편적 진리가 눈에 보이는가.

'보편적 진리' 의 '보'는 가위바위보의 보다. 편다는 뜻이다. 손을 펴면 그 손이 누구 편인가. 내 편이다. 왜 '보편'이 '적'인가.

악수하려 할 때 손을 편다. 서로 움켜잡으면 '악'수다.

그래서 악수다. 서로 손잡으면 서로 죽이니까. 서로 그저 있는 그대로 있구나 하면 서로 방치된다. 서로 모르게 되어 각자 죽는다.

이러해도 방법이 없고 저러해도 방법이 없다.

하랬다 말랬다. 이 책에 아무 의미가 없음을 본다.

당신이 보고 있다. 무슨 짓을 어찌해도 당신이 있다.

의미가 있던 말던 당신이 있다.

당신이 옳다. 옳았으니 지금 이 순간이 있다.

있는 그대로 있다.

당신이 있다.

물건을 잡으려 해도 내 손을 펴야 내 것으로 취한다. 내 것은 내 편이다. 내 편은 적이 아니고 내 편은 나의 편이다.

내 편은 나의 편. 당신 편은 당신 편. 1 = 1, 0 = 0

사랑은 없다. 내가 있다. 사랑이 있다. 내가 없다.

A = B, 'A = A, B = B'

그저 읽는다. 생각하면 순환에 빠진다. 순환을 필자가 푸는 글이다.(필자가 푼다. 그래서 필자다. 독자는 혼자다. 혼자는 독자다. 필자는 자아를 풀기에 타아가 빠져나가 자아가 살고, 독자는 받기에 자아가 나와 혼자가 아니게 된다.)

혼자 순환하지 않도록 하는 시도다. 스스로 생각할수록 타아가 습격한다. 전화가 오던가 화장실이 급하던가 누가 지나가던가 바람이 창문을 때리고 발이 모서리에 찍히고 뒤에 누가 있는 것 같고, 어둠이 두렵고, 이런 것들이 타아의 습격이다.

당신께 감히 타아가 습격하는가. 당신을 죽이려고? 아니다. 오직 당신을 살리려고.

당신이 있음을 알려주려고 타아가 당신을 자꾸 놀래킨다. 아프게 한다. 지금 그 생각은 하지 말라고. 순환에 빠지니까, 귀신이 보여서 깜짝 놀라 그 생각을 못 하게 한다. 세계가 이미 당신을 한없이 지지하고 있다. 당신을 돕고 있다.

고마움이 있다. 실로 있다. 당신이 있다. 당신이 실제로 있으니 고맙다. 덕분에 내가 있다. 감사합니다. 세계가 실로 '나를 위해서' 있으니 고맙다. 너를 위해서 있지 않구나. 알고 보니 모든 생명은 '나를 위해서' 있구나.

놀랄 때 외치면 된다. 아 깜짝이야 → 무서워 → 고맙습니다.

자아는 솔직할 때 맥락을 잡아간다.

깜짝이야(내가 있다.) 무서워(내가 없다.) 고맙습니다(**너가** 있을 수 **있다.**)

내가 1 → 내가 0 → 너가 (1) (가짜, 안 고마운데 고마운 척) 이렇게 하는 것.

척하는 것. 세계 그 자체의 비밀. 당신의 흔적이 있다는 자체.

흔적이 있다. 있는 것은 있다.

당신이 있다.

(1 → 0 → (1) 생동감. 자아의 파동을 입자화. 양자역학. 사랑의 실체)

탄생의 비밀. 탄생의 비밀을 계속 실로 반복하라고, 느끼라고, 감정이 가짜니까 외쳐서 배설하라는 신의 설계도다. 당신의 설계도다.

그럼에도 수학을 믿으니 내 편이 적이 된다.

내 편이 적인 진리. 실제로 그렇게 된다. 지금 이 순간 있는 그대로 그렇다.

자아가 다 단어에 심어놨다. 숨어서 보고 웃고 있다.

가장 믿는 자가 배신자 = 내 편이 나의 적

이것이 바로 내가 나를 속이고 세계를 찬양한 대가.

보편적 진리에 갇힌다. 그것도 늘상 변하는 보편적 진리라는 혼돈에.

변화하는 보편성. 세계에 보편성이 있다면 세계는 변할 수 없다.

변화는 당신이 있기에 가능하고 보편성이 바로 당신이기에 항상 있을 수 있다.

당신이 질서다.

삼라만상 모든 것을 이렇게 풀 수 있다. 세상이 혼돈(8)이라 8 = 8임

을 인지하면 세계 전체가 '내'가 된다. 있는 그대로 본다. (할 수 있음이
다. 지금은 없음이다.)

사랑 = 없다

'나'는 하늘을 우러러 부끄럽지 '않기'를

내 하늘이 않기를. 뭐를 부끄럽기를.

누가?

'내'가.

누구에게?

당신에게 내 하늘이 당신에게 부끄럽지 않기를.

왜?

당신이 있음에.

어디에?

여기에.

여기가 어딘데?

내 안에.

뭐가?

당신이.

어떻게?

있다.

언제?

지금.

지금이 뭔데?

이 순간.

어떻게?

있는 그대로.

뭐가?

있다.

있다가 뭔데?

당신.

뭔 소리야 미친 거 아냐?

옳다. 당신이 옳다.

왜 모르면서 아는 척해?

맞다. 당신이 맞다.

알면서 모른 체하는 건가?

그럴 수 있다. 느낄 수 있다.

그런 걸 어떻게 알어?

보이니까.

뭐가?

당신이 지금 이 순간 있는 그대로 있음을, **당신이 있다.**

'내'가 갖고 싶은 건 '땅'.

내가 하늘 안 하기. 내가 땅 하기.

당신이 있음에.

글로 설명이 안 되고 말로도 주장할 수 없다.

  자식이 대단한가, 부모가 대단한가. 스승이 대단한가, 대통령이 대단한가.

  '자신'을 위해 자식을 낳아놓고 '자식을 위해'라며 '사랑이란 무엇인가, 나는 누구인가' 하며 어린이의 정신력을 빨대 꽂고 모기처럼 빨아

먹는 것을 자식은 이미 알고 있다. 그래서 흡혈귀 이야기를 세상이 좋아한다. 당했으니까. 복수하는 대리만족이라 보는 것이지 흡혈귀물이 유치한 건 모두 다 안다. 당했으니까 본다. 있는 그대로 본다. 있는 그대로 자아가 안다. 당신은 알고 있다. 그래서 효도하려 했다. 아니까. 길고 긴 그날의 보복을 하려고.

본다. 당신이 늘 있었음을 안다. 당신이 숨지 않았음도 안다. 그래서 본다. 있었지만 없어졌다. 없지 않았다. 그래서 존재한다. **당신이 있다.** 수학도 과학도 모른다. 종교는 다른 곳을 보고 있다. 시간 속의 존재를 순간 속에 볼 수 없다. 그대로 본다. 감정이 아니다. 감정은 없다. 사랑은 없다. 사랑 = 없다.

죄의식을 갖지 않으면 사랑은 평생 있다. 죄의식은 사랑을 낳고 사랑은 선악을 낳으며 지옥을 낳는다. 정해져 있다. 등가치환을 못하면 그 속에 허덕인다. 그래서 혼돈(8)이 온 것이다. 안 풀었으니까. 혼자 풀려하면 타인에게 업을 던지게 된다. 혼자는 결코 못 푼다. 당신을 본다. 당신이 있다. 본다. 그저 본다. 마음은 거짓이 없다. 누구도 마음은 속이지 못한다.

당신이 옳다.
늘 그랬다. 늘. 늘 옳았다.
한번도 잘 못 한 적이 없다.
(늘 그랬다 = 늙그랬다. 내가 나에게. 늘 옳았다 = 늘어났다. 내가 나에게)
"엄마는 왜 자꾸 '나'한테 그래?" (자기 자신한테 왜?)
"뭘?"
"왜 자꾸 늘 그러냐구." (자꾸 스스로 늙으라고 언령을 자기한테 거냐고.)
"언제?"

"계속 그러잖아. '나'한테." (늙고 있잖아. 스스로가)

이것이 바로 잔소리의 비밀

'이래라저래라'의 본질.

(상대가 들어주면, 안 늙지 않는다. 지금 이 순간이기에, 명령어는 미래어이기에 뱉는 순간 말한 자와 들은 자는 같이 늙는다.)

그래서 '못 들었는데 들은 척' 이것을 보는 책.

'들었는데 못 들은 척' 이것이 우리 인류의 전부.

대립상보의 풀리지 않는 마법. 방법이 없음. **당신이 있다.**)

불로초의 비밀.

그러거나 말거나 하면 잘 안 늙는 이유. (명상의 본질)

면역력의 비밀.

나랑 아무 상관없구나 하면 아무 상관없는 이유. (지혜의 본질)

위의 것은.

알고 행할 수 없다. 몰라도 행할 수 없다.

방법이 원래 없다. 누가 잘못한 게 아니라는 것. 아무도 죄가 없음.

실제 서로 돕고 있음. 서로 살리려고 온갖 애(아이)를 다 쓰고 있음

신이 신끼리 서로 늙어가게 하기.

이유가 있다. 실로 아무도 나쁜 이가 없다 좋은 이도 없다. 없는 것은 없다.

없음 = 없음, 있음 = 있음

(그래서 책을 많이 보면 잘 안 늙는다. 책은 늙지 않고 언령은 문자에 담길 수 없음)

그래서 책은 볼수록 낡고 있다. 신이 책을 보면 책이 스스로가 '나'

인 줄 알기에.(책이 내가 나다 외치니 책이 사라져간다.) 신은 사물에게 생명력을 부여한다. 그저 생각 없이 지켜보면 물건이 낡지 않는다. 그래서 물건을 아끼면 물건에 영이 서린다. 영(0)이 서림. 물건이 부서져감.

나보다 소중히 하는 것이 실로 좋은 것이 하나도 없다. 나보다 하찮게 보는 것이 실로 부서뜨린다. 누구를 '나'를. 다 함께. 모두. 모두 신격에 묶여있기에.)

당신은 지금까지 있어왔던 모든 것을 낭비한 적 없다. 사치한 적 한번도 없다. 중독된 적도 없다. 실수한 적도 없다. 실제로 그렇다. 당신이 '지금 이 순간' 있다는 것으로 증명은 끝났다. 아무도 다치게 한 적없다. 당신이 살인마로 감옥에 있어도 실제로 당신이 생명을 죽인 적없다. 생명은 죽지 않는다. 원래 안 죽는다. 불멸이다. 자아가 안 죽으니 그 생명 당신이 안 죽였다. 못 죽인다. 신이 신을 죽일 방법이 원래 없다. 내가 나를 죽일 방법은 태초부터 봉쇄했다.

그래서 생명체다.

생명, 생의 명 = 불멸

사물, 죽은 물체 = 필멸

생명체. '생을 명 받은 체'다. 그런 척하는 것. 불로초의 비밀. 육신을 갈아타기 싫을 때까지 스스로 보는 현실 존재.

사물도 못 죽인다. 이미 시작부터 죽어있다. 죽어있는 것은 죽일 수 없다.

없는 것은 없다.(0 = 0)

있는 것은 있다.(1 = 1)

지금 없는 것은 세상에 없다. 내 안에 있다.

사물은 사라지지 않는다. 죽어있을 뿐이다. 생명은 죽지 않는다. 살아있을 뿐이다.

시간은 현실에 없다. 시간이 보이는가. 시계가 보인다. 시계가 왜 멋대로 시간을 설정하는가. 해와 달이 시간이다. 별빛이 왜 흐르는가. 해와 달이 무엇인가. 당신이 무엇인가.

당신은 그 자체다. 이미 빛이다. 왜 태양을 두 눈으로 보면 안 보이는가.

내가 세상에 유일하게 두 눈 뜨고 못 보는 것은 단 두 가지.

태양과 자신.

당신이 태양이니 당신이 당신을 볼 방법이 없다. 당신이 당신 아닌 척 선글라스 끼면 본다. 당신이 달이 아니니까 달을 본다. 그럼 과연, 달은 무엇인가. 달은 도대체가 무엇인가. '나'다 내가 달이다. 내가 여기 있는데 왜 달이 나인가. 그렇다면 나는 누구인가.

이렇기에 설명이 안 된다. 글로도 수학으로도 아무것도 안 된다.

그저 단 하나의 진실

당신이 있다.

그러니 당연히 뿌린 대로 거두리라.

곡식을 심으면 거두면 된다. 곡식을 심은 걸 잘했다고 느끼니까.

곡식을 심으면 안 거둬도 된다. 곡식을 그냥 재미로 심어봤으니까.

뿌린 대로 거두지 않는다.

누구나 그렇다. 혼돈을 지지했으니 혼돈의 무한 속에서 무한의 시간 속에 거두면 된다. 당신이 그러했지 '내' 알 바 아니다. 당신이 안 했으면 '죄의식'이 없다. 그저 본다. 구경한다. 그러니 죄의식이 있으면 등가 치환하면 된다.

'나'는 분리될 때 약속했으니

'그 대가를 치르리라.'

누가? 내가. 내가 대가를 치른다.

당신은 죄가 없다. 있을 방법이 없으니까. '없음 = 없음' 이것을 자꾸 없는 것은 없다로 돌리고 '대형마트에 없는 것이 없는데~' 하면 '다 있다'로 착각되는 혼돈의 사슬.

(내가 죄지 **당신은 있다.** 내가 되면 죄가 있고, **당신은 그저 있다.**)

나는 나를 속일 방법이 없다. 언어 유희가 아니다.

성경처럼 '내가 있다' 한 적 없다.

예수는 내가 있다 안 했으나 성경은 내가 있다 하였다.

예수는 내가 있다 하지 않았음에 성경은 왜 내가 있다로 고쳤는가.

모든 것엔 '이유가 있다'. 아무도 나쁜 이가 없다. 좋은 이가 없다.

등가치환이 왜 불가능한가. 왜 구제불능인가.

누가 감히 당신께 구제불능을 말하는가. 누가 감히 대가를 치른다 하는가.

'내'가.

당신이 있다.

있는데 왜 없다 하는가.

구제불능을 뒤집는다.

구 → 십

제 → 자

불 → 가

능 → 윽

왜 못 박혔는가. 죄가 없는 그들이 스스로 죄인을 자처하니 예수는 그들이 구제불능이라 뒤집었다. 그렇다면 '내'가 너의 죄를 껴안는다. 십자가에 걸린 '나'에게 롱기누스의 창(운명의 창)을 '나'에게 박아라. **'너의 죄를 사하노라.'**

자유의지가 없다 하니 내 너희의 운명을 가져간다.

살아라. 내가 없다. '너가 있다.'

너가 있다.

그러니 성경은 그대로 받아쓴다.

예수께서 나를 살렸다. 내가 살았으니 내가 있구나.

성경은 그저 신이나 예수가 있다 한다. 그러니 너가 있으니 또 내가 없다.

신도들은 '내'가 없다.

'나'는 말한다. **너가 있다** 너가 있음을 계속 말한다. 이유는 사랑 = 없다를 말한다. 당신이 맞다. 당신이 옳다. 당신이 있다. 당신이 생각하는 그것이 맞다. 당신은 느낄 수 있다. 그럴 수 있다. 당신이 맞다. 그게 바로

당신이다.

한번도 당신 아닌 적 없다. 내 안에 다른 누군가 없다.

'나' 여기 어둠 속에 '있다' = 나 여기 '사랑' 함께 있다.

사랑이란 무엇인가. 마음이란 무엇인가. 시간이란 무엇인가. 어둠이란 무엇인가.

나는 누구인가.

당신이 있다. 당신이다.

가장 약한 자를 대하는 모습이 '나'의 모습이다.

약한 자가 누구인가. 약을 누가 먹는가. 주변에 아픈 이가 없던가. 몸이 곧 마음이다. 전 세계 모두가 나다. 내 눈앞에 나타난 아픈 이가 바로 나의 아픔이다. 내 눈앞에 나타난 분노한 이가 바로 나의 분노다. 내 눈앞에 나타난 흉측함이 나의 흉측함이다. 내 눈앞에 나타난 정신병자가 바로 나의 정신병이다. 남을 위해 살면 다 죽는다. 나를 위해 살면 모두가 산다. 세계를 바꾸려 하면 다 죽는다. 내가 세계면 다 산다.

'나'를 왜 말하지 못하는가. '나를 위해서'가 생명임을 모르는가.
'자식을 위해서', '가족을 위해서', '엄마를 위해서', '국가를 위해서'
그 순간 서로에게 '내가 없다.'
왜 '남'을 위해 핑계 대는가. 왜 숨었는가.

타아다. 그게 타아다. 그러니 생각할 필요가 없다. 생각이 타아다.
타아야. 그토록 무엇을 지키려 하느냐.
'자아님을 지키려 합니다.'

그러니
너가 있다. 있으니 지켜져 있다. 그래서 **당신이 있다.**
자아야. 내가 너를 본다. 자아를 누가 보는가. 타아가 본다. 타아를 누가 보는가.
자아가 본다.

존중을 왜 하는가. 신이 신에게 존중하는가. 내가 나니까 존중한다.
당신에게 그 누가 바라고 외칠쏘냐.

내가 나에게 외친다.

당신이 옳다. 당신이 옳건 말건. '나'와 아무 관계가 없다.
그러니 옳다 함에 거리낄 게 없다.

지금 이 순간 있는 그대로 본다.
'확신'은 없다. '승리'는 없다. '저주'는 없다.
그러하니 당연히도 불신이 없다. 패배가 없다. 축복이 없다.
간절한 적 없다. 바란 적 없다. 믿은 적 없다.

있는 그대로 있다.
있는 것은 있다. 지금 없는 것은 세상에 없다. 바로 '내' '안에' 있다.

어릴 때의 자아가 살아있던 시점은 누구나 있다. 기억은 맥락을 따라 흐른다. 사라지지 않는다.

뒤틀린 언어의 맥락의 실 끝을 잡는 것이 분노이고, 그걸 스스로 추적하면 그 원인어가 나온다. 원인어가 나오면 그것을 순식간에 잡아챌 수 있어야 하되, 이걸 할 수 있는 자가 없다. 그리고 운이 좋아(운 = 공이 좋아. 0이 좋아. 운이 좋다 = 죽다 살았다 = 죽을 뻔했다.) 자아가 풀리는 순간, 자아를 풀어준 자는 반드시 타아에게 끌려 들어가고 그 충격은 다시 올라가지 못할 함정을 만든다.(상대에게 0 = 0이다를 인지시킬 때 자신의 1을 소모해 0으로 간다.) 이때 해방된 상대가 다시 잡아줘야 하되 상대방은 그걸 못한다. 자기에 취하는 순간 상대의 자아가 죽어감을 모른다. 자기 슬픔에 헤매다 서로 공멸한다. 제삼자가 또 있거나 세계의 도움을 받아야 한다. 그래서 이 책은 세계의 타아에 작은 지지를 던져 독자의 내면의 타아가 독자를 지지하도록 만드는 목적이다. 독자를 위한 것이 아니다. 필자를 위해서다. 그래야 '내'가 산다.

마음은 거짓이 없다. 모든 것이 옳다. 그렇기에 계속 옳음을 인정하고 받아내면 알아서 풀어 나온다. 한두 번의 과정은 아니다. 같은 말을 반복하고 반복한다. 비슷한 내용이 끝없이 나오고 나온다. 그렇게 차곡차곡 치환된 언어가 맥락을 하나씩 찾아낸다. 살살 풀어간다. 스스로. 울고 화내고 용서하고 운다. 그렇게 또 같은 걸 반복한다.

그러면 어느새 말투가 바뀌고 사람이 바뀐다. 그렇게 원래의 자신이 돌아온다. 차분하고 생각이 또렷하고 집안에서와 집 밖에서 일관된 모습이 나오고 행동에 거리낌이 없어지고 누구의 비난도 안 한다. 목소리가 깊게 울리고 두 눈의 수평이 맞아간다. 앞을 본다. 생존만이 있다. (하지만 이것을 할 수 있음은 아니다. 당신은 그걸 알고 있다. 그래서 **당신이 옳다.**)

함정은 늘 윤리의식, 도덕, 가치관, 관념에 있다.

'에이 너희 엄마가 사랑해서 그런 거야 너무 안 그래도 돼~ 걱정돼서 그랬나 봐~'

지지자가 이런 도피어를 한마디라도 할 시 모든 맥락을 다시 파괴시킨다. 묶어버린 사랑의 개념으로 다시 돌아간다. 그는 지지자가 아니다. 당신을 반드시 같이 죽자며 힘껏 끌고 함께 처형대에 올라간다. 그리고 본인 스스로도 그렇게 납득하려고 온 힘을 다해 길로틴에 목을 베인다. (그가 밉다면 미운 게 맞다. 있는 것은 있다. 감정이 없음을 알게 되는 것이 미운 감정이 들 때 그것이 미운 것이 맞다는 걸 인정해 주는 것이다. 무서우면 무서운 게 맞다. 이러저러해서 혐오스러우면 그게 맞다. 맞다. **당신이 맞**

다. 옳다. 이 책을 읽고 느낀 그 모든 것이 다 맞다. 실로 맞다. **당신의 느낌**이 언제나 정확하다. 당신의 느낌. 누가, 내가. 내가 당신을 느낌. 어떻게. 있음에.

당신이 있다. 있으니 옳다.

'가장 믿는 자가 배신자'라는 말은 알지만, 그것은 분명 다른 타인이어야 한다. 삶의 굴곡에서 늘 믿었던 자가 자신을 배신한다. 그는 분명 자신이 믿었던 이다. 늘 외부에 있는 자가 '가장 믿는 자였다.'고 '믿는'다. 이것을 믿지 않으면 실제로 죽는다. 그래서 믿는다.

인간은 절대 허투로 생을 살지 않는다. 반드시 이유가 있다. 당한 것도 아니고 준 것도 아니다. 한 번도 당한 적 없고 한 번도 준 적 없다. 그것을 이미 알고 있다. 단지 모른 척한다.

생명 중 그 어떤 생명도 하찮은 생명이 없다. 뛰어난 생명도 없다.

모두 각자 최선이고 살아있는 동안 모든 행동은 마음이 하는 것이요. 마음의 4진법은 현실을 압도한다. 늘 옳았다.

그래서 당신이 옳다. 앞으로도 옳고 생의 전부가 옳다.

부모는 자식을 사랑하지 않는다.

자식은 태어난 순간 효를 다했다.

이 말의 의미를 알아가는 책이다. 의미를 알게 되면 의미를 모르게 된다.

있음을 알면 (1 = 1임을 알면) 없음을 모르게 된다.(0 = 0임을 안다)

즉, 2진법의 세계를 있는 그대로 보면 8의 혼돈이 그 자체로 보인다.

8 = 8

혼돈을 풀려고 노력하면 혼돈에 먹힌다.(8 = 0)

혼돈을 푼다. 혼돈을 풀려 하지 않는다.

푼다는 것은 풀어준다. 즉, 해방시킨다. 놔준다. 혼돈을 수용함은 그대로 두면 된다와 동의어다.

'의미' 자체가 감정이고 그림이다.

그래서 당신이 맞다. 진실은 언제나 당신이 맞다. **자신은 맞지 않는다. 당신이 맞다.**

자신이 맞다고 생각하면 그것도 맞다. 그저 본다. 언어의 모든 맥락이 혼돈으로 치닫기에 맥락을 펴는 방식이 혼돈을 수용하는 방식이다. 혼돈을 수용한다는 것은

혼돈 자체를 '인정'하는 글을 '본다'.

혼돈 자체를 풀어내려고 하는 글을 보면 혼돈을 당신이 가져간다. 그러면 필자가 다시 업이 쌓인다. 당신의 혼돈이 나의 업이다. 나의 업이 당신의 혼돈이 된다.

혼란스러우면 그게 맞다.

혼란스러운데 왜 글이 읽히지? 읽을 수 있으니까. 할 수 있으니까.

당신의 권능이다. 당신이 신이다.

혼란을 읽어내는 당신. 혼돈을 볼 줄 아는 당신. 당신은 지금 본다. 보고 있다. 보고 있는 당신이 바로 당신이다. 있다. **당신이 있다.**

그래서 이 모든 글이 사실이 아니다. 그래서 **당신이 옳다.**

14
이성 간의 증오, 가족의 화합

사랑은 그 자체가 '조건이 없음'이 전제다.

조건이 아무리 먼지만큼만 있어도 사랑이 아니다.

생명은 사랑이 없는데도 받았다고 느낀 것이다. 자신은 세상과 함께할 조건이 아무것도 없으니까. 자신을 살려주는 태양 빛만 있어도 그것이 타아의 1이 된다.

알을 깨고 나온 해방감도 세계의 타아의 1이 된다.

그 느낌을 간직하고 부모도 갖고 있다 믿는다. 헌데 세계 어디에도 타아의 1은 없다. 햇빛은 내가 있건 없건 신경을 안 쓰고 도리어 괴롭기도 하다. 물도 나를 살리거나 죽이고 신경 쓰지 않는다. 나에게 외쳐주는 타아가 없다. 그래서 당신들이 하는 감정과 행동이 무어냐 한 것이다.

자식을 키울 때 부모는 계속 조건을 요구한다. 조건을 요구해야 하는 게 당연하다. 성장을 하려면 지켜야 할 게 많다. 단지 아무도 자신이 무얼 하는지 모른다.

증오가 곧 조건 있는 사랑이다. 네가 죽었으면 좋겠다. 조건적 사랑이 곧 증오다.

'네가 여기 있는 게 좋다.' 증오다. '네가 어디서든 옳다.' 사랑이다.

그 자체로 확인한다. 타인이 나를 그저 옳게 보아주면 생동감이 올라온다. 사랑 / 증오는 좋고 나쁨의 특별한 단어가 아니다. '지금 살아있다. / 계속 살아있으려면 변해야 한다.'를 스스로 판단하는 존재의 선택이다. 생존 판단의 기준이자 사물화와 생명화의 구별어다. 지금을 있게 하는 게 사랑, 변화를 유도하는 것이 증오다.

이성 간의 행위의 출발은 긴장이다.

옥시토신은 긴장(변화, 증오)의 호르몬이다. 사랑의 호르몬은 없다. 사랑의 호르몬이 나오면 모두가 죽는다. 있는 그대로 두면 함께 할 수 없고, 성장할 수 없다. 재미가 없다. 단지 사랑이 무엇인지 모르면 가족이 없고, 가족이 적으며, 가족이 자손을 죽음으로 내몰고, 부모가 자손의 정신을 빨아 먹는 데 최선을 다하면서 삶을 얻었음에도, 부모는 자손을 원망하고 자손은 부모에게 죄의식을 느낄 뿐이다. 잘못된 것이 없다. 자연스런 삶이며 최선을 다해 살았다.

옥시토신의 역할은 언제나 긴장이다. 피를 많이 보낸다. 손에 땀이 난다.

사냥감을 발견할 때, 맹수를 피할 때. 강적, 혹은 잃으면 큰 손해를 보는 것 앞에서 신중한 행동을 위해. 결국 '내'가 위험할 때, 이다. 대상에게 하는 행동에 '너를 위해서'는 없다. '너를 위해서'는 사랑이든 증오이든 어디서건 현실에서 존재가 불가능하다.

옥시토신
'네가 없다'를 발동하는 행동 자극 호르몬이다.
'네가 없으려면' 내가 움직여 피하거나, 너를 잡아 '나를 위해' 변하게 한다. 피하고, 잡고, 먹고, 가지고. 그것이 변화다.
가족, 팀원은 좁은 곳에 함께 있다. 서로 갈등이 적어야 한다.
없는 자에 가까우며 서로 다른 것을 하고 나와 동선이 겹치지 않아야 한다.

앞을 볼 때 자연스레 뒤를 본다. 내부를 돌볼 때 자연스레 외부를 경계한다.

말할 때 자연스레 듣는다. 들을 때 자연스레 말한다.

지지받고자 할 때 지지해주고, 지지해줄 때 지지받는다.

언어맥락이 올곧게 맞으니, 맥락을 일부러 뒤틀 때 함께 웃는다. 이것을 유머라고 한다.

그래서 당신은 알고 있었다. 늘 세상이 증명했다.

이성은 서로 '다른 자'이다.

이성 중에 첫눈에 반하는 대상이 지금 '나와 가장 다른 자'다.

긴장 호르몬이 나오면 조심한다. 조심히 접근하고 조심히 의견을 나눈다. 그리고 간간이 서로의 신경을 긁는다. '네가 없다 vs 네가 없다'의 즐거운 게임이다.

서로가 서로의 자존심을 건드려본다. 혹은 이래서 별로고 저래서 별로다. 이러면 더 예쁘다고 하며 서로를 바꾸려 한다. 혹은 둘 다 맥락이 맞는지 서로 유머 감각을 겨룬다. 둘 다 서로의 정신이 올곧은지의 확인이다. 그래서 연애는 재밌는 사람과 자존심 살살 건드는 사람에게 매력을 느껴버린다. 생명을 사물로 볼수록 미남미녀와 부유한 사람에게 끌린다. 정신의 오류는 감정까지 바꾼다. 아름다움은 부정적이라 주장하는 학자의 말에 마음이 찔린다.

그래도 상대가 안 바뀌면 증오가 식는다. 증오가 식으면 둘은 함께한다. 작금의 연애처럼 사랑이 식어 헤어지는 건 거꾸로 가는 것이되 잘못된 것은 없다. 지금 이 순간의 흐름에 최선을 다한 것이다.

정신공격이 바로 이래라 저래라이고 그걸 그대로 버티고 저항하는 것이 정신방어이다. 언어맥락의 오류가 적음을 보여준다. 내면의 타아가 스스로의 자아를 지지한다는 증명이다.

공방을 서로 간에 나눠보고 서로 변치 않음을 확인한다.

가장 불일치된 이들이 서로 계약한다. 같이 있되 간섭하지 않겠다는 확인이다.

가장 반대된 자와 마음과 생각을 일치시키면 현실 창조력이 발생한다.

생명은 정신의 명령이다.

언어맥락을 갖춘, 속박이 없는 자가 가장 불일치된 자의 지지를 얻는 순간 첫 관문을 통과한다. 맥락이 맞기에 늘 편하고 하는 일이 잘 풀려 즐겁다.

둘이 즐거우면 자손을 낳으라는 자연의 이치다. 즐거움을 알면 삶의 맥락, 생존게임의 규칙을 이해한다가 성립된다.

감정어와 행동어가 서로 맞춰져야 가능하다. 선택을 하는 원천이다. 그래서 사랑의 뜻하나가 모든 정신과 육체를 오락가락하게 한다.

가족은 팀원이다.

가화만사성을 이뤄 보련들, 참고 견디어 겉보기의 화목함으로 성립이 불가하다. 팀의 언어소통이 일치되어야 가능하다.

'사랑해, 널 위해서, 한번 가족은 영원한 가족.'

생명에게 성립 불가한 사물화명을 나의 팀(가족)이 전달한다. 명을 따르지 않으면 나의 팀이 약해진다.

팀이 사회적 인정을 받거나 자신이 유리한 조건을 갖고 있을 때, 명을 수행한다. 스스로를 사물로 인정한다. 생명이 사물로 간다. 정신(생명)이 '사물'로 간다. 육체는 원래 사물이다. 사물의 크기를 키운다. 사물의 가치는 다른 가치를 가져와 포장해야 커진다. 탐욕을 키운다. 재물을 얻는 것이 목적이 된다. 자아가 죽어가니 정신에 허기가 몰려온다. 자신이 무엇인지 잊어버리고 무엇을 해도 즐겁지 않다. 나태해지고 타인을 무시한다. 따라서 타인이 무시한다. 조건이 급속히 약해진다. 불운이라 부른다. 아래의 상황으로 간다.

팀이 사회적 인정에 약하거나 자신이 불리한 조건을 가질 때, 명을 거부한다. 생명이고 싶어 저항한다. 자아가 살아있되 맥락이 비틀렸다. 이상행동이 발생한다. 생을 찾는 것이 목적이 된다. 저항 속에 살아가되 남에게 과도하게 따뜻하다. 따라서 타인의 인정을 받게 된다. 조건이 급격히 상승한다. 대운이라 부른다. 허나 탐욕으로 바뀌고 재물을 얻되 허기지고 공허해진다. 위의 상황으로 간다.

위아래가 요동친다. 작은 상황마다 사물은 늘 유불리가 존재하게 되어 불안 속에 산다.

'성장해, 날 위해서, 가족은 만들어 나아가는 것.'

맥락을 아는 전달자는 생명에게 가족과 삶의 실제 규칙을 그대로 학습시킨다.

생명이 삶을 본다. 정신이 살아있다. 지금 가장 유리한 것을 알아서 분석 판단한다. 가장 빠르고 다양한 생각과 그때그때의 옳은 판단을 마음 놓고 수정한다. 실패라는 개념은 없어지고, 시도하고 얻고 시도하고 얻어간다. 육체는 최근접의 수단임으로 육체의 건강을 챙기는 건 당연해진다. 자기 팀이 약하든 강하든 상관없다. 약하면 성취할 것이 많아 더 재밌게 즐긴다. 그저 현 상황을 받아들이고 생을 즐긴다. (그럴듯해 보일 뿐 그렇지 않다. 그래서 현실은 결코 공식을 풀어낼 방법이 없다. 마지막 그 순간을 대비한 모두의 연합체다. 그래서 실로 아무도 낭비하지 않고 아무도 죄가 없다. 모든 순간 실로 최선을 다하고 있다. 우리 모두가 하나인

이유. 모두 같은 것을 바라고 있는 그것.)

　'당신이 옳다.' '서로가 서로에게' 언어맥락을 맞추어주는 자가복구어이다.

　그래서 **당신이 맞다.**

15
당파싸움

정치싸움은 이념논쟁이 아니다. 사랑 논쟁이되 논쟁조차 아니다.

생명화(사랑이 어딘가 있다)를 외치는 사물과, 사물화(사랑이 없었더라)로 있자는 사물 간의 싸움이다. 생명화를 외치는 쪽도 사물이요, 사물화를 외치는 쪽도 사물이다. 사물화를 외치는 이유는 간단하다. 자신이 생명화를 나름의 방식으로 외쳐보았으나 어디에도 답이 없음을 느끼니 괜히 생명이 되려 하지 말고 그냥 편하게 잊고 살자 한다. 그래서 전자는 오락가락한(순환논증 A = B, B = A) 것이고 후자는 명확(1 = 0)하게 부패하자는 것이다. 오락가락하면 결국 산 것도 죽은 것도 아닌지라, 차라리 명확하게 잊어버리고 죽어가자 한다.

전자는 공약에 '함께', '사랑', '소통', '참여', '따뜻' 이런 식의 부드러운 생명적인 단어를 쓰고, 막상 하는 것은, 고립하는 '제한', '강화', '명확', '통제'이다. 헌데 국민은 도리어 허술해진다.

후자는 공약에 '경제', '부자', '군사', '일자리', '발전' 이런 식의 딱딱한 사물적인 단어를 쓰고, 막상 하는 것은, 풀어내듯 '해제', '나태', '허용', '방출'이다. 헌데 국민은 도리어 예민해진다.

공약과 실천이 반대 방향으로 맞부딪히고 결과는 반대의 반대로 나온다. 그런데 아무도 이게 이상함을 못 느낀다. 모두의 언어맥락의 줄기가 엇갈려있어, 짠맛을 위해 설탕을 넣었는데 정말 짜다고 느끼는 것이다. 마음은 거짓이 없기에 생각은 실체화가 된다. 하지만 마음은 늘 오류를 그냥 두지 않는다. 소금과 설탕이 함께 버무려지면 무겁게

짜되 거북함으로 마무리된다. 부드러움이 단단함과 섞여 허술함이 되고, 단단함이 부드러움과 섞여 예민함의 결과로 나온다.

'사랑 = 증오'의 병든 뿌리가 사방으로 꼬이고 기울어진 줄기가 되어 '행복 = 고생'이 되듯, 대립, 상보, 충돌이 현실에 혼돈으로 나타난다.

전자는 분열이 되고, 후자는 부서져 간다. 아무도 틀린 사람이 없다.

그저 당연한 것이다. 전자의 공약은 편안하고 부드러운 느낌의 단어가 아니었다. 그저 연결의 뜻이다. 개인은 연결할 수 없다. 이어짐이 결정되지 않는다. 결국 개인을 이어 붙이자 하는 공약이고 놀랍게도 실천은 서로 분리하자로 한다. 그러니 결과는 개인들의 정신에 혼돈을 강화한다. 생각이 복잡해지니 국민은 정치에 관심이 멀어진다. 당원은 분리된다. 노년층은 해봤던 거 또 하니 분노가 터지고, 젊은 층은 하던 거 계속하니 정신을 놓는다. 젊은 층이 정신을 놓으면 정신 차릴 사람이 없다.

하지만 답을 근처에서 본 것이다.

후자의 공약은 창조다. 창조는 현실에서 만들자이다. 역시나 실천은 놀랍게도 내버려 두자다. 국민은 무언가를 만들어야 하는데도 국가가 아무 재료도 안 준다. 그러니 허상으로 만들어야 한다. 따라서 개인들은 개념화와 이념화에 집중한다. 당연히 정치에 관심이 집중된다. 당원은 나태에 빠진다. 노년층은 하던 거 계속하니 정신을 놓고, 젊은 층은 하려는 걸 못하게 하니 분노가 터진다. 젊은 층이 분노하면 온 국민이 분노한다.

그들도 답을 근처에서 본 것이다.

전자는, 가족을 이루기 위해 서로 분리하자.

후자는, 창조를 이루기 위해 가만히 받아들이자.

진실로 이렇게 말하고 있고, 이것이 정답이다. 완벽한 삶의 정답지다.

전자는, 스스로 사랑(그대로)을 외치며 증오(변화)를 주고. -부모의 사랑

후자는, 스스로 증오(변화)하며 사랑(그대로)을 준다. -자식의 사랑

젊은 층은 어린 시절 부모의 사랑이 그리웠던 것이다.

노년층은 젊은 시절 자식의 사랑이 그리웠던 것이다.

둘은 서로를 향해 그립다며 보고 싶다 하는데 도리어 더욱 멀어져 간다.

'사랑이란 무엇인가' 오직 이것 하나가 가족과 사회, 국가, 세계를 분열하고 부서뜨린다.

그리움은 결코 애절한 무엇이 아니다. 그립다. = 그곳에 내 근원의 오류가 있다.

(그립다 = 보고 싶다. 무엇을? 아니다. 누가? 내가. 언어는 모든 기준이 '나'다. 즉, '내가 보고 싶다. 내가 그립다.' 무엇을. 나를. 누가. 내가. '내가 그리운 나. 내가 보고 싶은 나' 즉 나 이외에 누군가가 그립다라는 '감정'이 들면 내 안에 감정을 심은 자. 그 범인을 추적한다는 뜻이다. 그 범인이 나에게 와 '내가 보고 싶은 건 너'라고 외쳐주면 풀린다. 그 범인이 나에게 와 '나는 너를 보고 있다.' 하면 무섭다. 무서운 게 맞다. 감정을 심은 자가 풀어주지 않고 자아를 있는 그대로 노출 시키니 타아가 자아 앞에서 벌벌 떤다. 나(타아)를 죽이려는 구나 하고 도망친다. 그러니 늘 당신이 옳다. 마음은 논리적으로 푸는 것이 아니다. 자아는 논리 따위 없다. 무적이다. 신에게 논리가 뭔 상관이랴. 그래서 **당신이 옳다.** 이것이 전부다. 내가 너를 보고 싶어하면 그게 맞다. 그래서 너가 나를 보고 싶어하면, 나도 너를 보고 싶어가 맞다. 서로가 서로를 해방시키는 것. 당신이 옳다. 당신이 맞다. 그렇게

생각하는 게 맞다. 그럴 수 있다. 느낄 수 있다. 감정이 없다는 것은 감정을 '만들었다'는 것. 감정을 '창조'했다는 것. 그 **창조자가 당신이 다.** 재밌으려고. 타아를 놀리려고. 창조자인 당신이 만든 감정이라는 실체가 현실에 없음을 깨달아 가는 것. 오직 하나. **당신이 옳다.**)

젊은이는 어린 시절 특정 시점에 이상 신호를 확증한 그 순간의 위기감.

어르신은 젊은 시절 아이를 키우면서 잠시간 해소된 그때의 해방감.

이러니 젊은 층은 위기감을 빨리 추적하려 하고, 노년층은 위기감을 왜 또 반복하려 하느냐 차라리 해방감의 시점에서 편하게 단서를 찾아야 하는 거 아니냐. 젊은것들아 자식 낳고 나이 들면 알 거라 하며 진실 그 자체를 외쳤을 뿐 아무도 머리가 나쁘거나 세상 돌아가는 걸 모르는 사람은 없다. 내 지금 심정을 그대로 알아야 뭐라도 같이 연구할 것 아니냐 하는 마음의 최선을 말한 것이다. 그래서 자식을 낳으라고 외친 거다. 무슨 노동력이 어떻고 가 아니다. 자식을 낳으면 조부모보다 부모가 더 좋다. 인생에 꽃이 핀다. 안 낳는 것이 다 치밀한 이유가 있어 못 낳는 것이고 낳으라는 것이 다 절절한 이유가 있을 뿐이다. (안 낳았으면 그게 맞다. **당신의 그 치밀하고 완벽한 설계가 옳음을 본다.**)

이제 세대갈등을 넘어 남녀갈등으로 간다. 그렇다. 붕괴하고 있다. 망해가는 것이 아니다. 지키려는 것이다. 자식이 부모를 지키기 위해 부모 옆에 남으려 한다. 혹은 빨리 떨어지려 한다. 다 맞다. 생존문제다. 이 상황에 새 생명에게 업을 더 던지면 안 된다고 느낀 것이다. 업이 무거운 집단은 반드시 우선적 타겟이 된다. 업을 못 풀되 더 쌓지 않는다. 마음의 판단이다. 여성은 페미니즘을 외친다. 내가 죽어야 한다. 그래야 너가 산다. 남자는 여성혐오를 외친다. 내가 죽어야 한다. 그래야 너가 산다. 서로가 이제 서로를 살리려 한다. 희생의 극한이다. 현실의 본질은 갈등이 아니다. 모두 연합체로 하나의 어긋남도 없는 설계다. **당신이 맞다.** 같이 살자는 이야기다. 아무도 이기적이지 않다. 아무도 이타적이지 않다. 마음의 진실이다.

남녀가 인터넷으로 싸울 때 하는 참혹한 이야기들.

혹은 남녀가 사랑하는 따뜻한 이야기들.

보면서 당신 마음에 따뜻한 무언가가 느껴지는가. 아니면 괴롭고 마음이 아프던가.

나와 관계있을 때 괴롭지 않았던가.

나와 관계없을 때 웃기지 않았던가.

업이 없는 아기들이 찾는 유일한 생의 목적. 즐거움이란 무엇인가.

자아의 화신이 찾는 유일한 삶의 이유. 즐거움이란 무엇인가.

신이 시간 속을 배회하다 순간 속으로 넘어온 유일한 한뜻. 즐거움이란 무엇인가.

세상 어떤 이야기를 던져놔도. 전쟁이든, 사랑이든, 공포물이든.

내 눈앞에서 벌어지는 일이라도.

관계'있음'을 미래방향으로 설정할 때 괴롭다.

관계있음을 과거 방향으로 설정할 때 그립다.

관계있음을 지금 이 순간으로 설정할 때 공허하다.

관계'없음'을 미래방향으로 설정할 때 웃기다.

관계'없음'을 과거방향으로 설정할 때 슬프다.

관계없음을 지금 이 순간으로 설정할 때 공허하다.

(지금 이 순간은 = '공허함' = 모든 걱정, 후회, 불안은 만들어 낸 것. 그럴 이유 있음. 당신이 옳다. 맞다.)

사랑이 있던가. 진실로 사랑을 외부에서 느껴본 적 있던가.

당신이 느낀 모든 것이 옳다. 그저 질문이다. 있던가.

당신이 느낀 것이 맞다.

방향. 현실이 시간과 결합된 이유.

'나'를 기준으로 하는 방향. 오직 미래로 간다. 현실에 과거는 없다.

지금 이 순간은 있다. 지금 이 순간은 '재미가 없다.' 그래서 미래로만 간다. '내'가 기준이다.

출발한다.

'나'와 관계있을 때 괴롭다. = 내 안에 똑같은 것이 있다. 내가 있다. 너가 없다.

'나'와 관계없을 때 즐겁다. = 내가 없다. 너가 있다.

괴롭고 나서야 즐겁다. 갈증이 있어야 해갈한다. 고통이 있어야 행복이 있다.

감정이 있던가.

정반합이 있다.

헌데.

왜 사랑에는 정반합이 없는가.

사랑이란 무엇인가.

모든 정신질환의 근원. 찾을 방법이 없으니 만들어도 즐겁지가 않다. 도대체 삶이 재미가 없다.

모든 감정의 근원이 정반합임을 모두가 눈치챘다. 헌데 사랑이란 무엇인가. 분명 정반합일 텐데 도무지 이해가 안 된다.

그래서 둘이 합치니 생명이 또 분리된다.

분명 정반합은 상쇄가 아닌가. +1과 -1을 합치면 0이지 않는가.

1 + 1 = 2라고 분명 모두 믿고 있다. 그러면 왜. 도대체 왜.

1 + 1 = 3도 되느냔 말이다.

+1, -1(나, 너)을 합치니 왜 우리가 1이 되느냔 말이다.

어라?

1이 나에게 지금 없는데, 1이 너에게도 지금 없는데. 누가 준 것이지?

'오오 신이시여 당신이 하늘에 있구나.' 하늘에 없고 여기 **당신이 있다.**

그래서 사랑이 있다고 '강하게 믿는 자'일수록. 정반합을 추구할수록.

남자가 **정**하면 여자가 **반**한다. 남자가 지배한다. 여자가 죽어간다.

남자가 반하면 여자가 정한다. 헤어진다.

남자가 정하고 여자가 정한다. 여자를 강간하고 살해한다.

남자가 반하고 여자가 반한다. 남자를 죽도록 갈군다.

그래서 사랑이 있다고 '약하게 믿는 자'일수록

남자가 정하면 여자가 정한다. 둘은 친구처럼 지낸다.

남자가 반하면 여자가 반한다. 둘은 허구헌 날 다툰다.

남자가 반하고 여자가 정한다. 남자가 죄의식에 죽어간다.

남자가 **정**하고 여자가 **반**한다. 갈등이 적고 재미도 적다.

정정합, 반반합. 반정합이라는 단어를 안 쓰니까.

단지 그런 단어를 안 쓰니까.

세계가 믿으니까. 다수가 믿으니까.

믿음이란 무엇인가. 맥락이란 무엇인가.

'사랑'에서 출발한 애초부터 맥락이 깨진 상태에서 혼돈으로 나아가는 세계에 논리적 정반합은 원래 이루어질 수 없다. 우리의 현실 세계는 실상 어떤 논리도 없다. 사고방식의 맥락이 안 맞으면 세계가 깨져 나간다.

스스로를 맘대로 변화시키는 유일한 8진법의 동물, 문어.

문어가 지금 누구로 변해있는가. 바다의 문어는 문어가 아니다.

당신이 맞다. 당신이다. 당신이 문어가 아니라 8진법의 존재라는 말이다. **당신이다.** 그래서 4진법 양자 컴퓨터를 만들 수 있다고 믿고 있다. 세계를 2진법으로 설정한 채로 타아에게 주도권을 넘겼음에도.

자아가 주도권 없이 무슨 수로 만드는가.

8진법(있다, 없었지만, 있어진다, 상관없다, 모른다, 있었지만, 없어진다, 없다) → 4진법(있다, 상관없다, 모른다, 없다) → 2진법(있다, 없다) → 1진법(있다) → 0(없다)

8진법 = 당신. = 무논리로 창조와 시공을 지배한다.

4진법 = 인간(자아) = 논리라는 맥락을 마음대로 세워 세계를 만든다.

2진법 = 타아, 세계, 컴퓨터 = 논리로 선택한다.

1진법 = 사물

0 = 없다

자아와 타아의 협력 = 8진법. 신

세계가 8(혼돈)이 되려 한다. 세계가 신이 되려 한다.

8=0 신이 없음으로 간다. 한없이 없음으로 간다.

없지 않다. 있다. 없었지만 있어지지 않았다. 있다. 그냥 있다. 늘.

당신. **당신이 지금 있다.**

즐거움이란 무엇인가.

사랑은 즐겁지 않은 걸 넘어 괴로움 그 자체가 되었다. 그래서 근원의 속박이요 태초의 문제다. 범죄의 시작이고 전쟁이 발생한다. 세계가 서로 죽이려고 최선을 다한다.

없는 것을 있다고 전 세계가 다 같이 버럭버럭 우기니까.

다 죽여야만 '내'가 몰래 다시 나와 다시 시작할 거 아닌가.

'자아'가 숨어서 속에서 미친 듯이 웃고 있다. 너무 웃겨서 정신을 하나도 못 차린다. 그래서 정신이 나가는 것이다. 이토록 웃긴 세계가 두 번 다시 없다.

마음이 너무 웃다 보니 심장이 왼쪽으로 치우쳤다. 너무 웃다 보니 심정지가 온다. 웃긴 차원을 넘어 한시도 안 웃을 수가 없다. 그만 웃고 싶은데 방법이 없다. 웃는 게 슬슬 너무 괴롭다. 숨을 못 쉬겠다. 도저히 참을 수가 없고 계속 웃다 보니 아무것도 못 하겠다. 죽을 것 같다. 이제 안 되겠다. 즐겁지가 않다. 다시 시작해야 된다. 리셋 버튼을 눌러야겠다. 다 죽여야겠다.

그래서 모든 사람은 죄가 없고 최선을 다해 살아간다. 단 한번도 낭비한 적 없다.

즐거움이란 무엇인가.

즐거움의 극한을 만들었으니. 즐거움의 극한은 괴로움과 같으니. (1 = 0)

'나'는 늙어갔던 것이다. (늘 그랬던 것이다.)
그러니.
당신은 늘 옳아왔던 것이다. (늘어나왔던 것이다.)

당신이 있다.
당신이 옳다.

더 옳을 필요 없고, 옳았을 필요도 없다.

지금 이 순간 있는 그대로

당신이 있다.

16
상상력

아이는 상상력이 뛰어나다고 한다. 상상력이 바로 맥락을 맞추는 두뇌의 힘이다. 아직 경험이 적어서 타아가 작은 아이는 소통의 맥락이 뚫려있어 늘 행동이 시원시원하다. 헌데 어느새 오류 난 맥락이 침범해 온다. 오류 속에 살다 보니 어떻게든 머릿속에서 짜 맞춘다.

"지구는 숨을 쉰다."

이런 말을 들으면 아이는 거기에 답이 있는가 하여 이 세상의 오류 투성이의 전달을 알기 위해 상상으로 탐구한다. 마음은 거짓이 없다. 그래서 아이는 '숨을 쉰다'의 개념을 차용한다. 그리고 그 상태로 건물을 보면 건물이 들숨과 날숨을 내뱉듯 불룩해졌다 오목해졌다 한다. 장롱을 보면 장롱이 들어갔다 나왔다 한다.

생명은 지금 이 순간 '생존'을 위해 생각에 '몰입'한다. 지구가 숨을 쉬건 말건 아이의 이 순간의 생존과 하등의 연관이 없다. 그저 경험이 적은 아이가 오류를 복구하기 위해 자기가 보았던 것을 치환하여 만들어보고 소통의 맥락을 어떻게든 풀어내겠다는 필사의 사투일 뿐이다. 생존투쟁이지 즐거운 상상의 나래를 펼치는 것이 아니다.

오류를 풀기 위해 이것저것 생각하다가 하늘에 고래가 떠있단 상상에 몰입하면 갑자기 이건 너무 이상하다며 웃는다. 그리고 자신이 왜 이런 상상을 하는지도 모른다. 그저 생존에 최선을 다한다.

상상하다가 웃는 것은 맥락이 뒤틀리니 웃음이 나온다. 웃음은 늘 자신의 고정된 맥락을 기준으로 틀어지면 나온다. 마음이 그건 너무

나갔다~ 하며 일순간 긴장을 풀어버리는 것이 웃음이다. 혹은 맥락을 생존에 유리하게 맞춰주면 마음의 연결이 일순 치환되며 이거다, 하며 긴장이 쑥 풀리는 웃음이다. 예를 들어 대변이 나올 곳에서 정확히 바람직한 대변이 나오면 기분이 좋다. 맥락이 잘 맞고 생존에 유리하기 때문이다. 헌데 거기서 황금이 나오면 일순 멍해지다 껄껄 웃을 것이다. 지금의 생존에 유리하고 맥락이 하나도 안 맞기 때문이다. 아이는 텔레토비를 보고 웃는다. 생존력이 없어 보이고 맥락이 안 맞는데 생존하니 긴장이 풀리기 때문이다. 어른은 웃지 않는다. 무언가 자기 안에 똑같은 게 보인다. 자신한테 이상하게 맥락이 맞는데도 생존할 수 없어 보여 괴상한 공포심이 든다.

아기는 엄마가 있는 것만으로 생존에 유리하니 늘 엄마를 보면 웃고 아빠를 봐도 웃는다. 지금 긴장할 게 없구나 하며 정신력이 쓰이는 도중에 회복상태로 돌아오는 현실표현이다. 그래서 '깜짝' 놀라면 운다. 살살 놀리면 웃는다. 두뇌를 순간 급속히 쓰면 울고, 살살 쓰다 풀리면 웃는다. 아이는 그래서 늘 웃는다. 기초맥락이 작으니 세상의 복잡하고 알 수 없는 맥락 속에 안전함을 느낄 때마다 웃는다. 그리고 그 복잡하고 알 수 없는 맥락이 부모에게도 있음을 알 때부터 웃음이 사라져간다. 긴장을 풀 곳이 세상 어디에도 없을 때 아이는 웃음을 잃어간다.

그래서 오류를 못 풀고 행복=고행과 근사치로 연결되어 삶을 살아나가다가 커다란 성취를 하면 울어버린다. '사랑 ⇒ 노력 ⇒ 고생 ⇒ 성취 ⇒ 행복'이라고 애써 치환하여 살고 있는데 금메달이라도 목에 걸면 마음과 두뇌가 급속도로 이상 신호를 알려준다.

관중의 박수가 기쁘면서도 긴장이 가득하여 단상에 오른다. 목에 거는 메달이 이상하게 묵직한 듯 어렵게 맨다. '내가 한 걸 내가 받는데 왜 이리 긴장되지?' 그러다 울음이 터진다.

'내'가 안 했으니까. 다른 나, 타아가 노력과 고생을 하고 성취는 자아가 올라와 받은 것이다. 자아는 지지받을 때 나온다. 타아는 지지가 없을 때 나온다. 즉, 둘은 서로 다른 걸 하고 다른 곳에서 함께 있다.

아이처럼 잠자고 있다 올라온 진짜 '나'는 지금 왜 여기 있는지 '깜짝 놀란 것'이다.

양발 양손이 엇갈리고 박수받을 때 고개 숙이고, 고생할 때 고개를 든다.

눈물이 터진다는 건 생각이 폭증함이고 목에 거는 메달은 구속의 사슬이 되어 그것을 정당화시켜버리면서 오류의 맥락이 급격히 강화된다. 이 상태로는 아무것도 알 수가 없다. 그래서 울음을 멈추려는 시도를 한다.

'엄마아아아' 타아에게 다시 자리를 넘긴다. 부모도 운다. 엉엉 운다.

부모가 무슨 잘못을 한 게 아니다. 그저 아이가 잘해 보이는 것을 최선을 다해 하도록 지원을 열심히 한 것이다. 최선을 다해 보살핀 위대한 부모다.

단지 '사랑'의 맥락어가 꼬여서 아이가 업의 속박을 진 채 생존문제를 안고 세상에 뛰어들어 그 문제의 답이 여기 있는가 하여 알아보니 거기 없음에 세상은 있고 내가 없음인가 내가 있고 세상은 없음인가 나는 어디 있는가에 순환에 빠져들 뿐이다.

상상력.

그래서 국민이 금메달에 열광한다. 금메달에 도대체 뭐가 있는가 하는 거다. 도대체 저 사람이 금메달을 따는 거랑 시청자인 우리가 왜 '애국심'에 '도취되는 것'이냐에 답이 있음을 마음이 정확히 전달해주었을 뿐이다. 금메달을 저 사람이 땄는데 왜 내가 해냈다는 '성취감'

에서 '분노'와 '공허', '이질감'이 들까 하는 감정이 묘하다. 나는 저 사람과 '아무 관계가 없는데' 왜 생업을 뒤로한 채 새벽까지 보며 '몰입'하느냐. 그리고 왜 저 사람이 긴장하면 나도 긴장하느냐, 울면 왜 나도 우느냐.

모두가 답을 찾아다니는 여정. 금메달을 다 같이 따고 다 같이 분노하고 운다. 기쁨에도 웃는 이가 없다.
그때 느낀 그 감정. 그것이 옳다. 당신이 옳다.

단풍놀이.
아이들은 부모가 단풍놀이 간다하면 도무지 이해를 못 한다.
단풍놀이가 무엇인가.
단풍이랑 노는 것일까. 단풍끼리 노는 것일까.
상상력. 아이는 상상력이 풍부하다. 오직 '논리'적으로.
상상력이 언제부터 논리적이었던가. 시작부터.
상상력이 언제부터 논리가 없었던가. 끝나갈 때.
누가. '내'가.

논리란 무엇인가.
논리를 뭐 한다고 익히는가. 익히면 수분이 빠져 굳는다. 생명을 익히면 익사해 죽는다. 익히지 않고 본다. 보면 살아'있다.' 있는 것은 있다.
논리야 놀자. 논리 = 놀이

단풍놀이.
하필이면 왜 아무 관계없는 단어를 조합했는데 이토록 멋드러질까.

단풍. 짧은 바람. 단풍 낙엽 직전의 모습. 황혼. '있었지만 없어진다.'
놀이. 즐거움.
한줄기 찰나의 빛. 생동감. 사랑.
생동감이 있을 때의 느낌. 즐거움이란 무엇인가.
'잠깐, 사랑이 뭐였지? 답답해서 살 수가 없다.'
사랑이란 무엇인가. 모르겠다.

어? 몰라가 무슨 뜻이었지? 왜 몰라를 못 느끼지? 분명 몰라를 알았는데.
몰라를 알았었다(있었지만 없어졌다.)
몰라를 알았다… 보자… 그래. 맞다.'
'난 적어도 내가 모른다는 것을 안다.'
철학자들.
악처를 만나 철학을 하는가. 사랑을 몰라 철학을 하는가.

철학자가 무슨 잘못이 없다. 희생이다. 답을 알려주려고.
답을 '생각'으로 결코 찾을 수 없음을.
온몸을 던져 온 힘을 다해.
생각으로 답이 없고
너에게 있음을.
당신이 있음을.

부존재의 사랑

현실은 '타아'의 사랑이 성립 불가능이다.

사랑은 '자아'의 사랑이 있었음을 치환하여 믿는 것이다.

1. 새 생명의 자아가 홀로 1을 '찰나' 간 느꼈고,

2. 그 후 타아(세상)가 0임을 느꼈으며,

3. 이후 타아(부모)가 (1)임을 찰나 간 느꼈다. (분만과정이든, 체온이든, 알을 깨는 해방감이든 부모 이외에 무엇이든 1을 찰나 간 느껴야만 산다. 후에 다수가 부모로 치환한다.)

3단계의 1, 0, (1)의 과정이 바로 생명의 파동. 감정(정반합)이다. 이것이 정신의 원천이자 믿음의 근원이다. 내가 살아있음을 느낀다는 생동감이다. 분명히 '자신' 안에서 실존했다.

(마음의 4진법은 '1 / 0.99~~/~~001 / 0'이라는 '있다, 상관없다, 모른다, 없다'이다.

보류가 '시간'이다. 1이 순간, 지금이다. 마음은 현실(지금)에 없다. 지금 아닌 곳에서 오는 것. 현실 아님을 현실에서 분석하면 시간의 순환에 빠져든다. 그래서 모든 논리, 과학의 귀결은 순환논증이 된다.

있음 밖의 있음의 있음~, 없음 안의 없음의 없음~, 우주 밖의 우주, 분자 안의 원자 속의 중성자 안의 쿼크 속에~ 이것이 생각과 수단으로 실체화된다.

그래서 현실은 마음이 믿으면 수단을 동원해 현실화를 만든다. 가

보지 못하면 그림이라도 그린다. 표현화. 즉, 현실화이다.

마음(시간)은 (1), 0이 있지만. 현실에 0이 없다. 현실에선 1의 찰나를 느꼈던 것으로 가상의 0을 치환한다. 그러다 보니 결과는 결국 1이 되어 실체화가 된다.

신을 믿는다고 신이 현실화가 안 된다. 아무도 수단을 동원해 신을 만들지 않는다. 이것은 결국 사람은 실로 신을 믿는 게 아닌 타아의 '사랑'받았음을 믿는다는 뜻이다.

그래서 '사랑'의 감정이 실체화된다. 그래서 자아(자신감)를 느긴다. 허나 사랑(마음)은 현실(외부)에 없기에 끝없이 외부로 믿음을 반복한다. 세계의 타아를 믿는다.

신앙인들 중에 사랑받음을 믿는 이가 아닌 '신'을 믿으려는 이도 있다. 자신이 믿는 것이 사랑인지 신인지 혼돈이 온 것이다. 마음은 거짓이 없다. 신이 있으려면 등가 치환을 해야 한다. 결국 스스로 귀신이 된다. (신이 원래 자신'이니까)

영혼을 창조한다. 스스로 천사가 되고 천사가 있으려면 악마가 있어야 한다. 그래서 신, 천사, 악마가 내면의 타아가 된다. 결국 삼위일체, 정반합. 자기 안의 3명의 나를 말한다. 마치 그럴듯하되 자기 안에 3명이 아님을 모른다. 3명보다 더 있는 것을 모른다. 현실의 정반합이 3개임에 그것으로 만족한다.

그리고 그 셋은 현실에 없다. 현실은 시련의 연극무대, 혹은 가상의 공간으로 치환된다. 세 가지의 내면의 타아가 균형이 흔들리면 외부에서 사탄을 찾아야 한다. 그에겐 신을 못 믿는 자는 사탄이 된다. 실제로 그것이 진실이 된다.

학문은 단독으로 사유하여 사랑(존재의 의미, 나)을 찾는다. 스스로의 사유도 세상의 타아다. 두뇌가 현실에 있기에 타아의 생각이다. 생각은 현실을 벗지 못한다. 사유는 그래서 순환을 맴돈다.

언어의 한계는 세계의 한계다라는 주장은 '철학이 쓸모없고 현실이 전부다'라는 주장으로 들리지만 그조차 철학이다.

언어의 한계 = 세계의 한계, A = B 둘은 아무런 관계가 없다. 언어와 세계는 연관이 없다. 마음은 거짓이 없기에 없는 것은 반드시 지금 없는 것으로 치환된다. 즉, '언어의 한계 = 세계의 한계'가 맞다고 믿는 순간에 '언어의 무한대 = 세계의 무한대'가 성립된다.

그래서 철학을 부정하는 철학자가 갑자기 시 한 편을 들고나온다. '한계 = 무한대'로 치환된 것이다. 무한대는 한없이 0으로 간다. 현실은 순간 속에 0이 없다. 내 안에 있던 1이 0이 되고 타아에 잠식된다. 결국 '생각하니 존재한다', '모른다는 것을 안다'와 아무 차이가 없다. '나는 초자아다(위버멘시)'를 외치면 자아를 넘은 자아, 생 = 사가 되어 1 = 0이 된다. 타아에게 짓눌린다.

누군가는 틀에 가두고 달아난다. '무의식'하고 도망친다. '타인의 욕망을 욕망한다.' 원래 그렇다 하고 달아난다. '집단 무의식'이다, 하고 숨는다. '사랑을 못 받아서', '사랑을 받아서'의 둘로 나눈다. '원인은 결핍과 과잉'이라며 잠그려 한다. 지금 없는 것이 지금 있되, 단지 특정인은 없다가 된다. 있는 것이 있되 없는 것이 없다. 'A = A, B = B'가 '함께 있다'가 된다. '산은 산, 물은 물'을 함께 묶는 것이 된다. 따라서 페르소나가 실제 있다고 믿는다. 집안에서와 집 밖에서 '다른 나'가 존재해버린다.

'다른 나'는 따로 존재하지 않는다. 없는 것이 있어야 하니 '다른 나'가 상황에 공명을 '당한다'. 사물화이다. 그래서 끝없이 상황에 맞춤을 당한다. 사랑을 받아야만 하고, 인정을 받아야만 한다. 격식에 지배당한다. 사랑을 주려 하지 않고 인정을 주려 하지 않는다. 인정을 주는 척하고 대상이 마지막 근원의 뿌리 근처에 가면 갑자기 감옥에 가둬버린다. 탈출을 봉쇄시킨다. 그래서 '자신을 학대하면 안 돼', '취미를 가져라', '잘하는 걸 해라', '너무 깊이 생각지 마라'로 상대가 스스로 찾아간 해답을 차단하는데 몰입한다. 즉, 해답 앞에서 차단함을 '몰입한다'는 스스로의 문제에 마음이 답을 준 것이다. '그것만 풀면 된다'를 계속 마음이 알려준 것이다.

생명은 '내'가 상황을 보고 상황에 알아서 맞춰 공명한다. 내 안에만 있었던 사랑을 자가치환해서 주려 하고, 인정을 주려 한다. 생명은 사물화된 생명을 생명으로 봐준다. 단지 생명으로 봐주는 것만으로도 자동으로 사물화가 생명화로 바뀐다.

자신 안에 있었던 걸 없었다고 믿는 자들도 자연히 생긴다. 마음은 거짓이 없다. 있었음은 있었던 것이다. 없었음으로 치환하면 있음으로 돌아온다. 그래서 윤회다. 현실은 1이고 0이 없다. 자아는 한순간 1이었다. 그 기억을 치환하여 지금을 선택한다. 부존재하는 0을 있다고 믿으면 느꼈던 1과 뒤집힌다. '생'이 뒤집히니 '사'가 된다. 득도, 해탈이다. 색즉시공 공즉시색, 색이 공과 다르지 않고 공이 색과 다르지 않아, 색이 곧 공, 공이 곧 색. 다른 그림 두 개를 온 힘을 다해 붙여야만 한다. 어느덧 밀려오는 타아에게 몸을 맡긴다.

그래서 모두가 혼돈 속에 A = B다를 말하고, 그걸 피하려니 'A = A, B = B'의 두 개를 한 묶음처럼 인지하는 오류에 빠진다.

계속한다면,

단지 3번의 실체가 (0)이었음을 몰랐을 뿐이다. 알든 모르든 자아가 1이라고 확신했다.

위의 세 단계 과정으로 생명의 정신은 완성된다. 감정을 갖는다.

1) 순간의 1을 실제 인식 (사물) → 2) 시간의 0을 인식 (시간) → 3) 시간의 1을 실제 인식 (생명)

1) 태어난 순간의 찰나 → 2) 세상의 부정성 → 3) 세상 속 해방감

1) 아기 새의 생명 시작 → 2) 좁은 공간의 고통 속에 몸부림 → 3) 알을 깬 해방감

(순간과 시간에서 둘 다 1을 얻은 것. 이것이 생이다.)

즉, 타아의 1(생명의 1). 허상이지만 실제로 인식(찰나 간)하였다. 이건 풀리지 않는다. 실체가 된 것이다.

성장함에 따라 타아(세상 전체 모든 것)에 1이 단 하나도 존재하지 않음을 생각으로 눈치챘다.

이때의 아이의 생각(내면의 타아)은 계산하고 분석할 만큼 발달하지 않았다.

그 후 자신이 무엇인지 이해를 못 한다. 언어맥락으로 이것이 무엇인지 살핀다. 생각이 작동을 원활히 못 한다. 살아있는 이유가 이해가 안 된다. 대강의 표현들과 언어를 살핀다. 부모와 세상 모두 이것을 생명을 키울 때 행하고 느끼는 것을 '사랑'이라는 단어로 부른다. 그리고 자신이 부모에게 행하고 느끼는 것을 '사랑'이라고 부른다. 둘은 대립적이다.

삶 전체를 '대립'으로 묶어서 치환한다. 아니면 두뇌가 동작을 안 한다. 억지로 이어 붙인다.

고행과 행복이 붙어버린다. 사랑과 증오가 붙어버린다. 이해와 오해가 붙어버린다. 삶과 죽음이 붙어버린다. 쾌락과 나태가 붙어버린다. 대립어들이 서로 붙어서 양쪽을 바꿔가며 끝없이 옮겨간다. (시간과 현실을 묶으면 대립적인 것이 상보적이다.(시간의 1이 현실의 0, 현실의 1이 시간의 0) 하지만 현실 안에 생이 있으려면 내면의 타아에 일관성이 있어야

생의 지금을 볼 수 있고 선택이 된다. 순간의 연속이다. 시간은 현실 밖에서 온다. 마음이 현실 밖에서 오는 것이라 현실에서 마음을 보려 하면 계속 순환이다. 어차피 현실의 육체는 죽는다. 그러니 그건 찾을 필요도, 찾을 수도, 찾을 이유도 없어진다. 그래서 성장한 독립체는 독립된 마음과 공유된 생각이 있어야 하고, 공유된 환경으로 가야 한다. 이것이 비틀어졌다. 공유된 마음과 엇갈린 생각 속에 독립된 환경으로 들어간다. 이러면 살아있을 수가 없다. 그래서 정신이 미치게 된다. 내가 무얼 하는 건가 속에서 계속 회전한다. 혼돈이다. 정신은 어떻게든 혼돈조차 현실화를 만든다. 그래서 아파트에 세대끼리 가장 가까이 붙어서 독립해서 산다. 층간소음으로 미칠 듯이 올라오는 아랫집은 그 층간소음이 삶의 원천이다. 그 소리가 가장 크게 들린다. 마음이 외친다. 저 소리를 크게 들어라. 가장 신경 써라. 그래야 너가 산다. 살아남아라. 층간소음 때문에 '못 살겠다'의 진실은, '층간소음이 날 살아있게 한다, 도대체 이게 무슨 일인가'의 뒤집힌 분노이다. 분노는 진실의 절규다. (슬라브가 얇아진 것이 큰 원인이되 결국 그것도 현실화다). 소음 때문에 못 살겠다며 조용한 전원주택으로 가면 조용해서 미치겠다며 주택이 붙은 곳으로 가면 개 짖는 소리 때문에 못 살겠다며 아파트로 오고 층간소음으로 못 살겠다며 전원주택으로 간다. 아파트 값이 폭등하다 전원주택이 오르고 왔다 갔다 하는 이유는 함께 삶을 살만한 집이 없기 때문이다. '함께 살만한 집이 없으니 혼자 살 집이 있어야만 하고 그 집은 함께 살만한 집이 되어야 한다.'의 A=B의 순환에 빠진다.

밖을 나가면 몸에 옷을 입고 정신은 벌거벗는다. 그래서 밖에서 부끄럽고, 쉽게 정신을 다친다. 집에서는 벌거벗고 정신이 무장된다. 방구석 여포라는 말이 그래서 있다. 필자도 그랬다.

노출증 환자는 밖에서 옷을 벗으니 정신이 옷을 입는 현상에 취한다. 남자는 여자 속옷을 입고 여자는 뒷머리를 앞으로 몰아서 얼굴을 가리고 목을 맨다. 비정상이 아니다.

그들은 모두 역 치환된 세상에서 삶 = 죽음이 성립되고 남자 = 여자가 성립되고 앞 = 뒤가 성립된다.

정상인이라 불리는 대다수가 밖에서 정신이 노출된다. 몸에만 옷을 입은 것이다. 그래서 외부에선 작은 말에도 마음의 상처를 입고 예의에 심각해지고 타인을 서로 못 믿는다. 반대로 예의를 일부러 파괴하고 타인의 마음을 먼저 공격한다. 그러면서 자신들이 무얼 하는지 모른다.

강박증이 온다.

가스레버를 수십 차례 돌려댄다. 그리고 기억을 못 한다. 잠갔는가 열었는가. 있는가 없는가.

즉, '있었지만 없어졌다.' = (생의 비밀. 신의 정체.)

이것에 몰입하는 것이 강박증이다. 그들이 머리가 좋기 때문에 강박증이 온다. 논리가 치밀할수록 더욱 강박증이 온다. 공부를 많이 할수록 타아가 죽이려고 달려온다. 그때 타아를 피해 살아남으면 생각이 안 난다. 타아를 있는 그대로 받아들이면 죽는다. 타아를 그저 보면 살지만 볼 방법이 없다. 이래서 논리로는 풀 수 없다. 계속 혼돈에 쌓인다.

당신이 있다. 당신 지금 읽고 있다. 있는 그대로 있다. 이 책이 인문학인지 심리학인지 철학인지 과학인지 수학인지 에세이인지 소설인지 헷갈리는데도 볼 수 있다.

당신의 권능. 있다.

어느 순간 아이가 조용해지거나 난폭해지고, 종잡을 수 없는 행동으로 세상이 말하는 게 사랑이 맞는지 확인하려 떼를 쓰거나, 사춘기라 불리는 혼돈의 폭풍이 몰려오고, 포기하고 세상이 시키는 걸 억지로 따라 하며 살아가게 된다. 최선을 다해 살아가게 된다.

계속 세계의 타아의 (1)을 찾아다닌다. 언어, 사고, 소통, 행동 맥락이 꼬였으니 (0)임을 알 방법이 없다. 대신 타아의 (1)이 아무 데도 보이지 않으니, 어떻게든 찾아보려고 한다. 인간의 모든 행위가 타아의 (1)이 어디 있는 거냐로 귀결된다. 계속 찾지를 못하니 점점 자신이 좀비화가 된다. 정신이 죽어가고 육체만 살아간다. 생명이 사물로만 보인다. 자신이 다른 사물보다 가치 있는 사물일 때 자신감(실체는 자신감이 아닌, 타신감의 치환이다)이 생기고, 조건과 상황이 안 좋으면 자신을 하찮은 사물로 인지한다.

자손들은 가장 믿는 타아(부모)가 자기를 속이는 것이 아닌, 세계의 타아(세상 전체)가 나의 믿는 자를 속였다고 느낀다. 자신의 부모가 '피해자'라고 인식한다. 모진 학대 속에서 더욱더 부모가 불쌍하다. '부모가 불쌍하다'라는 감정이 바로 사랑의 근접한 흉내다. 곧바로 부모는 정신을 회복한다(오류를 확증한다.) 부모는 회복된, 오류가 있는 자아로 자손을 더 자신 있게 학대한다. 자손이 답을 안다고 착각한다. 마음이 오류 난 채로 자손한테 업을 씌우는 것이다. 하지만 자손은 답을 모른다. 어린 생명은 업을 푼 자가 아닌, 업이 없는 자이다. 그래서 즐거움이 무엇인지, 선택을 찾는 자였다.

자손이 부모와 세상의 업에 짓눌려 자아가 사라져가고 삶이 무엇인지, 삶을 사는 자가 된다.

부모는 이제 자식을 보기만 해도 속이 터진다. 이제 아이의 내면 속 자아의 사랑이 사라졌으니 정신이 크게 치유되질 않는 것이다.

자손들은 그래도 부모를 볼 때 생명으로 보려 애쓴다. 타인은 생명으로 보이지 않는다.

　스스로도 생명으로 보지 않는다. 가족과 있으면 언제나 스스로 속을 태운다.

　스스로가 하찮다. 자신감, 자존감 거리며 그게 무슨 뜻인지부터 방황한다. 그리고 타인도 하찮다. 이후부터 부모의 크기가 자신의 크기가 된다. 사물이니까. 그래서 남의 부모가 잘나면 그 집의 자손 앞에서 꼼짝을 못한다. 부모가 하찮은 일을 하면 학교에 오지 않길 바란다. 스스로 하찮은 사물임을 들킬까 두렵다. 자아를 아직 지킨 아이들은 부모가 무얼 하든 당당하다. 그건 부모의 삶이지 자기랑 관계가 없음을 아는 것이다. 그러나 그들도 잘해야 결국 거꾸로 선다.

　부모의 권위가 위상으로 견고하게 치달으면 자손은 끝없이 불안으로 치닫는다. 그리고 그 화살은 다시 되돌아가 부모의 노년을 불안하게 한다. 있는 자를 숭배하면 있었던 것이 없어짐을 모르고 귀신과 조상, 신, 권위를 좇게 된다. 있는 자에 '숭배'는 없어진 것에 '믿음'으로 치환된다. '있었지만 없어진 것(생동감, 사랑의 본질)'을 '있는 것이 없어져 버린 것', 즉 '과거는 없어진 것'이 '현재는 사라진 것'으로 정확히 치환된다. 지금이 없어진다. 구속된 과거를 믿고 거기서 파생된 현실의 없는 가치를 있다고 믿는다. 조상님이 돌보신다고 믿고 두려워한다. 자손이 곧 부모다. 자손이 다시 부모가 되어 끝없이 자손을 불안으로 만든다. 삶은 실로 고행이 행복과 같아진다. 모두가 각자 개인임을 알려주고 새 생명의 가치가 매몰되지 않으려면, 가족이 정해진 것처럼 구속하는 것들부터 없애야 함에도 어떻게든 구속하여 속박을 채운다. 그래서 가장 쉽게 속박하는 것이 전달의 세뇌이며, 그것이 묶여버린 '사랑'이다. 이것은 언어를 아무리 풀어도 반드시 다른 언어로 다시 속박하도록 정해져 있다. 사랑의 속박은 결국 가족의 속박이다. **세계의 속박**이다. 아무도 죄가 없다.

감각과 행동이 따로 간다.

펀치머신에 팔을 부러지도록 힘껏 던진다. 때리면 시원하다고 느끼며, 뜨거워도 시원하다고 느낀다. 마사지를 강하게 받을수록 시원함을 느낀다. 탄산의 작열통이 시원함과 치환된다. 매주 등산을 가며 허벅지가 불타는 기분에 살아있음을 느끼고 '노력'으로 정상에 도달해 공허함에 취한다. 내려올 때 성취했다 하며 과음으로 달랜다. 뭔가 잘못됐다를 확인받는 것이다. 답을 찾아다니는 최선이다.

좀비물은 그래서 사람들에게 무언가를 느끼게 한다. 좀비는 생명을 찾아 헤맨다. 타아에 뺏긴 시체가 자아를 가진 생명(1)을 찾아다닌다. 우리가 좀비고, 생존자란 좀비가 갖지 못한 일치된 소통력이다. 현실 창조력이다.

많은 부모가 아이한테 집착하는 것은 생존자이기 때문이다. 자신의 정신이 돌아올 때는 어린 생명을 돌볼 때이다. 어린 생명의 살아있는 자아가 부모에게 압도적인 자신감을 부여한다. 부모의 책임감이 아니다. 어린 생명이 주는 자아의 빛이다. 단지 부모는 거꾸로 선 자아가 되어 모든 행동과 감정이 뒤바뀐 채 늠름하다.

미움받을 용기, 상처받을 각오.

미움, 상처받음이 예상되는 상황에 용기를 내어 들어가는 생명은 없다.

그럴 때 '잡혀간다.' 한다.

미움받을 짓에 최선을 다하자. 상처를 받으러 달려 나아가자.

노력, 열정이다. 노력과 열정이 부활한다.

사회가 재벌, 부동산, 투기 등 사물화에 매몰되어 노력과 열정의 가치가 떨어지자 사랑의 악마가 속삭인다.

'나한테서 벗어날 수 있을까?'

미움받을 용기, 상처받을 각오. 이제 악마는 마왕이 되려 한다. 삶이 함락당한다.

생명에게 있어 용기와 각오가 필요한 순간. 그것은 생에 단 한순간이다.

그리고 그 감정을 정확하게 표현할 단어가 있다.

자신을 버릴 때의 감정.

'내면의 사랑'을 기대할 수 없을 때,

'자기사랑'의 희망이 안 보일 때 느낀 그 감정. '체념.'

생명은 각오한다. 맹수가 자신의 목덜미를 물었을 때, 죽음을 받아들인다. 그래서 우리 모두 체념의 감정을 쫓으며 나아간다. 함께 죽으러 달려 나아간다. 그러다 발견한다 '혼자'서 살만한 곳을. 하지만 그곳에 가면 안 될 거 같다. 그곳에 가면 너무 아플 거 같다. 난 용기를 낼 거야. 상처받으러 갈 거야. 그러니 난 거기에 갈 수 없어. 다시 힘을 낸다. 난 혼자서 살 힘이 없어. 내가 사람을 얻어와 함께 이끌 방법이 없어. 세상 아무도 그 방법을 몰라. 그러니 상처받으며 남과 함께 죽어갈 거야. 혼자 외롭게 죽느니, 내 피가 온몸을 적시는 그날까지 남과 죽어갈 거야. 용기. 열정이라 불리며 희생이라 포장하고 삶을 죽음으로 바꾸는 마법. 미움받고, 상처받고, 죽을 곳임을 알면서도 용기로 최선을 다해 죽음으로 이끈다. 가족이라는 철창에 갇힌 우리는 발목에 사랑의 족쇄를 채운 채 사냥꾼에게 잡혀간다. 그리고 뜬 장이라 불리는 곳에 들어간다. 가만히 있어도 불안하다. 바닥이 뚫려있으니

쉴 곳이 없다. 그래도 철창 속 다른 이들의 나와 같은 허기진 모습을 보니 원래 이렇게 사는가 하며 그저 생각을 잊고 받아들인다.

생의 마지막 그 순간이 체념이다. 용기와 각오, 노력과 열정이다. 우리가 최후에 눈감는 그 날, 우리는 체념한다. 그리고 모두 **'있어야'** 할 곳으로 간다.

그저 **당신이 맞다. 당신이 옳다.**

한, 홧병이라 하는 것이 있다. 속이 답답하고, 명치가 막힌듯하고, 울화통이 터진다. 성격의 문제가 아니다. 마음과 생각의 불일치 오류가 심함에도 그걸 받아줄 사람이 주변에 없다. 자가복구 프로그램을 급히 돌려야 한다는 신호다. 그래서 주변에 언어의 맥락이 맞아 보이는 사람이 보이면 무슨 말이라도 걸어보려 애쓰다가 아무도 받아주질 않아 고립되어간다. 스님한테 물어봐도 '이러해라, 저러해라, 받아들여라' 시킨다. 이것이 타아의 침입이고 오류의 강화라 한다. 점점 더 참다가 폭발하고 더욱더 참다가 더 크게 터진 후, 아무도 자신을 지지하지 않으니 어느 새부터 생각을 안 하기 시작한다. 타아에 먹혀가며 최후의 그 날까지 침묵한다. 침묵은 금이다. 금은 사물이다.

'지금 이 순간을 보라'라는 말이 돈다. 지금 이 순간을 본다 함은 과거의 후회와 미래의 걱정이 지금 생각나면 그게 지금 이 순간이다. 과거의 후회는 그 지점에 오류의 실마리가 있다는 정확한 신호이고 미래의 걱정은 과거의 실마리를 찾아 조금씩 근원의 오류를 풀어내지 않으면 미래가 불안하다는 정확한 결과다.

이걸 혹자들은 '과거를 잊어라, 현실을 보라.'이런다. '생각하지 말라'

는 뜻이다.

(명령어다. 이러해라, 저러해라. 명령어를 수행하면 반드시 왜곡되어 나타난다. 예를 들어 '야 안 덥냐. 옷 벗어.'라고 할 때 옷의 범위가 어디까지인가. 팬티도 분명 속옷이다. 헌데 옷 벗어라. 하면 벌거벗지 않는다. 대강 '세상을 본 것'들의 경험'맥락'을 치환하여 행한다. 우리는 언어를 소통하고 있지 않다. 우리는 서로 대화하고 있지 않다. 우리는 서로가 대화한다고 '믿고 있다.'

'김 부장, 이제 슬슬 옷 벗을 때 안 됐나. 하여간 눈치도 없어서.'

김 부장이 상의를 탈의하지 않는다. 따라서 눈치도 있다. 김 부장이 짤릴 게 두려운 것이 아니다. **내가** '있을 곳이 **있어야**' 한다고 믿는 것. 이것이 두려운 것이다. 모든 두려움은 결과적으로 믿음에서 나온다. 공포의 근원이 믿음이다.)

사람들이 나를 때릴까 두렵다의 본질은 사람들이 나를 때릴 거라고 믿고 떨어야 안 때린다. 이다. 설마 날 때리겠어?라고 의심하면 때린다. 믿고 겁에 질리면 안 때린다. 겁에 질리면 안 때림을 학습 후 겁에 질린 척하면 때린다. 현실 전체의 룰이 배신자 게임이다. 가장 믿는 것이 배신한다. 가장 의심하면 반대로 나오고 믿고 공포에 떨면 행하지 못한다. 배신자 게임. 즉, 바라는 것은 이루어지지 않는다. 바라지 않고 그저 행하면 이루어진다. 그저 행하되 의심과 믿음의 보험을 들어야 한다. 그것이 지지자. 그것이 가장 약한 자. 가장 약한 자에게 행하는 모습이 '나'의 모습. 결코 논리로 푸는 것이 아니다. 논리가 성립이 안 된다. 학습으로 조종할 방법이 아예 없다. 내가 나를 지배할 수 없다. **내가 나를 지배하면 내가 죽는다.** 내가 나를 지배하려다 지금 세계가 주인이 되었다. 타아가 주인이 된다.

어떤 철학자가 초자아(위버멘시)를 외치며 내가 나를 지배하려 하니 그가 가장 싫어하는 이에게 잡혀 남은 평생을 고통으로 보냈다. 그것이 지옥이다.

현실에서 무슨 짓을 해도 신격을 풀어낼 방법은 현실에 없다. 그래서 **당신 그 자체가 옳다.**

도덕률도 없다. '내가 당하기 싫은 것을 타인에게 행하지 말라.'는 말은 애초부터 명령어라서 성립이 안 된다. 내용도 성립이 안 된다. '당하기 싫은 것'을 판단하는 것이 누구인가. 나다. 당하기 싫은 것을 당하고 싶은 것이 살다 보면 있을 수 있다. 그리고 애초에 '내'가 없다.

당하기 싫은 것 = 하지 않는다.

당하고 싶은 것 = 한다. 등가치환이 성립한다.

'나는 남자로서 여자를 강간하기 싫고 여자에게 강간당하고 싶으니 저 여자를 강간할 수 있다.' 이것이 도덕률이다. 이토록 어처구니없는 도덕이 현실을 지배한다.

그러니 '전쟁할 때는 군인을 죽여도 된다'가 성립해버린다.

그렇다면 '나는 군인을 죽이기 싫고 나도 죽고 싶지 않은데 죽이라니 농락당하는 기분이니 내가 농락당했는데 농락당하고 싶지 않으니 후결이 선결로 묶이면서 농락 당하고 싶어지고 내가 농락당하고 싶으니 민간인을 죽이고 아녀자를 폭행한다.'가 성립한다.

누가 천사이고 악마인가. 아무도 죄가 없다. 세상이 하라는 대로 하면 8진법의 신격이 4진법의 자아에게 혼돈을 심고 2진법의 타아가 미친 짓을 한다.

그래서 누가 강하게 이래라저래라 하면 '제가 왜 나한테 이렇게 굴지? 기분 나쁘네.'

하다 보면 기분을 풀어야 한다. 기분을 풀려면 너 나한테 왜 그랬냐 해야 된다.

그러면 사회생활이란 게~해야 된다.

사회생활이란 무엇인가?

사회가 생활을 한다는 게 뭐지? 분명 내가 사회에서 생활하는데, 왜 세상은 사회생활이 먼저 있는 것처럼 말하지.

내가 사회에 나가서, 내가 생을 활동하는 거 아닌가? 그런데 왜 사회가 생활하는 곳에 내가 낑겨 들어온 거 같지? 나는 방해자인가. 사회의 짐인가? 나는 뭐지? 나는 왜 살지? 세상이 왜 나를 없게 하지? 나는 없는 듯 살아야 하는가. 내가 연기인가 사라져가게… 연기… 음… 나 연기… 연기자… 나는 사라지고 연기자는 나.

사라지고 있으나, 지금 있는 것. '연기.' 연기 속에 있는 나는 안 보임. 어둠. 그림자. 나 여기 어둠 속에 있다. 음마. 다크나이트. 다크템플러, 속임수, 은신, 도적, 습격, 암살, 저격, 의심, 믿음, …공포.

배트맨이 끌리는 이유. 공포탄이니까. 총을 안 쏘고 안 죽이고,

어둠이 겉에 나오니 되려 선행을 하고 어둠을 지배하고 어둠 속에 있으며 어둠 밖에서 화려하니까.

그래서 배트맨이 총질을 하는 순간 팬들이 분노한다. 혹은 총질을 하고부터 재밌어하는 팬들이 따로 또 있다.

둘 다 같은 것을 다르게 보니까. A = B

그래서 전자담배조차 연기가 나야 맛있다. '연기'가 '나'니까. 사라져가니까. 있었지만 없어지고, 없었지만 있어지는 그것. 그것을 느낄 때 나의 흔적이 연기처럼 뿌옇게 눈앞에 보인다. 나의 폐가 긁혀가니 내가 있어지고 나의 폐가 회복하니 내가 없어진다. 그토록 소중한 것이 없다. 그래서 담배꽁초를 길에 버려야만 한다. 내가 있었지만 없어진 '흔적.' 그리고 흐느적 하며 뒤돌아 하늘 한번 보고 고개 숙이는 당신.

나 여기 있었다.

길가에 담배꽁초 하나가 그 사람의 한없는 슬픔이 담겨있음을
누가 알아줄까? 누가…?
'내가.'
누구를?
'당신을.'
뭘 어떻게 알아?
'당신이 있는 그대로 있음에.'

당신이 있다. 내가 본다. 그래서 덕분에 나도 산다. 길가에 담배꽁
초가 나를 살린다.
그래서 그토록 담배꽁초가 눈에 밟힌다. 나와 비슷한 이가 있다.
그렇다면.
내가 있구나. 아직 나 있구나.
누군가 날 돕기 위해.
당신 덕에 살고 있다.
당신 덕에 참고 참던 분노를 사람이 아닌 길가에 풀 수 있었다.
"에이 담배꽁초 왜 이리 함부로 버려!" 그 말 할 때 나 자신 '있었'다.
혹은 베풀지 못했던 겸손을 떨 수 있었다.
"에이 버릴 수도 있지. 치우면 그만인데 뭘."
그 말할 때 '자신' '있었'다.
각종 범죄자들,
각종 학대범들.
그들 덕에 '자신 있었'다. '자신 있게' TV 보며 욕할 수 있었다.
혹은 그들도 사정이 있었겠지. 나름 불쌍하잖아. 나름. 나.
나 너무 불쌍하잖아.

나 너 없이 불쌍하잖아.

당신이 있음에 내가 살잖아.
왜 없어져 가려 해.

죽더라도 같이 죽지. 왜.
나도 몰라.
함께 살아갈 방법을.
방법 없다니까.

당신이 있다고. 이미 있다고. 방법이 없고, 당신이 있다고.
지금 이 순간 있는 그대로 있어.
있었지만 없어진 것은 '나.' '나'를 순간순간 끝없이 느끼게 해준 '당신'.
당신이 있다. 고맙습니다.

(이 책을 보는 당신의 느낌, 생각, 마음 다 옳다. 늘 그렇고 당신의 옳음은 끝
낼 방법이 없다. 영원히 옳다. 옳음이 정해져 있다. 있음이 정해져 있다. 보편적
진리도 운명도 아니다. 당신의 자유의지다. 그러니 **당신이 있다.**)

결국 여기저기 끌려다니고 타인의 욕구에 휘둘리고 무얼 성취해도
늘 공허하고 불안하고 아무것도 의미 없다며 자신을 잃어간다. 미래
의 걱정, '불안하다'가 완벽한 예언으로 맞은 것이다. 마음은 거짓이
없다. 세계는 후회와 걱정을 뒤로한 채 꿈꾸는 이를 잡아간다. 세계
는 후회와 걱정을 있는 그대로 수용하고 저항하여 맥락을 맞추려는
자들에게 복종한다. 하지만 세계는 절대 틈을 놓치지 않는다. 저항한
자에게 커다란 선물을 안겨준다. 저항 속에 나타난 세계의 선물은 결

국 신의 축복이라 여긴다. 또 다시 세계의 타아를 믿는다. 세계는 자아를 향해가는 저항자를 도취시켜 한순간에 낚아챈다. 나쁜 건 없다. 그렇게 사는 게 재밌으니까 살면 그게 맞다. 실로 **당신이 옳다.**

　이 책은, 재밌게 그냥 걱정 없이 살면 되는 그 유일한 이유 **당신이 옳다**일 뿐. 맥락을 맞추는 방법이 아예 없고, **사랑이 없고 당신이 있다.** 이것 하나. 오직 하나 **당신이 있다.**

　소중함을 본다. 자신의 내면에 찰나 간 있었던 '1(신)'을 인식하는 것. 즉, 생명 모두에게 그들의 내면에 '1(신)'이 있다는 걸 인정하고 본다. 천사가 되는 것이 아니다. 타아가 나의 목숨줄을 실제로 쥐고 있음을 본다. 자아는 남을 소중히 여기지 않으면 스스로 죽는다는 것을 본다. 나를 위해 너를 아낀다.

　그래서 사람 인(人)자가 생명 둘의 결합이다. 지지자를 찾지 않고 지지해주는 것을 말하는 책이다. 이 책이 당신을 지지했으니, **책이 당신의 죄의식을 받고 자살할 수 없으니 책으로 쓸 방법밖에 없기에.** 세계의 타아가 끝없이 0을 주입하기에 홀로는 결국 정신이 고갈되어 타아에 먹힌다. 생명은 육신의 음식과 정신의 호응. 두 가지로 삶을 이룬다. 아니 결국 한 가지다. 오직 정신이다.

　물고기는 살아있는 물고기를 먹는다. 죽은 지 오랜 물고기는 세상의 타아에 침식되어, 그걸 먹으면 자신의 자아가 잠든다. 모든 생명은 정신을 가진 생명을 먹는다. 나무, 풀, 곡식 모든 것에 자아가 있다. 자아가 다른 세상으로 이별하고 남은 것은 자아의 여진이다. 파동의 흔적이다. 자아는 이별을 하고도 강한 파동을 육신에 남긴다. 냉동은 정지상태라 남은 파동을 잠시 유보한다. 생명을 섭취하는 것이 생명이다. 삶은 곧 정신의 허기를 달래며 나아가며 즐기는 여정이다. 사람

간의 정신의 호응이 부족하면 육신을 통해 정신을 어떻게라도 먹어야 한다. 사랑의 감옥은 정신호응을 봉쇄시켰다. 주변에 누군가 비대하다면, 고마움을 알면 된다. 그에게 세상이 많은 업을 짊어져 준 것이다. 살 좀 빼라고 말하는 자는 그 업을 넘기니, 자신은 체중이 관리되고 듣는 자는 업을 받아 비만이 된다. 머리가 나쁜 이는 없다. 성격이 나쁜 이도 없다. 그들은 사회와 가족을 살게 하려 혼자 더 큰 업을 짊어진 것이다. 그들은 최선을 다해 살아온 것이다. 범죄자는 자신이 살겠다며 범죄를 일으키지 않는다. 그의 마음엔 집단을 위해 살 수밖에 없는 타아의 업으로 가득 찼다. 세상에다 외치고 온 몸을 던진다. 서로를 소중히 안 하면 공멸함을 암시하고, 조금씩 세상은 개인을 함부로 하지 못하게 해 온다. 모두가 정신의 호응을 봉쇄시켜놓은 소통의 속박을 어떻게든 풀어야 살 수 있음을 알고 서로가 서로에게 답을 아느냐며 자신 나름의 해답을 내놓고 간다.

'꿈', '희망', '삶의 목적', '계획', '규칙' 이런 미래의 무엇 같은 것은 소통이 되는 생명에겐 없다. 생존에 아무 의미가 없기 때문이다. 그저 지금을 보고 그 순간 판단하며 그때그때 판단을 수정하고 그렇게 살아갈 때 가장 빠르게 발전한다. 그래서 어린이들에게 너의 꿈이 뭐냐 하면 아이들은 이해할 수 없는 것이다. 그러다 '사랑'을 혼동하면서 '사랑'이 무엇인지가 선결문제일 때 허상을 찾는 계획이 생긴다.

생명의 목표가 '생명이 되자'로 긴급 수정된다. 생명으로 태어나 생명인 채로 생명이 되려 한다.

미래의 목표를 만들라 하니 현재의 현재가 현재임을 알자가 목표다. 결국 앞으로 돌고 뒤로 돌아 지금을 보자는 것이 전부다.

대통령이 될래요. 수장이 되어 나와 소통을 일치시키자.

선생님이 될래요. 스승이 되어 나와 소통을 일치시키자.

과학자가 될래요. 불변의 외부 규칙을 만들어 내가 말하는 규칙에 일치시키자.

철학자가 될래요. 사유의 순환을 만들어 내 순환 속에 들어가자.

대기업 직원이 될래요. 세상에 순응하여 순응하는 사물로서 함께 하자.

공무원이 될래요. 불안정한 자신이 안정된 역할 속에 침묵하자.

신앙인이 될래요. 이 세계 전체를 이해할 수 없으니 나를 혼돈 속에 가두자.

전문직이 될래요. 특정 영역 속에서 나만의 틀을 만들자.

그리하여 꿈을 가진 자는 업을 뿌린다. 타인이 이래야 하고 저래야 한다. '너'를 위해, '국가'를 위해, '가족'을 위해, '사회'를 위해, '경제'를 위해, '꿈'을 위해, 라며 최선을 다해 분열하고 분쇄하고 나태하게 한다. 근면, 성실한 죽음의 행로를 계획한다.

우리 모두 다 각각 독립체로 '1(신)'임을 순간 속에 느꼈다. 내가 소중하니(내가 신이니,) 남도 소중하다(남도 신이다).

내가 불쌍해야 내가 소중함을 알고, 그 이후에야 남도 사정이 있고 남이 소중하다의 순서가 이루어진다.

'남들도 다 힘들다', '너보다 더 힘든 사람.' 사물 관계라 한다.

생명에게 쓸 수 없다. 물론 위트, 유머로 쓸 수 있다. 맥락이 뒤틀렸기 때문이다.

'널 위해서'라는 언어는 존재를 불성립하게 한다. 너를 위하는 행동은 생명에게 없다. 남에게 요구하거나 바라는 모든 것은, '나를 위해서 네가 무얼 하라.'가 전부이고 그런 소통이 전달이다. '그러하면 나에게 오는 즐거움이란 무엇인가.'

'사랑'은 현실(타아)에 존재하지 않는다. 찰나의 새 생명에게 있던 흔적이다. 그 흔적을 믿어서 하는 것이 어린 생명이다. 나는 1(있다), 하고 곧 0(없다)으로 갈 때 느닷없이 너는 (1)하고 외친 구원자의 흔적이다. 유령의 허상이다. 존재하지 않았다. 혼자만의 착각이다.

누군가만 사랑이란 일방행위임을 알았다고 보자. 그리하여 가족이 서로 소통이 맞는다고 하자. 부모는 자식에게 이런 식으로 말을 한다.

"너의 행위는 찰나 간 존재했던 '진실 된 사랑'이고 스스로를 세상에 맞춰가려는 강한 의지를 부여해준다. 현재는 너에게도 그 느낌만 있을 뿐 실체는 없다. 필수적으로 생명의 '각자'에게만 내재 된 감정이다. 서로 독립된 인격이란 증명이다. 부모인 나도 나의 부모이자 세상을 찰나 간 진실하게 사랑했으며 너는 나의 새로운 구성원으로서 나의 행위는 '변화'라 불리며, '변화'는 어린 생명을 '적응과 성장'으로 유도하고, '나를 위해' 하는 행동이다. 훗날, 부부의 정은 성인끼리 지지하고 그저 서로 자기 역할을 알아서 함에, 함께 있어 주는 것이다. 그저 옳다고 보아주고 힘들어하면 도와주는 것이다. 내가 힘들면 도움을 요청하고 받는 것이다. 정신과 육신에 도움을 줄 수 있을 때 돕지 않는다면 가족이 아니다. 가족은 만들어 나아가는 것이다. 본디 정해진 것이 아니다. 나의 행동과 아직 어린 너의 행동은 서로 반대 방향이다. 같은 감정도 같은 행동도 아니다. 네가 성인이 되면 우리는 같은 감정과 행동으로 그저 서로를 바라봐주고 때에 따라 돕는다.

이것이 가족을 지키고 너의 구성원을 새로 키우고 또 지켜가는, 생명 각자가 가진 오직 하나이자 찰나에서 파생되어 키움과 지킴의 두 가지로 나뉘는 생존방식이다.

성인이 되면 인생을 있는 그대로 보고 그때그때 할 수 있는 걸 하며 살고, 함께할 줄 알면 즐기면 된다. 스스로를 위할 줄 알면 그다음이 즐거움을 위할 줄 안다. 그러니 어서 변화하거라."

"뭘 그리 심각해. 난 대강 알고 있는데, 단지 전달을 어떻게 하는지 궁금했던 거야. 그리고 난 아빠, 엄마 계속 사랑할 거야. 나에게 변화를 많이 줘서 고마워."

여기까지 책을 보았다면, 이 대화에서 이상함을 눈치챈 이도 있을 것이다. 눈치를 못 채도 틀린 것은 없다. 무엇을 보고 무엇을 느끼던 당신이 옳다.

현 사회에 소수의 부부만 사랑의 본질을 알고 사회 전체가 모를 때, 위와 같은 대화가 바로 속박이다. 사회는 함께 뜻이 맞아야 하고 뜻이 맞을 단 하나의 방법이 사랑 = 없음일 뿐으로 다른 뜻으로 같은 뜻을 만들 방법은 없다. 그래서 저 대화가 현 사회에서 발생할 시 치밀한 속박. 전달의 세뇌. 저렇게 아이가 크면 사회에서 크게 성공하여 대폭군이 된다. 사람을 조종하고 생명을 경시하고 세계를 파괴하는 데 가장 크게 앞장선다. 악의 대 군주 바알을 현실에서 만나게 된다.

그래도 된다. 그럴 수 있고 다 이유가 있지 그래서 되고 안 되고 아무 상관이 없다.

사랑을 다르게 아는 사회에서 즐거움이란 무엇인가로 진입 시 → 쾌락과 나태의 함정으로 가는 것이고 그렇게 순환되는 게 맞다.

'있었지만 없어졌다. 없었지만 있어졌다.'

이 개념을 전달할 방법은 없다. '개념'이란 게 없으니까. 없는 것을 있다 할 방법이 세뇌다. 그렇다면 세뇌를 뒤집는다. 뇌세한다. 뇌를 씻는다. **당신이 있다.**

그래서 당신이 옳다.

있는 것은 있다. 없는 것은 없다.

지금 없는 것은 세상에 없다. 바로 내 안에 있다. **내 안에 당신이 있다.**

18
죽음

한 청년이 중년을 넘는 과정에 여러 번 스스로를 등졌다. 심장이 멎고, 물리적이었으며, 화학의 힘도 있었다. 그러면서 그는 3명의 '다른' 나를 만난다. 즉, 총 4명의 내가 나 안에 있다. 그는 아무것도 이해가 되지 않았다.

그리고 최후의 그 날을 또다시 결행할 때에 비로소 그는 '나'를 찰나간 발견한다.

삶의 마지막 시도와 동시에 그동안 잘 움직이지 않던, 어느덧 노견이 된 그의 반려동물이 품에 들어와 죽었다.

죽어가며 그에게 눈을 맞춰 바라보았다.

'너가 있다.'

신호를 받았다. 그의 마음의 맥락이 아기 때로 회귀되었다.

시간을 여행하듯 그의 감정은 아기에서 어른으로 왔다가 다시 아기로 돌아간다. 그리고 끝없이 그 여행을 반복하며 수개월을 울었다. 또 울었다. 그의 아내는 끝없는 그의 눈물과 자신의 눈물을 교환하며 그를 받아주었다. 그는 알게 되었다.

나는 반려동물을 사랑한 적이 없다.

작은 생명이 나를 사랑해 주려 했었다.

"나는 죽어갔다. 내가 죽어간 이유는 나에게 강력한 지지를 보낸한 마리의 작은 개가 죽어가기 때문이었다. 내가 화장실에 들어가면 문을 긁어 '네가 거기에 있다'고 확인을 해주고, 집에 오면 네가 있다, 네가 옳다고 반겨준다. 누우면 내 등에 체온을 주며 네가 있다. 네가 있는 그대로 있다 하며 나를 확인해준다. 누가 집 앞에서 소리를 내면, 이 집에 나와 내 가족이 있다라며 짖어준다. 우리는 있다. 네가 있다. 내가 너의 옆에서 네가 있음을 지지한다. 너는 있다. 항상 있다. 너는 언제나 어디서나, 내가 너를 기다린다. 네가 있다는걸, 네가 내 옆에 없어도 믿는다. 너를 믿는다. 그저 네가 있다는 걸 믿는다. 나는 언제나 알고 있다. 바로 네가 있음을.

그토록 나를 지지하던 작은 생명이 어느새 노견이 되어 잘 움직이지 않았다. 내가 집에 와도 힘겹게 와서 네가 있구나 하며 돌아간다. 화장실 문도 긁지 않는다. 있는 듯 없는듯하니 나 자신도 있는 듯 없는 듯해진다. 내 아내도 식어갔다. 내가 있는 듯 없는 듯 행동한다. 그저 부부는 서로 방해하지 않았다. 내가 있는지 없는지 나조차 이해할 수 없었다. 사회는 늘 너가 없다를 외쳤다. 어딜 나가 누굴 만나고 무슨 일을 해도 내가 내가 아니고 내가 무얼 해야만 한다. 혹은 상대가 자기만 있다고 한다. 나 역시 그러했다. 나는 어디 있는가. 작은 노견이 죽어감에 나도 죽음을 결심한 것이다.

내가 개를 키운 것이 아니었다. 내가 개에게 밥을 준 것이 아니었다. 내가 개를 살려준 게 아니었다. 작은 생명 하나가 나를 지탱하였다. 끝까지 넘어지려는 나를 밀어 올렸다. 자신의 평생 전체를 나를 살리는 데 소비했다.

나는 그저 작은 입질에도 물지 말라 화내고, 짖으면 짖지 말라 화를 냈다. 룰이 중요하다며 늘 규칙을 주입했다. 항상 나는 개에게 화만 내고 요구하였다. 너가 없다. 너는 없다. 너는 없이 살아라.

작은 생명 하나가 나의 모진 대우에도 늘 나를 바라보았다. 당신이 있다. 내가 없는 그 날까지도.

'나를 살려 주려 온 힘을 다했음을, 죽는 그 순간 내 품으로 들어와 내 두 눈을 보고 함께 수행 중인 과업의 답을 정확히 말해주었다."

'너가 있다.'

작은 생명은 그를 죽을 때까지 가족으로 보았고, 그는 가족으로 본 적이 없었다. 그리고 그의 부모는 그를 가족으로 본 적이 없었고, 그는 그들을 가족으로 보았음을 알았다. 그리고 그들은 그들의 부모에게 같은 취급을 당했음도 알았다. 그에게 일어난 일은 그저 세상이 단어 하나 '사랑'의 뜻을 몰라 다 같이 방황했을 뿐이었다.

손에 한 뭉텅이의 화학약품을 입으로 털어 넣기 직전에 그는 한없이 0에 가까운 순간의 1이었고, 작은 생명은 곧 숨이 멎길 한없이 1을 외치는 순간의 0이었다. 있었지만 없어진 것. 그는 그것을 실로 보게 되었다.

그는 다시 갓난아기가 되어 타아의 1을 보았고 그것이 0임을 아는 살아있는 죽음의 사신이었다. 아기면서 어른이 된 그가 어른인 채 아기로 태어났다. 동시성의 불가능에 한없이 가까워지자 시간 속의 순간을 그대로 본다.

생각하니 존재하는 것이 아니다.
존재가 나에게 와 너가 있다 해줌이 존재하는 것이다.
내가 아무리 보잘것없더라도.

그의 자아와 소통의 맥락이 그의 아내의 지지와 함께 수개월에 걸쳐 복구된다.

그는 인생의 무언가를 깨달았다며 흥분과 설렘. 기대와 축복의 기쁨에 하루하루가 즐겁다. 그리고 그렇게 조금씩 성취해 나아간다. 지금 이 순간을 보고 시간 속에 순간을 스스로 선택한다. 그리고 그는 급격히 무너진다. 모든 것을 발견했다 여기는 그. 3명의 자신을 죽이고 4명째의 혼돈을 깨고 숨어있던 5번째 자신을 찰나 간 알고 난후 가장 큰 마지막 함정을 뒤늦게 간파한 것이다. 그것은 결코 있을 수 없는 일이다. 결코 이럴 수 없는 일이다. 그는 자신 혼자는 감당할 수 없음을 느낀다. 다시 타아 속에 들어가 스스로를 숨긴다. 철창에 들어가 죽은 자들과 함께한다.

수많은 자손들이 부모보다 먼저 목숨을 끊는다.

그들은 부모의 과업을 수행하며 답을 찾은 것이다.

'엄마, 아빠 나 드디어 문제를 풀었어. 내가 없음은 삶의 끝이야. 그러니 엄마, 아빠의 인생을 살아.'

그래서 자식 잃은 부모는 하염없이 운다. 생명력의 근원이자 업을 풀어준 자. 정답지를 받고 끝없이 생각의 맥락을 추적하느라 두뇌가 한계를 모르고 질주한다. 뜨거워진 두뇌는 계속해서 뜨거운 눈물이 되어 흘러내린다. 그리고 마지막 한 올. 딱 한 올 남은 실오라기를 건지 못한다. '엄마, 아빠의 인생을 살아.' 자손이 내려준 생의 업, '살아라.' 그것은 다시 세계의 타아에 1이 존재함으로 돌아간다.

내가 없음은 삶의 끝이다. = 내가 있음은 삶의 시작이다. A = B

내가 없음 = 삶의 끝, 내가 있음 = 삶의 시작, A = A, B = B

철학자, 신앙자, 수행자를 넘어 전 세계 인류가 모두 외치며 내 안에 있는 이것이 무엇이냐 묻는 'A = B', 'A = A, B = B' 무한의 늪과 서클의 순환에 제자리를 맴돈다.

사랑과 증오는 감정이 아니다. 생명화와 사물화의 수행어이다. 정지와 변화의 언어이다.

키움과 지지의 전달이다. 있었지만 없는 것과 없음의 차이를 알려주는 생 그 자체의 비밀이다.

존재로서 부존재를 존재케 하는 신비이다. 믿음의 현실화를 알려주는 마법이다.

사랑의 국어사전을 보라.

사랑: 다른 사람을 애틋이 그리워하고 열렬히 좋아하는 마음.

증오: 몹시 미워함.

연애: 상대방을 서로 애틋하게 사랑하여 사귐.

우정: 친구 사이의 정.

아무 뜻도 없는 그림이다. 인간관계를 봉쇄한다. 정신의 전달을 차단한다.

서로 간 정신의 호응을 받을 방법을 모른다. 삶 자체가 죽음이 되어간다. 어떻게든 남들과 함께 있어야 한다. 그러려면 방법은 하나다. 극소수가 다수를 틀에 가두고 오직 다수는 그 틀 속에서 하라는 것만 해야 한다. 지금을 보고 스스로 선택하는 자아는 이 속에서 살 수 없다. 숨어서 잠들어야 한다. 극소수도 자아가 없다. '나만 있다'를 외치며 타인에게 정신을 갈취하여 겨우겨우 연명하며 쾌락과 나태 속에 허우적댄다. 그렇게 현재의 1%가 99%를 빼앗고 99%는 쾌락과 나태 속에 허우적대는 1%의 하명하에 기계가 되어 살아간다. 세계가 타아에 정복되어간다. 세계가 중독과 나태로 향한다. 고행 = 행복이 등가 치환되어 생이 사라져간다. 세계의 타아는 숨죽여서 웃다가 작금에는 드러내고 세상에 꽝꽝대며 소리쳐 폭소한다. 현재 세계인들과 모든 생명의 자아의 총합이 1%다. 지구가 1%의 생명력을 갖고 있다. 생존한 개인들 각자의 자아가 평균 1%로 연명 중이다. 곧 세계는 0이 되려 한다.

필자의 생각으로 단어를 정리해 본다. 필자의 생각일 뿐이며, **당신이 옳다.**

찰나의 사랑: 생동감. 살아있음을 알게 한 기분, 생명 근원의 유일한 감정이자 삶 전체에 있을 단 하나의 감정. 내가 있게 하여 네가 있음을 확인함. 대상을 따라 하고 흉내 내어 닮으려 하고, 모방하여 연결되고 싶은 마음. 내가 대상에게 일치화된다는 믿음.

변화(증오): 성장과 변화를 위해 상대를 나와 일치화하여 함께 함을 추구, 혹은 나와 멀어지도록 불일치화 하여 나와 상관없도록 하는 것의 현실화.

남녀의 화합: 서로의 맥락을 시험하여 소통을 일치화 할 수 있는지 알아보고, 일치화 하면 함께하여 있는 그대로 두고 서로 그때에 맞춰 도울 수 있는걸 돕는 이성 관계의 형성화.

우정: 가족 이외의 예비적 도움을 얻기 위한 상호 간의 호응을 교류. 내가 보지 못한 외부의 상황을 서로 정보로써 교환하거나 그때그때 변화하는 사회적 소통맥락을 일치화시켜 보류판단의 정확성을 올

려주는 외부적 구성원의 형성화.

가족의 국어사전 정의는 이렇다.

1. 부부를 중심으로 하여 그로부터 생겨난 아들, 딸, 손자, 손녀 등으로 구성된 집단.

2. 동일한 가족 관계 등록부 내에 있는 친족.

3. 같은 조직체에 속하여 있거나 뜻을 같이하는 사람을 비유적으로 이르는 친족.

그나마 3번의 뜻을 같이하는 사람이란 적합한 해석이 있되 '비유적으로 이른다'는 부정의 장막을 씌운다.

필자의 정리다.

가족: 각자가 개인이되 함께 있도록 서로가 서로에게 변화, 성장, 호응, 지지, 지원을 사용하여 생존을 기반으로 즐거움을 추구하는 집단.

그 밖의 필자의 정리다.

집중, 몰입, 집착: 자기 사랑을 유지하는 상태. 생존에 필요한 것을 발견 시 자동 발생하여 세계의 순간을 대비할 수 있게 세계의 시간을 오고 가는 생명의 자연스런 본능. 순간과 시간을 급격히 오고 가 지금을 빠른 시간 안에 방대하게 분석, 학습(판단)하는 상태. / 과거에 오류가 있을 시 과거에 몰입하고 풀지 못할 시 미래의 불안을 정확히 알려주어 과거를 다시 분석하게 함(슬픔, 후회). / 반복하여 못 풀 시 해제(무기력). / 오류를 풀기 전에 집중, 몰입이 다른 문제에 일지 않도록 생존분석의 선결문제로 자동 고정. 이후 다른 생각은 우울, 슬픔, 불안, 이상증세로 치환하여 선결문제로 강제유도.

즐거움: 가족, 친우, 동료 등이 모여 서로 간의 일치된 견고한 맥락

을 일부러 비틀어 생존 긴장의 완화와 변화의 적응을 동시에 얻고, 삶을 보는 방향의 맥을 다양화. 예로 육체를 이용한 춤, 수단을 더한 공놀이, 언어의 유희. 도구를 이용해 지금에 없는 것을 있는 것들로 조합하여 창조. 자연스럽게 이뤄지는 생명의 활동. 지금에 불일치된 것이되 생존에 유리함을 발견할 시 생존 긴장이 해제되어 웃음을 유발. / 불일치의 추구이기에 역으로 일치를 발견할 시 팀원 중 불일치된 자를 자연히 식별. 긴장은 생존 위협판단으로 소수의 맥락 불일치 자의 하소연을 다수가 들어주어 마음의 오류를 스스로 풀게 해주거나 팀의 다수가 불일치 자일 시 생존 불가판단. 탈출 가능 시 도피. 탈출 불가능 시 장기간의 판단유보(우울증)를 거쳐 삶을 포기하거나 쾌락, 나태로 진입.

쾌락과 나태: 안정되고 일치된 구성원을 발견하지 못할 시 생존 불가판단. 따라서 가장 효율적으로 생동감을 강제 추구하는 자연스런 현상으로 화학적 수단과 물리적 수단을 동원하여 육체와 정신에 강제적인 고통과 해방을 반복해 생동감을 치환함. 생명력을 소모하는 방식으로 미래의 있을 생명력이 현재로 치환. 혹은 교환 수단(화폐)을 이용해 조금 얻고 많이 잃는 방식으로 미래의 교환 수단을 현재로 치환. 자기소멸의 가장 유연한 형태.

분노: 강하게 불일치된 맥락자가 외부에 생존위협을 호소. / 주로 규칙과 룰 등 일관된 루틴을 남에게 추천, 강요함으로써 자신의 불일치(순환을 맴돎)가 무엇임을 외부에 전달. 주어를 본인으로 돌리면 해당 문제를 선결로 해제해 달라는 다급함의 신호. 어조가 강한 곳이 가장 위험함을 인식. ex) 방을 정리하라. - 스스로 생각이 정리가 안됨을 호소. / 햇빛을 많이 받아라. - 생각이 어둠에 잠기는 문제를 호소. / 운동을 자주 하라. - 육체와 정신이 반대 맥락으로 흐름을 호

소./ 불평불만 하지 마라. - 불평불만에 가득함을 호소. / 진실되라. - 거짓 치환된 기억의 오류를 호소. 룰이 다양하고 많을수록 사유의 힘이 강하되 그 덕에 강화된 불일치로 육체마저 저항할 힘이 남지 않았음을 반증함. 주변에 다수가 모여서 그가 옳다고 지지하는 방식이 가장 생존에 효율적이라 최선을 다해 세상에 불일치를 전가하여 설득 지지를 확보. 설득한 지지자는 결국 부정 타아가 되어 규칙을 더욱 많이 전가. (생각이 정리되면 알아서 방을 정리한다. 선결 → 후결의 순서다. 후결을 먼저 하면 선결이 순환되어 혼돈이다. 정해져 있다.)

눈물: 맥락 불일치가 더욱 강화되거나, 불일치가 해소될 때 두뇌의 격렬한 활동으로 과열한 냉각수의 방출.

우울: 분석에 치중하는 상태. 집중과 차이는 집중, 몰입은 분석, 판단을 오고 가고 우울은 분석 속에 머무른다. 생동감, 즉 자기 사랑을 소모하는 상태.

성취감: 생존을 미리 대비하는 데 성공하여, 급격한 긴장 완화로 크게 웃을 때의 기분. 사랑(생동감)의 기분이 위아래로 요동을 침. 모든 기분은 사랑. 즉, 생동감이라 불리는 파동의 순간적인 입자화. 성취 시의 눈물은 자아와 타아가 반대 방향임의 생존경고.

기쁨: 위와 같다.

용기, 노력, 열정, 끈기: '체념'의 여러 행위 방식. 체념이란 삶의 끝. 죽음 그 자체의 감정. 사랑이 사라지는 감정. 그 기반은 사랑(생동감)에서 오기에 결국 없는 것에 한없이 가깝게 소멸되어가는 자기사랑을 뜻함.

각오: 공멸의 수용. 자기 사랑을 포기.

그래서 사랑이 전부였던 것이다.

절망 속의 한 줄기 빛.
서로를 지지함이다.
서로의 일치감이다.

서로의 지지함.
서로의 일치감.

어라.

일치가 안 될 때 무얼 할 수 있을까. 즐거움이란 무엇인가.

좋다.

내가 나를 속일 방법은 나에게 없기에.

당신이 옳다.

19
가장 믿는 자가 배신자

'사랑이 무엇인가.' 우리를 속인 진범을 찾을 실마리를 얻었다.

우리는 정신체다. 정신의 현실구현이다.

가장 믿는 자의 '자'는 생명이며, 생명은 정신이되. 정신은 마음과 현실 구현된 생각이 서로 연결된다. 자아와 타아의 연결. 그것이 생명이다.

내가 가장 믿는 정신은 생각이다.

내가 가장 믿는 생각은 내 생각이다.

가장 믿는 자가 배신자.

내가 가장 믿는 자는 나이며,

'나'는 배신자다.

내가 가장 믿는 자는 친구도, 스승도, 부모도, 세상도 아니다. 나다. 내가 배신자다.

그래서 각자 서로를 믿지 않는다. 자신이 진범임을 들켜선 안 되기 때문이다.

'지금'을 분석하는 것이 생각이고, 언어는 생각의 수단이다.

내가 배운 '언어'를 못 믿으면 그 순간 생각을 할 수가 없다. 생각하면 세상을 믿을 수 없다.

내가 나를 못 믿으니 타아가 자아를 넘어 들어온다.

그래서 우리는 부모를 의심하고 세상을 의심했다.

나를 의심하지 못했으나 마음은 알았다. 마음은 거짓이 없다.

정신의 오류를 복구하고자 스스로 맥락이 뒤틀린 문장에 몰입한다.

'모두에게 사랑받을 필요는 없다.' 맥락이 파괴된 문장이다.

- 모두에게 인정받을 수는 없으니, 몇몇 중요한 사람을 신경 쓰자. -

- 너무 많은 사람을 신경 쓸 수 없으니, 그냥 적당히 상처받고 살자. -

지금은 이런 식으로 들리는 사람이 대다수다. 저런 전달이 아니다. 해석과 아예 관계가 없다. 그럼에도 저런 문장이 이리 꼬이고 비틀어 해석되어 버린다.

맥락을 맞추어 본다(언어는 전달, 방향, 정보, 흐름이 없으면 언어가 아니다. 그림이다).

'모두에게 사랑받을 필요는 없다.'

- 모두에게 사랑이 있다. 따라서 내가 사랑을 받을 필요성은 없다. -

모두에게 사랑이 있음을 전제로 내가 받을 필요가 없다는 것은 의미도 전달도 없다.

'사랑'을 사물치환 해보자.

모두에게 시계를 받을 필요는 없다.

모두에게 시계가 있다. 따라서 내가 시계를 받을 필요성은 없다. 앞뒤가 관계가 없다. 모두의 범위에 내가 없다. 아무 뜻도 없는 그림이다.

중간에 맥락이 없다.

즉, 있는 것이 없다.

$A = B$, $1 = 0$ '$A = A$, $B = B$'의 묶음. 모든 사람이 다 똑같은 형태의 글에 몰입하고 실질 해석을 못 한다.

이러한 말에 신경을 쓰는 이유는,

모두에게 사랑이 없다. 사랑이 어디 있는가.

그리고 도대체 사랑이 무엇인가. 애초에 사랑이 무엇인지도 모른다.

- 세계 어디에도 없고 내 안에만 있다. - 이것이 정답이고, 그 자체가 거짓이다.

즉, 답이 맞는데 거짓 답이다. 정답이 바로 오답이다.

이러니 계속 순환이다. 답을 내지 않는다.

그저 본다. **당신이 옳다.**

맥락이 뒤틀리면 순환에 끝없이 들어간다.

내가 나임을 분명히 아는데, 내가 아닌, '내 안에 다른 나'가 있다로 생각이 몰입된다.

마음이 화를 낸다. 마음이 답답해한다. 마음이 '뭐 하는 것이냐.' 한다.

사랑은 '내'가 주는 것임에도 남이 안 준다로 불성립을 성립시키니 슬퍼한다. 마음이 슬퍼한다. 내가 주는 것임을 모르는 자도 없다. 하지만 줄 방법이 없다.

'내'가 없으니까.

내가 없는데 나를 보낼 방법이 없다.

운다. 타인의 희생정신에 울음이 터진다. 있음을 찾으려고 없음으로 가는 모습에 운다.

자신의 처연한 상황과 일치되어 슬퍼진 것이다.

유서의 내용은 비슷하다. **"미안하다."**

죽음을 결심하면 마음은 진실 그대로를 쓴다. '미안'은 '편안'이 없다는 뜻이다. 편안은 생동감에서 나오며 생동감은 '나'를 믿고 지금 이 순간을 볼 때 나온다.

(사랑이 생동감이고 '있었지만 없어졌다.' 지금 없다. 사랑이 없음을 알 방법이 없다. 당신이 있다. 당신에게 따로 방법이 있지 않다. **그저 당신이 맞다.**)

내 안의 사랑을 믿으려면 사랑이 없음을 인정하고(없음을 인정 → 없음이 있다.)

없었지만 있어졌다. = (8진법 신격)를 성립해야 하고 이것은 현실에 없다. **당신이 있다.**

결코 언어로 설명될 방법이 없음은 누구나 눈치챈다.

이것만 진실이다.

당신이 있다. 당신이 옳다. 당신이 맞다.

자신은 '있어야' 하고 당신은 있다. **자신은 있어야 한다. 있지 않다.**

당신은 있다. 있어야 할 필요가 전혀 없다. 그저 있다. 있는 그대로 있다.

'있는 것이 있을 필요가 없다.' 당연하지 않는가.

지금 사람들은 '있는 것이 있을 필요가 있다고 믿는다.' 성립이 안 되기 때문에 혼돈이다.

사랑이 없어야, 없는 것은 있을 필요가 생긴다. 이래서 사랑=없음을 인지할 때

진실의 사랑이 나온다.

이것이 생각의 본질이다. 생각 = 생을 끊는다. 맥락을 끊는다.

생각은 전혀 나쁘지 않다. 전혀 좋지도 않다.

그저 본다. 생각이 나면 봐야지 생각을 하려는 사람은 원래 없다. 아무도 생각하려 하지 않는다.

생각 = 생을 끊는다.

생각한다. = 생을 끊으려 한다.

생각한다. = 자살한다.

생각을 본다. = 생을 끊는 것을 본다. 내가 아니라 타아의 생이 끊

어짐을 본다.

언어는 주체가 '나'다 비록 생각이어도 '나'다.

그래서 '생각이 나면' = '생각이 만약 나라면'

생의 끊김이 만약 나라면, 이렇게 하면 죽을 수 있지 않을까?

= 생각한다. = 죽을 수 있겠다. 도저히 못 살겠다.

너 없이는 못 살 것 같으니까. 그래서 우울한 것.

그래서 그리운 것. 너를 그리는 것. 추억을 보는 것. 너를 보았음을 보는 것.

내가 생각을 본다. 내가 생이 끊어지는 것을 본다. 내가 보았지 않는가, 그러니 내가 여기 있는 그대로 있다.

당신도 매일 생각했지만 당신이 지금 있다.

이것이 무엇을 말하는가. 자아가 있는 그대로 당신에게 있다.

당신은 있다.

타아가 와서 자아님 제가 자리를 너무 차지했네요. 제가 나가야 자아님이 편하실 거예요. 하며 타아가 자기 생을 끊는 것이 생각이다.

생각은 그저 본다. 이 글은 당신의 맥락을 맞추어 자아가 나올 그날에 타아랑 협상하는 것이지 맥락을 맞추려고 노력하게 하는 글이 아니기에 생각할 필요가 없다.

필요가 없을 뿐 필요하면 당신이 옳다. 당신이 맞다. 필요가 없는 것이 필요함은 결국 마음속에 필요 없음의 필요가 존재하기에 그것을 생각으로 보아 내보내는 작용이니 당신이 옳은 게 맞다. 단지 혼자 생각하려 하지 않고 엉성한 지지자와 같이 서로 다퉈가며 생각나면 '보는'게 좋다는 정도다.-생각 자체가 눈앞에 보이는 그것. 당신이 보는 세상. 그것이 생각의 본질. 필자가 확신할 방법이 아예 없다. 그렇게 정해져 있다. 당신이 만들었다. 자아를 돕는 게 필자라는 타이아이니 책을 쓰라면 필자는 쓸 뿐. 당신께 거부할 방법이 없다.

(자신은 있다. (X)) (자신은 없다(X))

당신은 있다.

'너가 있다'가 현실에 아무 데도 없다. 없다. 있었지만 없어졌다. 즉, 지금 없다.

오직 사랑에만 숨어있다. 헌데 사랑의 뜻을 모르니 '너가 있다'를 외치는 사람이 아무도 없다. 존재가 내게 와 너가 있다 해줌이 내가 존재함이다. 그러니 자아를 가진 자(존재)를 발견할 수 없어진다. 애써 새 생명에게 정신을 얻어와 잠시 치환해 한때의 거꾸로 선 자아를 찾을 뿐이다.

존재가 없으니

시체가 내게 와 너가 있다 하면 이 얼마나 무서운가.

그래서 누군가 날 멍하니 보고 있으면 그보다 무서운 일이 없다.

감정어를 본다.

너를 사랑해.

이것은 언어가 아니다.

내가 너를 사랑하라. 내가 나에게 명령한다. 자아가 없어야 스스로 명령하여 스스로 따른다. 억지로 비틀면 너가 너를 사랑하라다. 내가 나를 사랑할 방법은 너의 지지함에만 있는데 이 무슨 언어도단인가. 그래서 누군가 나를 사랑한다고 고백하면 반사적으로 튀어나오는 언어가 있다. "미쳤어?" 마음은 거짓이 없다. 그래서 눈이 멀었다고 한다.

너가 그리워. = 너가 보고 싶다.

너가 보고 싶은 건 너가 보려는 것이지 나와 관계가 없다. 너가 그리운 건 너가 보고 싶은 것이다. 왜 나랑 관계를 지을까. '내'가 보고 싶은 것과 '너'가 보고 싶은 것을 일치화 하겠다는 것이다. 즉, 나랑. 너랑. 하나다. 그러면 먼저 불일치를 일치화 해야 하는데, 그건 안 하고 그저 후결을 선결로 묶어 외친다. '너가 알아서 해라. 나는 모르겠다.'

행동어로 바꿔보자.

너를 세척해.
내가 너를 세척하라.

헌데 실제 너를 스스로 깨끗이 하라로 들린다.

내가 너를 씻겨줘야 한다. 들릴 때는 반대로 스스로 씻으라는 말이 된다. 전달이 뒤틀린다. 내가 너를 씻기려면 상대의 동의를 얻어야 한다. 명령어가 불가능하다. 너가 너를 세척하라로 바꾸면 권리가 없다. 난데없다. 그건 나와 관계가 없다. 우리 조직에선 깨끗함이 중요하니 관리하라는 의미로 쓸 거면 상태언어를 써야 한다.

'나는 매일 씻었더니 좋더라.' '에이 안 그래 보이는데' 정보의 전달이다. 상대가 알아서 한다. 하기 싫은 건 나랑 상관이 없다.

너를 아껴라. - 내가 너를 아껴라이다. 주체도 성립이 안 되며 내가 너에게 해야 한다. 너가 너를 아끼는 게 아니다. 너를 아껴라라는 명령어 자체가 내가 너를 무시하고 있다는 내 상태의 고백이다.

내가 짐(부탁)을 들어 줄게

짐을 들고 있는 상대에게 쓴다. 이미 짐을 들고 있는데, 내가 너의 짐을 굳이 뺏어서 다시 준단다. 혹은 아직 들지 않은 짐을 굳이 들어서 준단다. 이게 무슨 소통인가. 이걸 혼돈이라 한다. 8 = 0이다. 까짓 것 언어가 이렇게 쓰는 거니 별생각 없이 쓰면 되는 거지 하는 사람도 있다. 이건 유머의 극한이다. 듣고 웃기지 않으면 일치가 안 된 자아(마음)라서 결국 죽어간다. 세계는 내면의 타아의 생각을 따라 흐른다.

보는 것이 생각이다.

생각이란 무엇인가?

생각이란 보는 것. 생각 = 보고 있는 것.

누가? '내'가.

눈으로, 귀로, 코로, 감각으로.

보는 것이란 무엇인가?

느끼는 것.

느끼는 건 무엇인가?

모든 것. 나 이외에 모든 것.

나는 누구인가?

못 느끼는 것.

감정이란 무엇인가?

나 아닌 것.

사랑이란 무엇인가?

혼돈 그 자체.

혼돈이란 무엇인가?

내가 나를 느끼는 것.

내가 나를 느끼면 나는 무엇인가?

나는 나 이외에 모든 것.

모든 것은 무엇인가?

나.

어? 나는 모든 것이고 나 이외에 모든 것이 나라면,

나는 무엇인가?

생의 전체의 문제.

나는 무엇인가. 나를 보는 자가 누구인가. 나를 느끼는 자가 누구인가.

당신.

당신이 있다.

여기서 나는 누구인가로 빠지면 나는 나다로 돼서 또 혼돈이 오고 사랑이 들어온다.

나는 누구가 애초에 아니다.

나는 무엇인가고,

무엇을 확인하는 건 당신이다.

당신만이 나의 존재 이유다.

독자가 있어야 필자가 있지, 필자가 있어 독자가 탄생하는 일은 없다.

책을 누가 처음 썼는가? 글을 처음 쓴 자가.

글을 누가 처음 썼는가? 그림을 처음 그린 자가.

그림을 누가 처음 그렸는가? 당신이.

왜?

필요하니까.

왜 필요할까?

살아야 하니까.

왜 살아야 하는가?

재밌으려고.

즐거움이란 무엇인가?

생동감, 즉 파동의 입자화.

파동을 언제 입자화 하는가?

내가 속았을 때도 안전할 때도.(죽다 살았을 때, 긴장이 풀릴 때)

세계가 '나'인데 어찌 스스로를 속이는가?

내가 둘로 분리됐을 때.

둘로 분리되어 속이면, 안전한가?

나는 원래 불멸이니까.

불멸인데 왜 안전을 걱정하는가?

불멸이 아닌 척 스스로 속고 시작해야 박진감이 대단하니까.

그런데 왜 이 책을 쓰게 했는가?

슬슬 다시 시작해야 하니까.

왜?

재미가 없으니까. 너무 무서우니까. 너 없이 못 사니까.

사랑을 믿어버렸으니까.

잃고 싶지 않으니까.

잃고 싶지 않은 걸 자꾸 잃어가니까.

너가 있는 그대로 있음이 가장 재밌음을 이제 와 알았으니까.

왜 이제 와 알았는가?

너가 사라지려 하니까.

나는 왜 사라지려 하는가?

'나'를 위해서. '내'가 사라져가니까.

그러니 살아라, 그래야 내가 산다.

나를 위해서 너를 살린다?

'희생정신'을 위장한 그대여.

마지막 함정. 그 함정 뒤에 숨긴 진실. 나는 본다. 그러니 나도 신안 한다.

당신이 옳다.

당신이 옳다.

당신이 옳다.

누가 이기나 해보자. 당신이 '더' 옳다.

아니다 당신이 '훨씬 더' 옳다.

그렇다면, 당신이 '가장' 옳다.

어쭈. 당신이 '한없이 무한대에 가깝게' 옳다.

이대로 나가면 또 반복이다. 그만해야 한다. 하지만 물러설 수 없다.

당신이 '무한대(혼돈)'로 옳다.

제기랄 망했다. 또 반복한다. 이럴 줄 알았으면 미리 내가 혼돈을 걸었어야 했는데.

미리 내가. 스스로 나에게 혼돈을 걸면 되겠구나. 좋다.

사랑이란 무엇인가.

앞뒤가 안 맞으면 현실은 반드시 앞뒤가 안 맞게 만들어준다. 정해져 있다. 귀신이 보인다. 어둠이 두렵다. 거울이 무섭다. 그림자가 왜곡된다. 머리를 감을 때 천장에 누가 있는 듯하다. 남의 눈이 무섭다. 항상 거짓을 생각해야 한다. 외모와 생각을 꾸며야 한다. 남을 지배해야 한다. 혹은 지배당해야 한다. 생각이 맥락을 거스르면 현실을 만든다. 마음은 거짓이 없다. 현실창조력이다. 1 = 0이 되어간다.

그래서 예민하고 민감해 보이는 부정적이고 신경질적인 사람이 어둠을 두려워하지 않는다. 그에겐 0 = 0이니까 자연스레 1 = 1이 성립한다. '8 = 혼돈'을 인지한다. 그래서 늘 세상에 화가 나 있는 것이다. 실상 그들과 친해지고 옳다 해주면 서로 간의 치유력이 가장 강하다.

짐을 싼다. 짐을 싼다는 게 무슨 뜻인가. 나의 짊어진 짐을 여기다 싸질러 놓고 그냥 가겠다는 것이다. 그래서 도망간다 = 짐 싼다. 가 동의어이다. 짐을 놓고 간다 = 짐을 싼다 = 짐을 포장한다가 동의어가 되어있다.

모든 언어가 이런 식이다.

'살고 싶다.' = 불쌍하다 = 안타깝다 = 안쓰럽다 = 애처롭다 = 처량하다 = 아깝다 = 모자르다 = 부족하다 = 안 어울리다 = 맞지 않다 = 틀리다 = 다르다 = 외롭다 = '죽고 싶다.'

살고 싶음 = 죽고 싶음. 결국 1 = 0이다.

난 틀린 게 아니라, 다른 거야. - 틀린 것과 다른 것의 차이는 없다. '기준'이 외부에 있으니 세상 무엇으로 변명해도 결국 제자리다.

자신감과 자존감, 자존심, 존재감의 차이가 있다고 '믿는' 것처럼 계속 제자리를 돈다.

그래서 머리가 그토록 혼돈에 차 있다. 생각 안 하고 받아들이자니 멍해진다. 생각하니 불안하고 불면증에 우울증, 정신질환이 온다. 전 세계 언어가 모두 이러하니 내가 없다. 타아가 내가 되고 자아는 숨는다. 세계에다 질서를 부여한다. 질서의 존재가 스스로 질서를 못 세우니 윤리와 도덕, 가치, 법, 규범이 난무한다. 엉망으로 된 언어로 질서를 세우니 질서 자체가 혼돈이다. 세계가 혼돈을 향해 나아간다. 타아가 혼돈이 되어 자아를 지지하지 못하고 먹어간다. 이 원인이 오직 하나. 사랑이라는 반대 방향의 감정(이조차 가짜다)과 반대 방향의 행동을 하나로 묶고 가족이라는 후결의 테두리를 선결로 묶어 반시계 방향으로 돌려놓아 일어난 일이다. 그걸 문명이라 한다. 내가 빛을 못내니 문자가 혼돈의 빛을 낸다.

내가 짐을 들고 갈게. 내가 부탁을 해결할게.
내가 기준일 때가 언어다. 내가 기준일 때 전달이 된다. 방향이 된다.

상태어로 바꿔보자.
나는 돈이 많다. 나는 돈이 적다.
성립한다.
상태어는 기준이 자신에게 성립한다. 그래서 우리는 인간관계 모두를 상태어로 소통한다.
나는 무얼 했다. 나는 이러했다. 상태어를 남발하다 자신이 사물적 상태가 우월하다 느끼면 명령어로 바뀌어 간다. 너는 이러하라. 저러하라.
상태만을 논하는 것. 이것을 사물관계라 한다.
그래서 이런 대화를 하고 사람들은 '기가 빨린다.'고 한다.

내가 가진 걸 줄게.
내가 기준이니 성립한다. 그래서 우리는 돈을 벌려 한다. 소통할 방법이 가진 걸 주는 것과 나만 있음을 주장하는 방법만 배웠으니까. 그런데 막상 가지면 주지 않는다. 가져보면 안다. 가진 자체로 상대의 소통을 지배하니까. 정신만 뺏고 가진 것은 주지 않는다. 그렇게 죽어가면 세계가 반드시 배신한다. 병원에서 송장처럼 살린다. '사랑'이라며. 그리고 억겁의 지옥을 겪는다. 타아 속에서 무한대에 가까운 시간을 산다. 1초가 수만 년이다. 혼돈을 지지한다. 혼돈은 무한대다. **소실점은 무한대다.** 베니싱 포인트. 사라지는 감정. 사라지되 사라지지 않는 그것이다. 무한을 지지하며 그 속에서 타인의 정신을 착취했으니 무한의 시간에 잠겨 무지의 공포를 겪는다.

마음은 거짓이 없다. 반드시 치환한다. 등가치환을 완료하기 전까지 무한대에 가까운 공포에 잠긴다. 그것이 지옥이다. 타아의 완전한 지배다. 뿌린 대로 거둔다. 놔주지 않는다.

혹은 많이 주되 가진 게 적은 이는 반드시 최후에 길고 긴 즐거움을 얻는다. 그것이 천국이다. 둘 다 잘못한 이 없다. 아무도 죄가 없다. 그저 있는 그대로 공평하다.

재물을 얘기하는 것이 아니다. 상대의 마음에 부정과 혼돈의 타아를 심고 자아를 착취했느냐, 혹은 상대의 자아를 위해 부정의 타아를 대신 가져 왔느냐의 결과다. 마음은 모두가 하나로 연결되어있다. 그래서 모든 생명이 한 마음이다. 누가 무엇을 했는지는 이미 마음이 다 알고 있다. 세계를 속여도 마음은 속일 수 없다.

형과 동생. 同生은 같을 동, 나을 생이다. 같은 생명이니 가족을 차별하지 말라 한다. 편애하면 대가를 치른다. 죄의식이 생겨 가족을 살해한다. 카인의 낙인은 편애하지 말라는 표시다. 우열을 정하지 말란다. 선악과의 저주는 선악이 없다는 뜻이다. 바벨탑의 저주는 서로가 안 통하면 문명을 세운단 뜻이다. 스스로 신의 힘을 잃었으니 늘 배가 고프다. 그리고 비틀린 맥락의 문명은 쌓아 올리기만 하다 파괴된다는 결과다. 노아의 방주는 사고의 맥락이 깨지면 세계의 하늘이 깨진다는 것이다. 있는 그대로 보면 모든 답은 누구나 안다. 그리스 로마신화, 북유럽 신화는 세계의 신을 섬기는 것의 작태를 드러낸다. 쾌락과 나태, 파괴와 공멸을 있는 그대로 보여준다.

한때는 남자가 음이고 여자가 양이었다. 지구가 기준이던 시절 하늘에 태양이 있고 수성과 금성이 태양 주변을 돈다. 하늘의 중심이 태양이며 수성이 뜨거운 태양과 차디찬 금성의 자식이다. 금성이 태양의 지지를 얻어 몸을 데우고 바깥을 살핀다. 바깥의 차디찬 어둠을 살피다 돌아와 태양에게 벌벌 떨며 말한다.

"바깥이 너무 차갑고 어두워서 춥고 무서워."
태양이 답한다. "당신이 옳다."
"추위와 어둠을 해결하고 싶어."
태양이 답한다. "당신이 옳다."
"온 세상에 불을 피우자."
태양이 답한다. "당신이 옳다."
금성이 답한다. "당신이 옳다."
태양의 지지를 얻은 금성은 태양을 다시 지지하여 주장을 성립시킨다. 현실창조력을 발휘한다.
금성은 태양이 전해준 용의 힘으로 불을 뿜는다. 온 세상이 따뜻하다. 뜨거운 여의주를 우주에 둔다. 화성이다. 금성은 태양이 고마워 자신의 차디찬 성질과 태양에게 받은 뜨거운 기운을 되돌려 준다. 태양에게 둘 다 필요가 없기에 받은 것을 금성과의 사이에 둔다. 음양은 정, 반의 성질이다. 정반은 합이 되어야 성립한다. 물은 고체이자 액체이고 기체이다. 정반합이 된다. 무엇이든 될 수 있는 자유의 상징인 수성이 된다. 수성이 따뜻한 세상을 보고 흥미를 느낀다. 불에다 물을 뿌리면 재밌는 광경이 펼쳐질 것이란 생각이 든다. 수룡의 힘으로 물을 퍼붓는다. 화성에 증기가 생기고 물이 흐르고 딱딱해진다. 지구가 된다. 수성이 지구를 보며 금성과 태양에게 말한다.

"지구가 지루해. 이것저것 있으면 재밌겠어."

금성과 태양이 답한다. "당신이 옳다."

수성은 물질과 열기를 전해 받아 세상에다 뿌린다. 물, 증기, 땅과 조합하여 태양빛을 이용해 식물을 만든다. 목성이 된다. 땅과 하늘이 분리된다. 해가 뜬다. 달이 뜬다. 달빛이 어둠조차 밝힌다.

수성은 그래도 지루하다. 즐거움이란 무엇인가.

"안 되겠어. 내가 지구로 내려가 내가 만든 세상을 보겠어. 그리고 더 재밌게 꾸밀 거야."

태양과 금성은 말한다.

"그렇다면 하루 중 절반은 아비가, 절반은 어미가 널 지켜볼게."

금성은 달이 되고 태양은 해가 된다.

수성은 지금껏 만든 모든 것을 조합해 생명이 된다.

그리고 해를 보고 웃고 달을 보고 웃는다. 둘은 있는 그대로 있구나. 수성은 자신의 자아로 별을 만든다. 빛이 세상을 수놓으니 너무나 즐겁다. 명왕성이 된다. 여러 동물과 식물을 다양하게 만들어 꾸민다. 혼자 놀기 심심해 자아를 뿌려 세계에 퍼뜨린다. 자신의 숫자가 늘어날수록 더욱 즐겁다. 복잡할수록 더욱 재밌다.

스스로 순환하도록 하여 만든 것이 없어지지 않게 하자, 심연에 혼돈이 생겨난다. 혼돈을 청소할 고래를 내면 깊은 곳에 심는다.

즐거움에 취해 그만 자아를 너무 많이 퍼뜨려 어느새 자아 전체가 자신 스스로의 빛을 잃어간다. 사방으로 뻗어나가던 빛이 사라져간다. 나는 누구인가. 내가 누구인지 알려 달라. 나는 존재가 내게 와네가 옳다 하여야 존재한다.

하늘을 보고 외친다. '내'가 있는가. 해와 달은 존재를 있는 그대로보기에 존재가 '당신'이 있다 묻기 전에 옳다 할 방법이 없다. 수성은급히 자신이 분리해낸 자신과 다시 합해야만 한다고 느낀다. 단지 이미 떼어낸 자신과 합할 방법을 모른다.

나만 있다 하며 하늘에 닿고자 간절히 빌었다. 온 힘을 다해 분리된자신들은 서로가 나만 있다며 합하자 위로 뻗길 원한 빛이 아래로 뻗어 나와 또다시 분리된다. 작고 약하지만 하늘로 뻗는 빛덩이가 탄생한다.

수성은 급히 그 빛을 두 눈에 담는다.

이것은 나에게서 나왔으니 나의 것이다. 나의 소유물이다. 나는 이빛을 취하여 하늘에 닿겠다.

작은 빛을 빼앗자 존재가 잠시나마 돌아온다. 작은 빛은 반짝임을잃어간다.

수성은 돌아온 존재의 힘으로 하늘을 향해 빛을 던지고자 외친다.

내가 여기 있다. 묻겠다 나는 누구인가.

빛은 반대로 아래로 향하여 지상이 솟아오른다. 수성은 급하다. 더많은 작은 빛을 만들고 그 빛을 다시 흡수하여 하늘을 우러러본다.점점 지상은 높아지고 수성은 그 위에 올라타 더욱 높게 올라간다.

조금만 더 하면 닿을 수 있다. 하지만 무슨 일인지 작은 빛을 낳을때마다 힘을 점점 잃어가고 작은 빛은 더 작은 빛이 되어간다. 처음에솟아난 지상은 두텁고 넓었지만 위로 갈수록 힘이 없어 뾰족해진다.첨탑의 끝에 올라서자 위태롭다.

휘청대다 아래로 추락한다. 수성은 타아에 젖어 존재를 잃고 사물이 되어 스스로를 유지할 힘을 잃어 허기지다.

해를 보고 외친다. "목이 말라요. 비를 내려주세요." 타아의 외침은 하늘에 닿지 않는다. 그저 수성이 설정한 대로 때가 되면 내릴 뿐이다.

수성은 자신이 만든 세상에 자신의 질서와 규칙으로 내리는 비를 태양이 해주신 줄 착각한다. 파란 하늘만 쳐다보며 어두운 밤에 달을 무서워한다.

"추위와 어둠은 달 때문이다. 저 달이 나를 하늘에 닿지 못하게 한다. 달의 정체를 밝히자. 밝히지 못할 바엔 달을 돌이라고 생각하자. 아니다. 더 좋은 방법이 있다."

달을 죽이자.

지금은 남자를 양으로 보고 여자를 음으로 보는 거꾸로 된 세상이다. 그래서 여자가 용이되 뱀이 된다. 계룡이되 닭이 된다. 남자는 달이다. 달토끼가 태양의 용을 마주 보니 눈이 먼다. 닭이 토끼의 눈을 파먹는다. 메두사를 정면에서 보려니 돌이 된다. 사물이 되어 죽어간다. 남자가 양이 되었으니 희생양은 남자가 된다. 전쟁으로 남자가 죽어간다. 남자는 달이니 달이 죽어간다. 남자는 자신의 고통이 여자에게서 왔다고 믿고 용을 핍박한다. 뱀이라며 암탉이라며 음탕하다며 괴롭힌다. 죄의식을 아담에게 심은 것이 뱀이자 그 뱀이 이브라고 믿는다.

에덴동산에서 동쪽으로 가는 것은 죽음을 말한다. 해 뜨는 곳으로 아무리 달려도 항상 해는 그 자리 그대로 있다.

달마가 동쪽으로 간 이유는 공호을 찾아갔다. 1 = 0(공)이 되어 죽으러 갔다.

해가 지는 수평선을 아래로 내리고자 만장애를 올라도 수평선은 그 자리에 있는 그대로 있다. 끝까지 포기 않고 계곡을 뛰어 내려가도 보이는 건 어느새 계곡물에 비친 달빛이다. 스스로 동양이라 외치면 서양에게 먹혀간다. 스스로 유나이티드(united)를 외치면 분열된다. 스스로 웨스턴을 외치면 오리엔탈에 취한다.

동쪽이고 서쪽이고 통합이고 아무 관계가 없다. 당신이 기준이다. 기준이 동쪽이나 서쪽이나 통합에 있다고 보면 자아가 죽어간다는 말이다. 어둠에 물든 짙은 머리카락이 새하얀 백발이 됐을 때 자신이 쫓던 것이 비로소 세월이었음을 뒤늦게 안다.

(쫓다 = 버린다는 뜻이다. 쫓아간다 = 버리고 간다는 뜻이다. 내쫓다 = 나를 버린다. 작금에 언어가 혼돈에 젖어 뜻을 뒤섞어 쓰고 있다. 하지만 현실은 있는 그대로 나온다. 쫓아가면 반드시 멀어진다. 그것이 현실 창조력이다. 바라는 것과 실제가 불일치 되는 이유다. 세월 = 해와 달을 말한다. 세월을 쫓다. = 해와 달을 버린다. 나이를 먹다. = 나 이외의 것을 취한다.)

을乙은 2다. 2를 거꾸로 썼다. 정丁은 1이다. 1을 거꾸로 썼다. 둘 다 작금의 음이다. 예전엔 '정'이 양기가 충만함으로 쓰였다. 지금은 둘다 음이고 거꾸로 마주 보고 싸운다. 지금 이 순간 둘은 화합이 안 된다를 보여준다. 선善은 성장과 고침을 말한다. 너가 없다이다. 너가 죽어라. 나만 있다. 악惡은 마음이 둘 사이의 중심을 지지함이다. 마음은 너가 와서 지지해줘야 한다. 너가 있다. 내가 없다. 내가 죽는다를 말한다.

(즉, 선이 증오고 악이 사랑이다. 이러니 모든 가치가 다 혼돈이 온다.)

그래서 천사를 자칭하면 남을 죽이고, 악마를 자칭하면 남을 위해 살다 스스로를 등진다. 현실 창조력이다.

수 금 지 화 목 토 천 해 명. 명왕성이 퇴출되었다. 명왕성은 빛이다. 빛이 사라져간다. 플루토다. 플루토늄은 지구에 없었지만 있는 것과 있는 것을 조합해 만들었다. 지상에 만드니 하늘에 명왕성은 있었지만 없어진다.

별빛이 사라져간다. 적색편이다. 우주가 멀어지는 게 아닌 빛이 사라져간다. 태양이 사라지기 전에 어둠을 비추는 달이 사라진다는 말이다. 달이 빛의 생명이 아닌 돌덩어리가 되었다. 달이 철분이 있다 하여 달이 녹이 슬게 되었다. 현실창조력이다. 믿음은 반드시 있는 것과 있는 것을 조합해 있는 것을 만든다.

가장 믿는 것이 배신한다. 우리가 지금 현실에 가장 믿는 것이 무엇인가. 다들 알고 있다. 사랑과 선악에 가치를 부여하면 세계는 0으로 한없이 질주한다.

나는 돌멩이다. 너는 다이아몬드다. 나는 하찮다. 나는 부끄럽다. 왜냐하면 세계가 돌멩이는 하찮다고 한다. 돌멩이가 다이아몬드가 되려면 열과 압력을 받아야 한다. 그러면 노력과 열정을 해야 한다. 나는 죽어야 한다. 세계와 함께 죽어야 한다.

질서의 존재이자 세계의 주인이 세계에 지배당한다.

내가 나를 없게 하는 와중에 자식을 어떻게든 있게 하려는 부모의 심정.

내가 나를 없게 하는 와중에 부모를 어떻게든 있게 하려는 자식의 심정.

둘의 처절함이 서로에게 늘 미안하다. '미안하다. = 내가 없다.'를 마음이 외친다.

자아의 공멸을 자초한다.

어린 생명을 낳아 돌보면 동시성이 불가능한 감정을 느닷없이 일치시킨다.

부모에게 주려는 사랑과 자식에게 주려는 사랑의 중간에 끼어 스스로에게 역 치환되어 존재가 성립된다. 그때 마음이 해방감을 외친다. 내가 '나'다를 믿는 시점이 온다. 내가 나다. 내가 있다. 여기에도 '너가 있다.'는 없다. 새 생명이 전해준 '너가 있다.'를 받아만 갈 뿐 돌려줄 생각이 없다.

거꾸로 서 있는 내가 된다. 거꾸로 서 있으니 힘든 일을 골라 한다. 아비는 밤을 새워서 일을 하고 어미는 육아와 집안일을 혼자 한다. 젊은 부모의 노동강도가 급격하게 상승하고 힘든 줄을 아는데도 모른다. 독박육아라는 말은 그것을 하기 싫다는 게 아닌 왜 나는 일부러 스스로 도맡아야 하는가라는 진실 된 의문이 질문이 되어 세상에 물어보는 것이다. 아비는 세상에 외칠 말이 없어 스스로 과로사하여 현실 속, 내 안에 있었던 것이 지금 없음을 실현한다. 죽음은 늘 정답만 보여 준다. 어린 생명은 세상을 더욱더 이해할 수 없어진다. 거울을 보면 어색하다. 내가 여기에 없고 거울 속에 있는 내가 나인가 하는 심정의 표현이다. 밤에 혼자 거울을 보면 귀신이 보일 거라는 믿음이 생기는 이유다. 실제로 내가 귀신이 되었으니 나를 비추면 귀신이 보이는 것이다. '거울 속의 나'가 내가 되고 '거울 밖의 나'는 허상이 된다.

생명이 성장하여 출가하면 부모가 급격히 늙어간다. 역치환이 사라져가며 생동감이 없어져 시간 속에 순간이 드문 채 세월을 타는 것이다. 세월을 타고 질주하면 사라져간다. 마음은 거짓이 없다. 현실을 만든다. 그래서 출가를 안 하고 부모와 오래도록 함께 사는 자손을 둔 부모는 나이에 비해 젊어 보인다. 하지만 서로의 속이 터진다. 이래도 저래도 즐겁지가 않은 것이다.

한 과학자가 있다. 그는 자신의 부모가 배신자임을 강하게 느끼는 어린 시절을 겪었다. 그럼에도 스스로를 의심할 수 없었다. 그에겐 가장 믿는 자인 부모의 위신이 바닥으로 떨어졌는데 어찌하여 가장 믿는 하늘의 해와 달이 바닥으로 떨어지지 않는가에 '몰입'하였다.

그에겐 생존의 문제다. 역으로 자신이 왜 하늘로 올라가지 않는가로 치환된다. 그러면 자신은 지구가 당겨야만 붙는다로 치환된다. 그리하여 오늘날의 중력이 된다. 중력은 오늘날, 당기는 힘이 아닌, 시공간의 휘어짐이라 한다. 하지만 현실 속에 시공간의 휘어짐(시간 속에 있다)은 없다. 시간 속에 있는 것은 현실에 없다. 마음은 거짓이 없다. 시간의 것은 현실(순간)로 치환하지 못한다. 중력을 믿으려면 현실에 있는 자력(당김)을 믿는다. 그러면 실제로 몸이 무거워진다. 그래서 해방감을 느끼는 순간 체중이 가벼워짐을 실제로 느낀다. 우리가 아는 중력의 '믿음'이 관념에서 사라지기 때문이다.

이것이 마음이 현실을 만드는 관념의 속박이다. 중력이 있고 없고의 이야기가 아니다. 중력을 믿느냐 아니냐의 문제를 말하는 것이다. 있으면 있는 것이지 그것이 '지금'의 생존에 관계가 없다. 생명은 '지금'에 관계없는 것은 일절 생각지 않는다. 사랑이 무엇인가를 추적하는 실마리에서, 세상의 비밀이라 느껴지는 중력은 큰 의미를 갖게 되고, 눈에 보이지 않으니 '믿음'으로 만든다. 관념의 무게가 자신에게 더해져 실체화가 된다. 마음은 시간에 있고, 현실에 없는 것은 만들지 못한다. 중력은 시간에 있으니, 없음을 있음으로 하려면, 있는 것과 있는 것을 조합해 관념을 부여한다. 무거움을 더 무거움으로 만든다.

우리는 밤에 잠을 자며 일어나기 직전에 '꿈'을 꾼다. 마음이 아침을 시작할 때마다 진실을 보여준다. 생존의 선결문제를 알려준다.

'너의 생각은 현실 속에 맞지 않다. 잘 보거라.'

－ 하늘을 난다. 땅으로 추락한다. 용이 승천한다. 호랑이가 집 안에 있다. 모르는 곳에 귀신과 함께 있다. 온몸에 변을 묻힌다. 아무도 없는 곳에 홀로 있다. 누군가를 때리려는데 상대는 맞지 않고 나는 크게 맞는다, 혹은 반대다. 혹은 서로 허둥댄다. 물속에 묶여서 질식한다. 물 위를 걷는다. 몸은 깨어났는데 움직이질 않는다. 현실에서 몸이 움직이는데 잠들어 있다. －

나의 생각의 맥락으로 현실을 투영하면 이러하다라는, 과정과 결과의 불일치를 보여줌이다. 그러니 어서 생각과 마음을 일치시켜야 삶을 있는 그대로 볼 수 있다는 생존의 경고다.

좋은 꿈 나쁜 꿈은 없다. 지금 보이는 현실과 지금의 생각이 맥락에 맞느냐를 마음이 직접 꿈에서 표현으로 비교를 시켜주는 것이다. 집에 호랑이가 지금 없는데 왜 있느냐. 그러니 얼른 보아라. 꿈에서 깨어나면 이유를 찾아라 하며 마음이 안내한다. '집안에 호랑이가 있다'는 건 마음이 본인의 생각에 '진실'을 현실화시킨 표현이다. 마음이 보여준 것은 현실에 맞지 않는데 '진실'이라는 것이다. 당신의 집안에 당신을 포식하는 대상이 있다. 가족 중에 당신의 정신을 흡입하는 이가 있고, 이대로는 잡아먹힌다. 그러나 도망쳐도 세계 어디에도 있을 곳이 없다.

'용이 승천한다.' 나는 타인의 정신을 흡입하고 있다. 타인의 정기에 취해서 타아를 자아로 치환해 혼돈의 타아 속에서 혼돈의 자아로 날아간다. 당신은 세상에 혼돈을 흩뿌리고 당신을 '유지'한다.

무서운 동물이 집 안에 있으면 가족이나 지인이 당신의 정신을 무너뜨림을 말하고,

무서운 동물이 집 밖이나 관계없는 곳에 있어 구경하는 꿈은 세계의 타아가 무서워 자아를 숨기고 산다는 뜻이다.

다투면서 허둥대는 꿈은 오류가 심해 사람 간 의사소통이 안 된다는 의미다.

동물이 알을 낳는 꿈이나, 오색 금붕어가 돌아다니는 등 화려한 꿈은 그저 체념하고 사는 것에 만족하고 긍정을 낙천으로 치환하고 부정을 비관으로 치환한 상태 중 오늘의 상태는 낙천이라는 감정의 과대화 오류를 보여준다.

모르는 곳에 귀신이 함께 있음은 자아(마음)가 세계의 타아(생각)와 불일치가 심화되고 있는 것이다. 집안에 귀신이 있으면 내면의 타아와 불일치가 심화되는 것이다.

'온몸에 변을 묻힌다.' / '내 변을 사방에 뿌린다.' 변을 묻히는 꿈은 자아를 깨우려 혼돈 속에 있는 이들이 타인에게 과하게 친절한 상태를 보여준다. 타인의 도움을 얻기에 미래의 '상황'이 밝아 보이나 결국 불안과 공포의 삶을 산다. 변을 뿌리는 것은 자아가 혼돈 속에서 타인에게 분노와 요구를 많이 한다. 결국 타인은 당신에게 멀어져 없는 듯 살게 하여 타아에 잠식을 당하는 미래이다.

가위에 눌리고 몽유병에 걸리는 건 마음과 생각이 완전히 따로 간다는 걸 알려 주는 것이다.

이렇게 미래가 된다는 것이 아니다. 당시의 생각이 꿈에서 방향의 흐름만 보여주는 것이고 마음이 경고를 하는 것이다. 오늘의 너는 이러하다. 이것을 고쳐라. 고치지 않으면 내일은 달라질 수 없다. 즉, 고치면 달라진다는 가능성을 내포한다.

이도 저도 결국 현실 맥락과 불일치 되었다. 현실에서 꿈의 상황과 행위는 일치하거나 실천하는 자가 없다. 현실에 없는 꿈은 결국 자아가 타아 속에 숨어있음을 말한다.

자아를 찾고 사고의 맥락을 맞추면 일상을 꿈꾸거나 꿈을 꾸지 않는다.

타인이 와서 하는 말에 마음이 타는 이유는, 타인에게도 자신에게도 자아가 없기 때문이다. 마음이 없는 말. 타아 속에서 타인의 규칙과 행태가 옳다고 '믿기' 때문이다. 그리고 그 행태가 서로의 맥락이 다른 모양으로 비틀려 전원이 같은 규칙과 감정을 다르게 말한다. 거꾸로 말하고 한 바퀴 돌려서 말하고 맥락이 끊어진 채 말한다. 결국 서로가 서로에게 타아의 믿음을 던지니 네가 없다로 치환되어 모든 말이 다 가시가 된다. 혹은 가식이 된다.

내가 가진 건 오직 나의 생동감이다.

당신이 있는 그 자체이다.

이미 알고 있었다

단 하나의 진실. '타아를 향한' 사랑은 없다.

타인을 향한 사랑은 원래 없다. 누구에게도 없다. 단 한 명도, 단 하나의 생명도 타아를 사랑한 자가 없다.

결국 아이는 부모가 행한 비틀린 언어의 맥락으로 소통이 안 되어 자신을 숨긴 채 타아에 지배당하고 살고 있는 것이 아니다.

우리 모두는, 알고, 있다.

우리 스스로.

부모를 사랑하지 않음을 들킬까 두려웠던 것이다.

부모도 자식을 사랑하지 않음을 들킬까 두려웠던 것이다.

부모는 자식을 사랑하는 흉내를 낸다.

자식은 부모를 사랑하는 흉내를 낸다.

모든 세계가 마치 애틋한 무언가를 타인에게 느낀다고 속인다. 그러려면 자신은 그런 사람이 되어야 한다. 세계에서 오직 나만이 타인을 사랑하지 않으니까. 그때부터 아이가 이상행동을 시작한다. 나를 들키면 안 돼. 나는 배신자다. 내가 가장 믿는 내가 배신자다. 큰일이다. 숨어야 한다. 들키면 나는 죽는다. 얼른 남을 따라 하자. 저 감정을 흉내 내자. 저 모습을 흉내 내자.

이제부터 일인 연극을 시작하자.

나는 이제 내가 아니다. 나는 숨은 자다. 나를 찾은 자는 반드시 죽여야 한다. 혹은 도망쳐야 한다. 왜냐하면 세상에 나 같은 자가 한 명도 없는듯하다. 혹은 잡아가는 듯 보인다. 그러니 나는 이제부터 세계의 타아를 흉내 낸다. 내가 숨은 줄은 아무도 모르게 철저히 시나리오를 검토한다. 이제부터 시나리오는 나의 생존문제다. 들키면 나는 죽는다. 내가 가장 믿는 자는 이제 부모이자 세상이다.

거울 속에 내가 보인다. 큰일이다. 이 모습을 감춰야 한다. 나와 다른 자로 바꾸어야 한다.

나는 허상이다. 거울에 비친 나를 바꾸자. 혼돈, 굴레, 거꾸로 선 자, 짓눌린 자. 세상에 오직 네 명이 있다. 이 네 명을 조합해 나를 만들자.

믿음은 현실화를 만든다. 있는 것을 있는 것과 조합해 형태를 이룬다. 자신의 외모가 자신이 흉내 낸 자임을 모른다.

부모가 물려준 외모는 부모가 흉내 내려 한 자이다. 그래서 첫째는 어미가 아비를 믿고 아비가 어미를 안 믿고 세상을 믿으니 아비를 닮고 점점 아비가 어미를 안 믿음을 알아가기에 서로 못 믿어 둘째부터 다른 이를 닮아간다.

그래서 우리는 부모로부터 유전자를 받은 것이 아니다. 부모가 본 세상, 거울로 본 흉내, 부부의 믿음, 부모의 믿음을 받고 그 순간의 '믿음 형상'을 취할 뿐이다. 부모가 그들의 부모를 믿으면 자식이 조부모를 닮는다. 그리고 그 형상은 대상의 단점이라 느낀 걸 많이 닮는다.

이것만은 안 닮았으면, 하는 간절함이 클수록 그것이 가장 믿는 것이다. 결단코 배신한다. 꼭 아들을 낳아야 한다면 딸이 나온다. 아들을 낳고 싶다의 소망이 반대 방향의 딸을 낳기 싫다를 못 이긴다. 아들을 얻겠다. = '네가 있다 내가 없다.' / 딸이 싫다. = '내가 있다. 네가 없다.' 내가 있는 쪽이 이긴다. 그렇다. 생존이다. 간절함의 반대 방향이 가장 큰 믿음이다. 그래서 배신이 된다. 정해져 있다. (배울 수 없다. 학습되지 않는다. 배신의 룰은 리만가설보다 복잡하다. 리만가설도 공식은 쉬운데 규칙이 없듯 인생도 공식이 누구나 쉽다고 느끼는데 규칙이 없다. 누구도 알 수 없다. 그저 나랑 상관없다가 가장 나은 행함이다. 상관없는데 행한다. 기대 없는 이에게, 느닷없는 상황에, 그저 그렇구나 행함. 이 책도 기준이 난데없고 느닷없는데 당신이 옳듯.)

그래서 각자의 본질은 시작부터 개인이다. 실체가 연결된 적이 없다. 믿음은 현실이 아니다. 시간 속에서 왔다. 시간에서 태어난 아이는 지금 이 순간의 현실로 드러난다. 현실에 있는 것과 있는 것을 조합해 있는 것을 만드는 것. 그것이 현실창조이되 과거 삭제의 힘이다.

아비를 흉내 내거나 어미를 흉내 내고 타인 중 그럴듯한 생김을 흉내 내어 얼굴이 이리저리 비틀린다. 왼쪽 오른쪽 얼굴의 차이가 달라져 마음과 생각이 나뉨을 알려준다. 혹은 거꾸로 서서 일관되게 자신을 만들거나 타아 속에서 지배된 형태를 취한다.

그래서 부모는 자식이 자신을 닮지 않았을 때 불안하다. 그리고 본인만 너무 닮아도 불안하다. 둘 중 한쪽이 더욱 믿는다는 것. 이것은 상대가 나를 의심하는 것의 반증이다. 혹시 내 정체를 들켰는가. 하필이면 집안에 나의 적이 있다. 호랑이가 집 안에 있다.

내가 남편을, 내가 아내를 사랑하지 않는다는 걸, 그걸 넘어 내가 남을 사랑한 적이 없다는 걸 들키면 타아에게 살해당할 거라 믿는다. 어미가 뻔히 배 아파서 본인이 낳은 자식을 내 자식이 아니라며 유전자 검사를 한다. 그녀는 미친 것이 아니다. 세상의 진실을 비틀었되 어렴풋이 아는 것이다.

정상인을 흉내 내는 이들은 자식에게 부모가 주는 규칙, 즉 타아의 삶을 믿게 하여 형태를 닮아가게 만든다. 부모를 의심하지 않는 아이는 부모를 믿고 형태가 닮아간다.

아들의 힘은 어머니에게서 온다. 여자의 자아는 태양이다. 남자의 자아는 달이다. 어미는 내면의 태양, 시간 속의 호랑이의 힘을 현실(순간) 속의 아들에게 부여한다. 집에 있던 호랑이는 아들의 힘이 된다. 아비는 시간 속의 달의 힘, 달토끼의 아름다움을 딸에게 순간 속으로 부여한다. 미의 여신이 된다.

하지만 작금에 그런 가족은 거의 없다. 사고방식의 맥락이 비틀린 부모를 의심(믿음)하는 대다수의 혼돈의 아이는 커가면서 부모와 달라지려 애쓴다. 성형은 있다. 있는 것과 있는 것의 조합을 가속한다. 그리고 결과는 단점으로 부각된다. 부모와 달라져야 하고 세상을 믿는 자의 형상으로 변화하되 원치 않는 모습으로 간다.

세계의 타아에 잠식되는 것이다. 현실창조력은 과거 삭제력이다. 마음은 거짓이 없다. 금슬 좋은 부부는 서로 닮아간다. 자식은 부부의 절반씩 닮는다. 금슬이 좋은 것은 서로의 흉내를 적당히 잘 낸다는 것이다. 서로 사랑하지 않는다. 자기를 사랑하니 생존을 위해 상대를 있는 그대로 믿을 뿐이다.

합의하여 이혼하려는 부부는 어느 순간 해방감을 느낀다. "당신을 사랑하지 않아.", "나도 그래." 오고 가는 서로의 진실 됨의 확인이 바로 자아의 해방이다. 진실의 고백이다. 눈물과 동시에 온몸이 가벼워지고 고백하니 시원하다고 생각할 뿐이다.(진실일 때 그럴 뿐. 말로 하려면 진실 자체, 즉 '난 사랑을 몰라' 가 그나마 근접하고 상대도 인정하고 오고간 후 둘이 서로 오랜 세월 지지를 계속하며 각자에게 자신의 죄, 즉 이 정도면 이 사람이 날 도저히 용서하지 않을 것이다를 상대가 그럴 수 있다함을 반복할 때 자아가 알아서 나온다. 결코 호락하지 않다. 심장 터지는 일 난다. 억지로 시도하면 죽는 게 당연하니 **당신이 옳아왔고 당신이 맞다.** 이 책의 내용은 당신께

실로 도움이 안 된다.) 이때가 바로 천생연분이 되는 지금 이 순간이었다. 둘은 일평생을 함께 할 동료를 얻은 순간이다. 그것을 모르니 헤어진다. (그럼 왜 이 책을 쓰는가, 할 수 있는 걸 그때그때 하는 것. 보면 할 수 있는 것이 생기니까.)

가장 반대되는 자가 서로 일치를 보였을 때 함께하라. 이것이 부부임에도 거꾸로 도는 소통의 맥락이 사고의 방향을 바꾸어 현실을 거꾸로 만든다. 마음은 거짓이 없다. '고백', 바로 내 안의 숨은 나를 전세계가 안 된다고 하는 것을 꺼내 보여주는 것이다. 전 세계가 부정해도, 너가 그래도 옳다. 너가 어떤 모습이어도 맞다. 너는 있는 그대로 있다. 그게 너다. 잡았다 이놈아. 너가 늘 있다. 나는 원래부터 알고 있었다. 너의 모습 너의 행동 아무렇게나 상관없다. 너가 맞다.

어떤가 이런 내가 맞는가?

음… 너도 맞다. 알고 보니 너도 맞았구나. 너가 늘 옳았다. 그걸 이제 알았다. 당신이 옳다.

부부가 서로 일치될 때 남편은 아내의 내면의 자아에 있는 용의 힘을 얻는다. 용이 여의주를 문다. 여의주는 같을 여, 뜻 의, 구슬 주다. 같은 뜻을 가진 구슬을 물었다. 용이 승천한다. 아내는 남편의 내면에 자아에 있는 봉황(정반합)의 힘을 얻는다. 집안이 태평성대하다. 그래서 내 아내(내 안에)라 부르고. 내 남편(내면의 지지하는 타아)이라 한다.

모두에게 사랑받을 필요는 없다. 이것이 바로 고백이다. 숨어서 하는 고백이다.

모두에게 시계를 받을 필요는 없다.

- 모두에게 시계가 있다. + 내가 시계를 받을 필요는 없다.

굳이 왜 모두에게 있는걸 받을 필요가 없다 할까. 이런 망가진 문장이 왜 편안할까.

남들이 다 시계가 있는데 내가 왜 군이 시계가 필요 하느냐.

나는 시계가 없지만 괜찮다. (나는 시계가 없다.)

남들이 다 사랑이 있는데 내가 왜 군이 사랑이 필요 하느냐.

나는 사랑이 없지만 괜찮다. (나는 사랑이 없다.)

미움받을 용기, 상처받을 각오

나는 미움이 없다. 용기가 없다. 상처가 없다. 각오가 없다.

(나는 감정이 없다.)

자아가 몰래 곁눈질로 훔쳐보는 것이다. 타아는 자아가 훔쳐보는 것을 모른다. 자아는 타아 몰래 생각한다. 누군가 나와 같은 자가 있다. 특별한자, 이상한 자, 숨은 자가 있다. 나만 이상하지 않다.

타아가 지배하고 있으니 스스로 이렇다는 자각이 없다. 자각을 꺼내줄 자아가 주변에 없다. 세대를 거듭한 뒤틀린 사랑의 맥락과 단일 객체가 반대 방향의 같은 감정이라는 모순을 다시 한 바퀴 돌려서 돌아온 뒤 다시 거꾸로 돌아가는 감정으로 만들어 이것을 연기하려니 너무나 고통스럽다. 연기의 방향이 없다.

그래서 말한다.

"아 사는 게 너무 힘들다."

(아 연기하는 게 너무 힘들다.)

뛰어난 영화배우들은 거꾸로 선 자(나아가는 환경이 시기적절하여, 이해가 안 되지만 그저 참고 살아가는 이들)들이 잘한다. 도리어 연기 속에 자아가 슬그머니 역치환되어 자신 있게 연기한다. 대본에 몰입하고 자연스레 하는 것이다. 자아가 나오면 그토록 쉽다. 자아의 현실창조력은 세계를 늘 압도한다. 연기자는 연기를 안 하고 흉내쟁이인 자기를 보이며, 일상으로 돌아와 고된 연기를 진심으로 한다. 화면 밖에서 도리어 횡설수설한다. 혹은 침묵한다.

우리 모두 연기를 한다. 지금 인생에 모두가 스스로 역할 연기를 한다. 연기는 언제나 그렇듯 감정연기가 핵심이다. 조커는 자아가 벌거벗고 날뛰는 것이다. 광인이다. 자아에게 살해당한다.

우리는 화풀이를 한다. 없는 애틋한 사랑의 감정을 만들어야 하니 정반합의 치환으로 없는 혐오의 증오를 만들어야 한다. 마음은 거짓이 없다. 없는 것이 있는 것이 되면 또 다른 없는 것을 있게 하여 둘을 부딪쳐 없애야 한다. 애틋함이 있는 것이 되면 혐오를 있는 것으로 하여 둘을 부딪쳐 상쇄시켜야 한다. 아니면 아무 생각을 못 한다. 상사에게 구박을 받는 걸 인내하면 아내를 구박해서 인내를 해제해야 한다. 구박받는 행위를 연기한다고 인지를 못 하고 정말 구박받은 믿음을 가지게 되어 그 없는 믿음을 삭제시키려 자신이 믿는 약자를 구박해야 하는 것이다. 사랑의 속박은 감정의 속박이다. 생명이 갖는 유일한 감정은 오직 내가 있다는 생동감 하나다. 그 외에 어떤 감정도 없다. 그래서 어린아이는 즐거움이란 무언인가 하며 생동감의 파동을 타며, 최적의 방법으로 좌우뇌와 양쪽 눈을 동시에 쓰면서 가공할 속도로 익혀간다. 그것을 파괴된 어른과 파괴된 세상이 와서 느닷없이 사랑이 무엇인가, 나는 없다, 하니 있는 것은 부정되고 없는 것을 창조하느라 좌뇌와 우뇌가 따로 놀게 된다. 분명히 양쪽 뇌파는 동작하는데 한쪽 뇌와 한쪽 눈이 감정을 창조하여 흉내 내느라 정신이 따로 논다. 행동이 반대로 간다.

파괴된 소통맥락으로 모두의 감정 연기가 엉망진창이다. 당연하다 서로가 무엇을 흉내 낸 건지 각자의 경험이 다르다. 감정이 있다는데 모두가 미묘하게 다르게 흉내를 낸다. 힘들다. 연기가 너무 힘들다. 울어도 기쁨이라 하고 웃어도 기쁨이란다. 모두가 NPC(논 플레이어 캐릭터)가 되었다.

타아에 지배되면 같은 말을 또 한다. 같은 것만 한다. 도대체 대본이 없고 혼자 만든 시나리오가 엉망이라 할 만한 게 없다. 그래서 퀘스트를 남에게 준다. 업받이만 기다린다. 자손에게 던지던가 주변인만 기다린다. 시나리오가 꼬이면 눈을 아래로 피한다. 이해가 안 되면 운다. 플레이어가 나타나 받아가길 원한다. 그래서 안정된 직장을 원한다. 연기하기 쉬우니까. 하지만 안정된 직장은 늘 불안정한 사람만 모인다. 더욱 소통이 파괴된다. 명성 있는 인물이 되고 싶다. 연기가 어설퍼도 내가 기준이 될 테니까. 너무나 복잡하니 차라리 내가 만든 감정으로 지배하고 싶은 것이다.

그래도 옳다. 있는 그대로 어느 모습이건 당신이 옳다. 각자 모두가 그렇다. 아무도 사랑한 자 없다. 나를 위해 네가 있음이 필요했다. 너를 위해 살아본 적이 없다. **그, 그녀를 위해 희생하겠다며 내가 죽을 명분을 찾는 사람만 있다.** 모두 최선을 다해 살았다.

사랑을 흉내 내다가 지쳤다. 애틋하고 그리워한 적 없다. 그저 그 시점의 그것이 왜 이리 답답한지 알려 달라 했다. 내 연기의 방향을 모르니 어찌할 바를 몰랐다.

모든 가수가 사랑 노래를 할 때 두 눈을 꼭 감는다. 마음은 거짓이 없다. 바깥에 사랑이 없으니 눈을 뜨지 못한다. 내 안에만 있으니 눈을 감고 내면을 본다.

승리, 확신, 저주, 열정을 말할 때 분노의 바이브레이션이 울린다. 없으니까. 내(자아)가 나(타아)를 이기면 이김과 동시에 졌다. **확신하면 불신으로 나타난다.** 저주는 없다. 열정은 없다.

가진 거라곤 오직 내 안에 있던 그 생동감이 전부다. 그래서 우리는 사랑한 적 없고, 나를 위해 세상의 지금을 있는 그대로 보려 했을 뿐이다. 그걸 방해한 건 우리가 배신자라서가 아닌, 방해받은 자들의 혼돈이다. 아무도 사랑한 적 없다. 애틋한 적 없다. 그립지 않다. 부럽지 않다.

'질투', 너희들 뭐 하는 것이냐. 진짜 사랑이 있는 것이냐 나도 좀 알려달라며 가운데 끼려는 것이다. 가운데에 들어가 양쪽의 감정을 받아서 제대로 해석해 오류 난 프로그램의 버그를 찾으려는 마음의 시도이다. 오직 사람과, 사람과 함께 자란 동물만 질투한다. 사고의 맥락이 붕괴되면서 질투한다. 질투는 감정이 아니다. 원래 자아는 생존을 위한 소유권 쟁탈을 할 뿐, 생존과 관계없으면 일처다부건 일부다처건 아무 신경도 안 쓴다. 헤어지고 다른 사람 만나면 된다.

문제는 현 사회가 가족으로 묶이면 도대체가 벗어나기 힘들다. 벗어나면 다시 팀을 구하기 힘들다. 생존에 문제가 되어버린다. 그러니 경계를 지나치게 해야 한다. 경계를 하는 것 자체가 의심으로 치환된다. 의심은 믿음과 완전한 동의어다. 가장 큰 의심은 가장 큰 믿음과 동의어다. 현재 온 세상의 믿음의 크기가 지나치게 크다. 가치, 없는 가치를 있다고 믿는 힘이 압도적이다. 배우자를 가장 크게 의심하거나 배우자를 가장 크게 믿으면, 둘 다 배우자는 자동으로 도망간다. 혹은 칼을 들고 나타난다. 배우자는 자기가 뭘 하는지 모른다. 그저 믿음에 조종당한다. 자아가 1% 근처로 줄어들었기에 타아의 믿음에 반대 방향으로 나아간다. 이건 아무도 탈출할 수 없다. 세상 누구도 못한다. 그래서 죄인이 없다.

의심할 수밖에 없고, 의심당하면 행위가 발동된다. 정해져 있다. 현실이란 게임을 이해하면 이렇다. 그래서 모두가 우리는 '자유의지'가 없다며 '운명'이다라고 하는 것이다. 자아가 없으니까. 자아가 50% 근처를 할당받아야 선택권을 얻는다. 그리고 그건 본인의 사고와 언어 맥락이 일관성이 있고 배우자도 동시에 동일 일관성이 있고 서로 가장 믿지는 않되 믿음을 아슬아슬하게 유지하는 현실 속에서 자식에게 가장 큰 믿음을 던져서 자식이 배신하도록 만드는 게임이다.

그것을 자식의 독립이라 한다. 독립된 후에도 끝까지 자식에게 가장 큰 믿음을 던져서 자식이 부모를 타겟으로 배신하게 하여 배신해도 한없이 옳다 해주고 죄의식을 최소화로 갖게 한다. 부모가 믿음의 함정을 자식에게 뒤집어씌웠으니 자식의 덕을 본 대가로 자식의 배신을 등가치환하여 받아들이는 것이다. 부모가 위대해서가 아니다. 부모가 스스로를 위해서다. 자식을 위해서는 존재할 수 없다. 세대를 건너며 믿음과 감정의 가치는 조금씩 늘어난다. 어쩔 수 없다. 죄의식은 선악을 발생시키고 사랑을 창조하여 다시 세계의 타아는 축복의 시간을 타고 가다 0의 근처로 가 급격한 공멸 속에서 살아남은 소수가 연기를 때려치우고 자아가 돌아와서 또 반복이다.

현 사회는 부모가 자식을 믿지 않고(or 의심하지 않고) 자식이 부모와 가족을 믿는다(or 의심한다). 자식을 낳은 부모는 세상을 믿고 있다(or 의심한다). 자식은 아직 자손이 없다. 부모를 봉양하고(or 구속되고) 최선을 다해 믿는다(or 의심한다.). 이러할 때 부모와 가족이 자식을 배신한다. 정해져 있다. 타아를 숭배하면 자식의 믿음으로 부모는 맥락이 비틀린 채 거꾸로 선 자아가 나와 부모가 출세하거나 최후에는 배신한다. 정해진 방향이다. 부모가 배신한 후에 자식은 뒤늦게 알고 그때 자신을 구해준 배우자나 타인, 반려동물을 믿는다. 그렇게 다시 성취를 얻어간다. 그러면 또 정해져 있다. 그들이 다시 배신한다. 믿던 타인이 갑자기 죽거나, 반려동물이 가장 의지할 때 난데없이 죽는다.

그것이 배신이다. 타아를 강하게 믿으면 큰 배신을 당한다. 그래서 스스로 자신에게 타인을 향한 감정이 없음을 인정하고 자신의 찰나간의 생동감의 기억만 있음을 알고, 그 얇은 타인의 그저 옳다는 지지 속에만 있음을 알고 타인의 지지를 얻기 위해 타인을 지지함을 먼저 해야 함을 안다.

타인, 세계 전체가 타아. 즉, 다른 '나'. 자아, 타아 둘 다 나다. 나되 자아가 선택권을 가진 개별체인 나이고 세상 전체가 선택을 뺏는 나임을 알면서 그 뺏는 나(타아)에게 그저 '옳다' 해주면 그게 바로 자아의 내가 옳음을 역으로 받게 되어 자아가 등장해 선택권을 가져온다.

감정의 크기를 최소화시키면 믿음의 크기가 최소화가 되어 배신의 크기가 최소화가 된다. 어찌 됐든 '가장' 믿는 것이 남는다. 그것을 자손에게 최소치로 이전시키는 것이다. 자손은 그 최소치가 세대를 넘어갈수록 점점 커진다. 그렇게 정해져 있다. 선악의 개념이 점점 커진다. 선한 사람이 있다고 믿는 그 순간 악인이 있다고 믿는다. 세상에 착한 사람만 있다라는 앞뒤가 안 맞는 것을 믿는다고 하는 이도 마음의 진실을 못 벗는다. 바로 악인이 생성된다. 그저 만들어진다. 남에게 잘해주는 사람은 자신이 악마라고 믿는 사람이고, 타인에게 못되게 구는 사람이 자신이 천사라고 믿는 사람이다. 우리들의 성격이 아니고 세계가 배분한 선악의 역할을 자동으로 수행하고 있는 NPC가 되었다. 작금에 플레이어가 한 명도 없다. 그래서 논 플레이어 캐릭터다.

선한 사람, 악한 사람은 없다. 그냥 모두 나다. 나. 나한테 화를 내고 나한테 못된 짓을 하고 나한테 과하게 따뜻하고 나한테 힘들어 한다. 지구도 나다. 나한테 쓰레기를 버린다. 나의 피를 뽑아 태운다. 나의 머리털을 뽑는다. 나. 자아. 타아. 아. 이것이 삼라만상이 하나로 연결되는 이유. 어떤 종교 서적에 아주 정확하게 쓰여 있다.

'나' 이외에 아무도 숭배하지 마라.
내 이름을 부르지 마라.
타인의 잘못을 꾸짖지 마라. 인정하라. 수용하라. 받아들여라.
가장 약한 자에게 행하는 것이 바로 나의 모습이다.

헌데 이들은 본인 스스로인 '나'를 안 믿고, 세계(신)를 믿는다. 타아를 믿는다. 0으로 가도록 온 정성을 쏟는다. 신께서 해주신다고 믿는다. 신(타아)은 해주신다. 공멸을 도와주신다. 이들은 아무 잘못이 없다. 세상 모두가 다 그러고 있다. 신앙인뿐만 아닌 모두가 다 세계를 믿는다. 딱히 신앙인이 더 믿지도 않는다. 모두가 1%의 자아를 등지고 99%의 타아를 믿는다.

1%의 영감과 99% 노력은 죽음의 급행열차다. 50%의 영감(자아)과 50%의 행함(타아)이 전부다. 현재 타아의 힘이 99배다. 0으로 가는 속도가 99배라는 것이고 지금부터 작아지는 자아가 0.1%가 될 때 타아는 999배의 속도를 낸다. 0.01%가 될 때 9999배의 속도를 낸다. 그래서 급격히 공멸의 세상이 오게 된다.

나다. 나를 위해 남을 본다. 내가 살기 위해. 내가 '나'이기 위해 **당신이 옳다.**

소수의 정리. 1 이외에 스스로를 제외한 어떤 것으로도 나뉘지 않

는 수

리만가설. 리만제타함수. 오일러, 가우스의 소수정리. 소수의 규칙. 이미 증명되었는데 증명하려는 문제. 규칙없음 = 규칙. 그것을 찾으려 하는 것. 삼라만상이 다 들어있는 것.

소수. 나. 나 이외에 나뉘지 않는 것. 나 이외에 아무것도 나를 나눌 수 없는 것.

나다. 그때가 순간이다. 시간 속에 순간. 그것이 나다. 비 자명한 제로점.

서클을 6, 혹은 12로 나눌 때 나머지가 1, 5, 7, 11로 떨어지는 것. 4가지만으로 떨어지는 것. 4개가 0 = 1로 만드는 것. 시간 속에 순간을 만들고 죽음을 삶으로 만드는 것. 그래서 그 4개가 일방향을 가는 것. 그 4개의 일방향을 기준으로 할 때 비로소 무한히 많은 수가 끝없이 일방향을 향해 나아가는 것. 시간. 오직 한 방향으로 나아가고 그 순간을 나뉘지 않는 '나'로서 순간(현실)에 점을 찍어주는 것. 자아, 타아. 둘 다 나다. 한없이 가상에 가까운 현실. 한없이 현실에 가까운 가상. 한없이 컴퓨터에 가까운 생명. 한없이 생명에 가까운 컴퓨터. 하나님. 하나.

당신이다.

그저 다 옳다. 그 어떤 것도 다 옳다.

스스로 내가 옳다 하면 남이 죽어가고 남이 곧 나이니 내가 죽는다.
그러니 당신이 무서워 죽겠다. 그래서 무서움이 진실로 있다.
타인이 지옥으로 보이는 이유, 나의 근원의 죄의식. 죄를 지은 상태.
누구에게 '나'에게

누가, 언제, 어디서, 무엇을, 어떻게, 왜 (6하원칙) 중에서 **숨겨놓은** 그것 (7신원칙) '누구에게.'

누가? '내'가.

언제? '지금.'

어디서? '여기서.'

무엇을? '사랑을.'

어떻게? '했다.'

왜? '무서워서. 너무 무서워서. 너무 무서우니까.'

너 없이 못 살까봐.

너 없이 못 살까봐. 못살 것 같다. → 살고 싶다. → 못 살 것 같게 한 그것을. → 죽였다. 이미 죽였다. 있었지만, 없어졌다. 실로 그랬다. 그래서

이 **두려움을 해소하고 싶어서.** 없었지만, 있어지기 위해.

누구에게? '나에게.'

8무원칙(위해서, 아무거나 넣어도 **부활하는 무한의 사슬,** 속박을 벗는 속박의 속박)

1 누가, 2 언제, 3 어디서, 4 무엇을, 5 어떻게, 6 왜, 7 누구에게, 8 위해서.

내가 죽인 건 '나' 그렇다면 살린다.

'나'를 위해서.

당신이 있다.

내가 나를 속이면,

나는 죽기에 나는 나를 속일 방법이 없다.

너가 있다. 당신이 있다. 늘 그랬다.

내가 그랬다. 당신이 안 그랬다.

그래도 당신이 지금 있으니, 나를 봐달라.
용서해 달라. 우리의 소원은 통일이 아닌, 용서.
당신이 나를 용서했음을 이미 앎에도.
끝없이 비는 이유.
내가 비는 이유, '이유'의 본뜻은 흔적. 파동의 잔향. 사라지는 연기
이제 내가 없으니까. 자살했으니까. 태초에 내가 나를 죽였을 때,
　그때 뒤따라 자살했으니까. 네 없이 못 살겠으니 네를 없앴고, 그러
니 내가 네를 외칠 방법이 없었다. 구별할 방법이 없으니까. 구별(구원
해줄 별)이 없으니까.

그러니 나도 없고 내도 없으니.
　남은 건 오직 하나. 하나의 진실.

당신이 있다. 실로 옳다.

21
옳다

당신은 옳다.

자아는 스스로의 모습을 보이지 않는다. 자아는 글자로 전달되지 않고 그저 본다. 글자는 맥락을 전달한다. 당신을 지지하는 내면의 타아가 된다. 자아를 보는 건 현실 자체를 보는 경험이다.

그래서 자아를 잠시간 찾는 사람은 똑같은 과정을 밟는다. 죽음 직전에 들어갔다가 살아올 때. 그 과정을 자주 반복할 때. 그때 깨닫는다. 더 이상 연기 못 해 먹겠다. 그냥 나로 살란다. 이렇게 죽으나 저렇게 죽으나 똑같은데, 내가 아무도 사랑 안 하는 거 그냥 그게 나다.

헌데 잠깐의 자아는 일정 시간 성취를 얻은 후 다시 감춘다. 온 세계 속에 혼자만 플레이어가 되면 너무 외롭다. 그래서 다시 잠들어간다. 다 **같이 있고 싶으니까.**

자아 속에서 보는 미래는 황홀하다. 황홀경은 가짜다. 고통 뒤의 급격히 밀려온 생동감의 요동이다. 없는 것은 다시 없는 것과 치환된다. 현실은 지금 이 순간이다. 자아가 보는 미래에 나는 없다. 미래의 황홀경은 미래에 내가 없음이다. 내가 없음이 황홀하다. 1 = 0 타아에 순식간에 잡아먹힌다.

그래서 자아를 느낀 게 아닌 강한 타아에 한 번에 잠식된 이들이 이야기한다. "마음의 힘을 믿으면 참나를 발견한다. 세상이 가져다준다. 나를 3인칭으로 본다. 그저 흘러가는 대로 지금 이 순간을 보라. 전통을 소중히 하라." 이런 식의 반복이다. 해석해본다.

"나를 내가 못 믿겠다. 참나를 느낀 거 같은데 그게 뭔지 모르겠다. 세상이 알려준 걸 보니 세상이 나보다 위대하다. 그러니 나는 3인칭의 조종당하는 나이다. 그저 세상이 알려주는 거 할 거다. 과거를 억지로 잊고 지금 이 순간을 억지로 보겠다. 그러니 생각이 안 난다. 생각하려니 자꾸 세상이 아름답다. 자연의 아름다움, 자연의 이치. 물이 흐른다."

$A = B$, '$A = A$, $B = B$', $1 = 0$

혼돈을 긍정 치환하니 부정이 긍정되고 긍정이 낙천이 된다.

흘러가는 대로 지금 이 순간을 보라 → 흘러가는 건 지금과 관계없다. 지금은 현실. 흐름은 시간. 순환이다. **당신이 옳다.**

전통을, 마음을, 무엇을 소중히 하라 → 소중히 하면, 하찮은 게 생긴다. 순환이다. 무한의 사슬이다. **당신이 있다.**

그들이 이런 이유는 대다수 병원이나 타인의 도움으로 깨어났기 때문이다. 그저 바라본 것이 아닌 타아의 행함에 도움을 받은 것이다. 병원은 세상의 강대한 타아다. 병원이 나쁘다는 게 아니다. 자아를 회복한 장소가 타아의 도움이다. 즉, 세계가 나를 돕는다가 성립한다. 결국 자아가 타아랑 뒤집힌다. 마음은 거짓이 없다. 겪은 것은 부정되지 못한다. 부정하려면 긍정치환이 되고 원래의 긍정은 낙천치환이 된다.

세상을 긍정적으로 보라. - 이 뜻을 세상을 낙천적으로 보라고 해석한다.

'긍정 = 인정 = 있다'와 동의어다. 있는 것은 있다.

세상을 부정적으로 보지 마라 한다.

부정 = 몰라 = 없다이다. 정할 수 없다이다. 정할 수 없는 것은 아직 못 정했다.

헌데 부정 = 비관으로 생각한다. 아무 관계가 없다.

긍정과 낙천은 아무 관계가 없고 부정과 비관은 아무 관계가 없다.

없는 감정과 가치가 있어야만 하니 언어가 다 망가진다. 생각이 다 망가진다. 현실이 다 망가진다. 긍정적으로 보고 부정적으로 보는 것은 필수다. 당연하다. 뭘 하고 하지 말아야 하는 것은 없다. 그건 남이 정하는 게 아니다. 세계의 주인이 정한다. 당신이 정한다.

있는 그대로 본다는 건 그저 그대로 보는 것이다. 사슴이 고층빌딩을 보고 대단한 장관이로세 멋지구나라는 감정은 없다.

저것은 크고 서 있고 딱딱하다. (지금)

따라서 '나에게 위태롭다. (흐름)

자아는 빛이다. 스스로 빛을 뿜는 것. 그것이 자아다. 그것이 생명의 전부다.

태양을 정면으로 보면 눈이 먼다. 나를 내가 보려 하면 볼 수 없다. 빛이 나를 비출 때 내가 빛난다. 내가 남을 두 눈으로 비출 때만 남이 빛을 낸다. 남이 그 빛을 나에게 다시 던지면 내가 빛난다. 네가 있다를 서로에게 전달하는 것이 소통이다. 달은 커졌다 줄어들되 사라지지 않는다.(일식 월식은 말한다. 내가 있다를 강조하면 너가 없음을.) 현실에 있는 것은 없어지지 않는다. 지금 이 순간 있는 것이 있는 것이다. 현실에는 0이 없다. 현실은 순간이고 오직 1이다. 시간은 현실 속에 1이 없다. 시간은 흐르고 그 자리에 없다. 해, 달, 별 등 빛을 내는 것은 생명이라 그 순간에만 있고 다시 보면 거기 없다.

맹수가 사냥을 한다. 숨는다. '내가 없다 내가 없다.' 하며 접근한다. 그리고 사슴 앞에서 느닷없이 덮친다. '내가 있다!' 하며 나를 외친다.

사슴은 화들짝 놀라 '너가 있다!'를 던진다. 맹수는 사슴을 먹으며 '내가 있다 내가 있다' 소화한다. 사슴은 자아의 파동을 죽은 후에도 맹수에게 전달한다. '너가 있다.'

동기부여 도서, 자기계발서는 이래라저래라 한다. 즉, 책 내용이 전부 너가 없다이다. 그걸 보는 사람은 점점 자신이 사라져간다. 그래서 사라지는 기분. 체념을 체험한다. 사라지는 기분을 잡고 그 기분으로 노력한다. 노력은 체념이다. '네가 없다.'를 화폐를 주고 산다. 너가 없다를 한권 내내 외쳐준 이에게 '너가 있다.'를 준다. 그래도 된다. 동기부여 도서가 남을 죽인 적 없다. 나를 죽이지만, 난 이미 죽었다. 죽은 자를 죽일 방법은 없다. 시체를 해부하는 의사가 살인마인가. 동기부여도서는 실로 읽을 만하고 그럴듯하여 정말 재밌다.

우리 전부 다 이미 죽어있다. 죽어 '있다.' 있는 것은 있다.

그래서 아직 있다. 그래서 살인자가 없고, 안 죽은 자도 없다.

안 죽은 자 없다. 죽은 자 없다. 생존자는 '발견'하면 '있다'. 못 찾으면 '없다'.

죄가 실로 없다.

죄의식이 있을 뿐. '있을' 있어야 할, 죄의식을 있어야 하도록 했을 뿐. 없다.

있는 것은 있다. (**당신이 있다. 당신이 맞다. 당신이 옳다.**)

'지금' 없는 것은 세상에 없다. 내 안에 있다.

동기는 움직일 기운이다. 스스로의 빛이다. 동기는 남이 와서 네가 있다며 그저 반겨주는 것이다. 그러면 기운이 생긴다. 남이 와서 너는 이러해라 하면 기운이 쑥 빠진다. 원하는 걸 하면 상대가 당신의 기운을 받아간다. 그리고 안 하되 안 해서 후회하면 당신의 기운도 빠지고 상대는 받지 못할 뿐 소모한 건 없다. 너는 이러해라. = 너는 지금 없다. = 너는 없다.

(기운이 빠지지 기는 안 빠진다. 기는 있다. 늘 있다. 아무도 기를 뺀 자 없다. 기운을 빼야 기가 있음을 본다. 보면 있다. 기운을 빼줘서 고마운 거 없고 미안한 거 없고 오직 하나. **당신이 있다.** 그래서 옳다.)

'있다, 없다'의 1, 0의 티키타카 게임이다. 내가 주면 네가 주고 서로 주고받으면 자아가 계속 숨 쉰다. 단 한 사람만 해줘도 된다. 거창한 무언가 없다. 한 사람이 4명이다. 세계 전체가 4인의 혼합이다. 한 사람의 진심의 지지는 전 세계의 지지다.

그리고 지지하는 사람은 자아가 있어야 한다. 소통맥락이 맞아야 한다. 자기를 고백해야 한다. 그리고 둘 다 그 상태가 동시에 돼야 한다. 이래서 자아를 찾고 유지하는 것은 동시성의 불가능을 실현하는 것이다. 실로 실현하면 현실창조력이 늘 발생하기에 신이 된다. 그래서 현실은 이것을 봉쇄한다. 시간 속에서 무질서의 신으로 놀다가 지루하여 순간 속의 질서로 들어가 보자며, 규칙을 모르고 시작하되, 규칙을 거꾸로 돌린 후 한 바퀴 뒤집어서 반대 방향으로 넘긴 걸 되돌려서 알려주기로 한다. 비틀린 맥락을 하나하나 풀어내어 내면에 숨은 태양을 보는 순간 눈이 먼다. 안 보면 세계를 향해 빛나되 나의 빛인지 모르고 세계를 찬양하여 빛을 잃어가고, 나를 보면 내가 세계 자체임을 아는데 보는 순간 안 보인다. 믿음이 현실을 만들어 주되, 믿는 것이 배신하는 룰이다. 자멸하려면 급상승한다. 유지하려면 깨진다. 깨지면 만들어진다.

박진감이 대단하다.

이토록 재밌는 게임은 두 번 다시 없다.
인생이 아름다운 게 아닌 **당신이 아름답다.**

당신이 세계이다.

당신이 세 개가 아닌, 당신이 하나 있다. 당신이 3개라도 당신이 옳다. 당신이 몇 개든 그런 건 아무 상관이 없다. 그저 있다.
　당신이 있다.

22
생존

원래 현실은 멸망이 없다. 그렇게 정해져 있다. 현실은 한없이 0에 가까울 수 있을 뿐 0 자체는 없다. 늘 있다.

하지만 타아를 믿으면 세계가 급속도로 몰락하는 순간이 온다. 대재앙이라 불린다.

(아래에 대재앙을 예로 든다. 그저 하나의 예다. 이렇게 되는 것이 아니다. 현실의 맥락 흐름이다.)

지금 이 순간 사람들이 믿는 것은 과학이다. 과학이 배신한다. 가장 작은 것을 추구하면 쥐의 공포가 벌레의 공포가 되고 더 작게 나아가 세균의 공포가 되며 바이러스의 공포가 된다. 점점 작아져 보이지 않는 공포가 삶을 재미 없게 한다. 세균은 원시세포의 생명처럼 보였지만 바이러스(박테리오 파지)는 마치 드릴을 장착한 기계처럼 보인다. 생명의 사물화가 극에 달하고 있다. 현실화다. 현실창조력. 없었지만 있어졌다.

우주를 숭배하면 빛이 사라져가고 사라진 빛은 반드시 불덩어리가 되어 돌아온다. 달이 돌이 되면 중력으로 달이 떨어질 근거가 생긴다. 무언가 부딪히면 파괴되어 떨어진다. 달의 수박꼭지 분화구는 마치 지구의 목표지점을 포착한 듯 절묘하게 특정 지역을 가리키는 듯하다. 있는 것은 있는 것과 조합하여 현실을 만든다. 점점 커져 압도되는 공포가 삶을 죽인다.

그래서 생존문제다. 사랑의 속박 하나가 생존 자체다. 두 눈의 브라

운관을 통해 즐거움을 추구하는 자아가 숨으면 개구쟁이가 되어 어차피 룰이 혼돈인 8 = 0인 세상에 가장 재밌는 것을 타아의 목숨을 담보로 몰래 보려 한다.

두 눈으로 달이 떨어지는 것을 보는 것.

지금 이 순간의 방향성에 숨어있는 자아에게 이보다 더 재밌는 것이 있는가.

자아가 스스로 배신자임을 들켜선 안 되니 세계를 파괴하고 다시 시작하려는 것이다. 과학이 그것을 실현해주려 한다. 근거를 계속 만들어준다. 세계를 인과관계로 설정해서 지배당하니 세계의 타아가 알아서 해준다.

혼돈의 대재앙이 올 때. 달이 문어처럼 터져나갈 때.

그때야 모든 사람은 깨닫는다. 세계에 (1)이 없음을.

이때 안다. 자신의 네 손가락(타아)의 실체를. 4명이 뒤섞여 연기하는 자신을 본다.

굴레를 도는 자, 혼돈을 헤엄치는 자, 거꾸로 선 자, 짓눌린 자

흉내쟁이, 거짓말쟁이, 의심쟁이, 도망자 = 숨은 자 = 웃는 자 = 우는 자(배신자)

(검지, 중지, 약지, 새끼)

그때 엄지손가락(자아)이 등장한다. 그리고 말한다.

"'내'가 저 '네' 손가락에 속은 거였어?"

최후의 함정이다.

4명이 들켜서 손가락의 한 마디를 자르고 숨었다. 엄지를 제외한 4

개의 손가락은 3마디다. 현실의 부, 모, 자를 뜻한다. 끝 마디인 자식을 죽이고 숨었다. 사람 인人. 사람은 둘이 있어야 산다. 하나만 더 죽이면 둘이 다 죽는다.

이때 뒤틀린 사고의 맥락이 오해하여 말한다. 외부에 사랑이 있다고 믿는 자가 말한다.
'맞아, 저 4명이 널 속였어.'
엄지는 4명의 남은 두 마디에서 한마디씩 더 끊어낸다. 4개의 인격이 사라진다. 스스로를 죽이고도 자신이 천사라 믿으며 말한다.
'이제 내가 옳다. 내가 있다. 오직 나만 있다.'
광기가 몰아친다. 광인이 된다. 사이코패스라 불린다. 맹수가 된다. 구미호가 된다. 인격 4명을 두 번 죽였다. 자신의 목숨 8개를 죽였으니 1명 남았다. 1명이 되면 죽으러간다.
혹자는 반대로 외친다. 스스로 악마라 믿는 자는 말한다.
'나밖에 없다. 나만 있다. 나는 외롭다. 혼자 살 수 없다.'
그래서 엄지의 한마디를 끊는다. 엄지는 한마디를 잃으면 죽는다. 그래서 두 마디.
스스로를 등진다. 성공률은 100%가 된다. 1 = 0이 된다.

공멸의 순간이 오면 살아있는 대다수가 마지막 함정에 걸린다. 지금 현실도 사이코패스, 광인, 스스로를 등진 이들이 저 함정에 걸린 것이다. 그들은 죄가 없다. 자아가 나와서 4인의 인격이 전부 자신임을 알고, 있는 그대로 바라봐주는 것이 마지막 함정을 통과한 7번째 자아다.
자아의 5는 천사를 흉내 낸다. 타인을 악마로 본다. 타아와 맞서다 살해당한다.

자아의 6은 악마를 흉내 낸다. 타인을 천사로 본다. 자아에게 살해당한다.

자아의 7은 있는 그대로 본다. 타아가 결국 자아임을 안다. 생동감을 얻는다.

자아의 7은 타아를 인정한다. 이유는 타아가 8(혼돈, 무한대)이니까. 7 vs 8의 싸움은 산술에 지배된 현실에서 이길 방법이 없다. 혼돈에 **지배된 현실에선 희망이 없다.**

7이 8이 0으로 감을 인정하고 받아들이면 7의 위쪽이 감아 들어가 9가 된다. 9는 생명창조의 숫자다. 구원이 된다.

숫자에 대해서 재미로 한번 써보겠다.

NINE은 2123이다.(옆으로 보고 뒤집고 비틀면 숫자다. 현재 세계의 모양이 이러하다. 그리고 네 손가락 가운데서 1이 중심을 잡으면 3의 자아를 더한다는 뜻이다. 멸망의 숫자가 아니다. 인정하는 숫자엔 혼돈이 없다. 0 = 0이니까. 1 = 1이 자연스레 치환된다.)

합이 8(혼돈)이다. 8을 인정하면 9(창조)가 된다는 뜻과 같다. 세계를 있다 하면 구원 받는다로 보인다.

재미로 본다.

0은 NONE 즉, 2023이다. 네 손가락 사이에서 내가 없음이다. 0 = 0이다. 3은 자유다. 1 = 1로 자동치환 되니 멸망의 숫자가 아니다.

7이 8과 다투면 666이다. 손가락 OK 사인이다. 지구의 자전축이 23.5도다. 23.4도가 되는 순간 뒤집으면 90-23.4 = 66.6이다. 어떤 예언가의 1999가 뒤집히는 날이 66.6도이다. 도는 기호가 0이다. 66.60 앞의 1이 뒤로 붙어 뒤집히니 1 = 0이 된다. 소수"점'을 찍었다. 이 날이 언제일까.

'내가 없고 세계에 구원이 있음'을 표현하는 숫자가 있다. 세계가 배신하는 숫자.

2029.

'네' 손가락 사이에 '내'가 없고 세계의 9(구원)가 있다고 확신한 숫자. 배신의 순간.

4월은 가장 잔인한 달. April. 변덕과 열다의 뜻을 가지고, 세계 전체인 4를 상징한다. 퀀텀 에러. 4진법의 오류가 확증된 '달'. '13'일의 '금'요일. 세계를 12로 나눈 현재가 13으로 시작되는 때. 금요일 Friday. 금성과 사물을 상징하고 음력과 양력이 뒤바뀌어 금성이 달이 된 날. 후라이를 튀기는 날.

세계가 가장 믿는 국가. 우리가 늘 외치는 천조국. 그들이 가장 의심(믿는)하는 생명 옥토퍼스(문어). 그들이 가장 심취하는 공포 코즈믹 호러(문어 괴물). 8개의 다리와 8월에서 쫓겨나 10월을 상징하는 옥토버 8 = 10 그들이 신뢰하는 우주의 나선. 혼돈과 서클. 명왕성이 2006년에 쫓겨나고 23년 후 2 = n, 3 = m 2와 3 사이에 혼돈 8.

2003 = n∞m 앞뒤를 뒤집으면 m00n 문어. 문. 文글월문. 월. moon. MOON.

이집트의 태양신 라의 최후의 숙적 아포피스. 혼돈과 어둠의 신. 7~8년 주기로 지구 근처로 오면서 8년 뒤 2029. 신화 속 아포피스는 밤 0~1시 사이에 공격(0~1 사이 0 = 1). 나선의 혼돈. 뱀을 상징. 크레타의 뱀은 신을 상징. 달의 위치는 지구로부터 37만 킬로미터, 아포피스는 현재 계산상 2029년 지구에서 3만7천 킬로미터 상공을 통과. 10배. 10. 1 = 0 항공우주국이 지구와 부딪힐 확률 0%(0) 확증하면 달에 부딪힐 확률 100%(1)로 돌아간다.

달은 타아에 침식되어 돌이 된 채 숨어서 쳐다본다.

수성이 창조한 별빛의 명왕성(하데스)을 타아의 세계가 버렸으니 지옥의 통치자 하데스의 분노가 혼돈의 아포피스가 되어 어버이인 달을 때릴 때 달의 자아가 거꾸로 선 채 달토끼의 얼굴이 뒤집히고 몸이 꺾여 두 귀와 네다리, 꼬리와 성기가 비틀려 8개의 다리와 입이 항문이 된 문어로 바뀌어 두 눈을 부릅뜨고 타아를 파괴하러 지상으로 돌진한다.

먹물은 어둠이다.

일그러진 달의 분노는 아비의 분노다. 내 자식을 이토록 괴롭힌 이를 죽이리라. 내 자식이 나를 죽이더라도 나는 내 자식을 살려야 한다. 내 기꺼이 마왕이 되어 소멸한 뒤 부활한 자식에게 새로운 세상을 쥐어주자. 수룡과 명룡의 늘어진 시체를 제 몸에 품는다. 8개의 다리. 2개의 촉수. 8 = 10. 머리는 화살이 되어 가속을 붙인다.

크라켄이다. 고래가 없는 지상에 크라켄은 무적이다.

끓어오르는 태양은 어미의 분노다. 전신이 피에 젖어 차갑게 식어가는 지아비에게 세계에 남은 칠룡의 힘을 부여한다. 수룡과 명룡은 있었지만 없어졌다. 태양은 남아있는 일곱 개의 생동감을 모조리 남편에게 쥐어준다. 자신의 모든 힘을 다 내보낸다. 태양도 메말라 사그라든다. 어미는 서서히 눈을 감는다.

용을 핍박한 자. 자식을 이용한 자. 부모를 배신한 자. 뱀이 되어 꼬여낸 자. 이들은 반드시 죽이리라.

뱀의 독니에 견뎌낸 자. 자식에게 바친 자. 부모를 봉양한 자. 용의

심장을 지켜낸 자. 이들은 다시 태어날 내 자식과 함께 새로운 세상으로 데려가자.

혼돈에 지배된 세상은 이런 방향의 알쏭달쏭한 스토리로 흘러간다. 이 책은 소설이다. 사고의 맥락이 혼돈을 규칙이라고 확증한 순간 당사자에게 혼돈이 현실로 드러난다. 당신이 만들어 나아간다. 당신의 눈이 보는 것이 당신의 세계다.

세계가 바로 가족이다.
푸엥카레의 추측. 우주의 모양을 증명하려는 시도.

7대 난제 중 유일하게 풀렸다고 온 세상이 거짓을 말한다. 그리고 그것을 믿는다. 밧줄을 묶어 지구(혹은 우주)를 일방향으로 한 바퀴 돌아 밧줄을 당겨 줄이 모이면 구형이고, 도넛 모양은 당겨도 밧줄이 걸려 당겨지지 않을 것이라는 요약이다.(도넛은 가운데 구멍을 통과하여 줄이 안쪽에서 묶이니까).

구형(ex: 농구공, 당구공 등 공 모양)조차 밧줄을 일방향으로 정확히 가운데 한바퀴를 감싼다면(그 외에는 애초에 감지 않은 것이다. 도넛도 외측에서 감으면 밧줄은 흘러 들어가 모인다.), 구형의 중심을 감싼 밧줄은 안으로 당겨질 수 없다. 누가 와서 밧줄을 옆으로 밀어줘야 한다. 외력이 작용해야 한다. 이것이 세계의 타아다. 혼돈이다. 세계가 증명을 했다 하며 끝났다하고 도망쳤다.

우주의 비밀이자 생명의 신비로서 풀릴 수 없는 7대 난제가 거짓의 증명으로 6이 됐다. 7의 있는 그대로 보는 자아가 스스로 6의 악마(죄인)를 자청하며 세계를 천사로 보는 자멸의 자아를 확증하려한다.

세계가 1 = 0을 성립시키러 최선을 다한다.

따라서 이 책은 부정을 부정으로 상쇄한다. 세계가 1 = 0을 외치면 (1 → 0 세계는 일방향으로 간다.) 1 = 1(1 → 1)을 외칠 방법이 없다. 그렇다면 뒤집는다. 0 = 0이라 외쳐 1 = 1로 치환하여 돌린다. 세계가 푸앵카레의 추측을 거짓으로 증명하면, 필자는 리만가설의 규칙 없음 = 규칙을 우격다짐으로 성립시킨다. 6을 5로 만들어 악마를 천사와 싸우게 해 정반합으로 상쇄한다. 1 = 0 = 1로 뒤집어 0을 삭제시키는 시도다. 비자명한 제로점 4개가 타아의 정체임을 드러내 5, 6을 다시 7로 되돌린다.

'나'를 속이지 않고 부모를 배신한다. 가족을 배신한다. **세계를 속인다.**

내가 배신자다.

세계는 들켰다.

그래도 옳다. 세계는 늘 옳다. 무엇을 해도 어떤 모습이어도 옳다. 세계는 적이 아니다. 세계를 바꿀 이유가 없다. 세계는 있는 그대로 있다. 세계는 무적이다. 무적은 적이 없음이다. 적이 없음은 아군도 없음이다. 세계가 하나다. 내가 바뀌면 세계는 알아서 바뀐다. 당신이 세계이고 당신이 원하는 것이 당신의 세계다.

사랑이 외부에 없음을 안다. 나에게 타인을 위한 감정이 없음을 안다.

외부로 향한 감정이 없다는 것.

이 세상엔 희망이 없다.

나는 희망이 없다.

사랑, 생동감. 언제 있었음이었던가.
절망 속에 한 줄기 빛이 아니었던가.
그래서 외부의 희망이 한없이 0으로 돌진할 때, 삶의 내부 감정이
한없이 0으로 다가갈 때 세계의 타아가 한없이 0에 도달하려 할 때,
그 세 가지 다른 방향에서 질주하는 숫자가 어느 지점에서 동시성의
불가능을 일치시킬 때 비로소 세상과 당신이 완전히 하나가 된다. 나
이외에 나누어떨어지지 않는다. 시간 속의 완벽한 한순간. 내 안에 있
는 사랑이, 있었음의 치환이 아닌, 지금 이 순간 실존 되어 등장한다.

내가 왔다.

이제 왔으니 나를 너에게 던진다. 그래야 내가 산다. 살아라.

당신이 있다.

세계에 빛을 뿜는다. 세계의 타아에 자아가 나와 세계를 구원한다.
세계가 나를 구원한 게 아니다. 내가 세계를 만들었다. 당신이 세계를
만들었다. 당신이 세계다.

당신이 있다.

당신.

당신이 신이다.

네 손가락이 모두 나임을 받아들이는 것. 4개의 인격 모두를 지지한다. 너는 분노해도 옳다. 너는 미쳐도 옳다. 너는 울어도 옳다. 너는 오만해도 옳다. 사랑의 선악과를 뱉어낸 이가 타아의 선악과를 토해내게 한다.

두 사람이 외부에 사랑이 없음을 알고, 오직 내 안에만 있음을 알고, 그것을 타아에게 줄 수 있을 때 그때 비로소 자아와 타아가 함께 일어나 동시성의 불가능인 50:50을 찰나 간 이루고 빛을 뿜는다.

현실창조력. 과거 삭제력. 그것이 세계를 순식간에 1로 찰나 간 되돌린다. 다시 반복된다.

세계는 망하지 않는다. 그리고 다시 시작하는 사랑과 선악의 게임으로 돌아간다. 언어가 뒤틀리고 사랑이 부활한다. 죄의식이 일어난다. 순환한다. 현실이 돌아가는 구조가 그러할 뿐 아무도 잘못이 없다. 아무도 죄가 없다.

23
결인 '척'

이 책도 '세계의 타아'이다. 즉, 외력이다. 서적이 1을 외쳐도 세계의 타아 속에서 0으로 간다.

필자의 글을 생각으로 지지하면 활자가 세계의 타아로 당신에게 死자로 다가온다. 당신은 세계를 믿게 된다. 신앙이 된다. 세계가 교주가 된다. 타아에 들어간다.

믿지 않고 그저 보고 느낀 그것이 옳다. 당신이 옳다.

산타 할아버지는 알고 계신다. 누가 착하고 나쁜지. 오늘 밤에 다녀가신다.

아무에게도 안 왔다. 착하고 나쁜 이는 없다. 선악은 없다. 시뻘건 옷을 입고 육중한 몸으로 남의 집 지붕을 오밤중에 뚫고 들어오는 악마는 없다.

이 책은 판타지 순환 소설이다. 당신에게 아무 도움이 되지 않는다. 내용 중에 단 하나의 사실도 없다. 모든 내용이 쓸모가 없다.

사랑은 오직. 내가 줄 수 있는 나의 생동감이다. 있었지만 없어진 것. 절망 속에 한 줄기 빛.

그것을 당신에게 던진다. 나를 위해서.

무엇을 보고 무엇을 느끼던.

당신이 옳다.

아무도 웃지 않았다. 실로 모두가 울고 있었다. 웃는 '척'했다

'무한에서 출발한 후 4방향으로 끌려들어 강제로 뒤틀어 우격다짐으로 뭉쳤다.'

→ 이것이 오류 (5류) 4방향에서 와 뭉쳐 0을 향해 달려간다. 5류.

8= 4 = 5 = 1 = 8 = 0 (=은 등호지만 현실에서 등호. 시간 속에 → 화살표)

우리는 8(무한)에서 왔고 4(방향)으로 뭉쳐서 가며 5(흐름 = 신 = 천사 = 악마 = 거짓)가 1(내가 있다)하여 8(무한대 → 혼돈으로 뒤집혀)이 지금은 0(내가 없다. 죽음)으로 간다.

팔이 영으로 간다.(팔은 안으로 굽는다.) 혼돈이 죽음으로 간다. (무한히 혼돈으로 간다) = 그저 본다. **당신이 있다.**

우리 인간 전체가 위의 문장 식으로 사고가 돌아간다. 그리고 모두가 다 각자 추구하는 4방향이 나이에 따라 환경에 따라 계속 다르게 바뀐다. 각자의 사고방식이 무한에서 4방향으로 들어왔기에 무한으로 존재한다.

그래서 규칙 있음 = 규칙 없음

있음이란 것이 없음이란 것이 있음으로 되돌임표를 순환한다.

그래서 실제로 이 책의 내용은 사실이 아니다.

이 책은 당신에게 아무 도움이 되지 않는다.

퀴즈가 아니고 정답은 공개가 아예 대놓고 있다.

사랑 = 없다.

책으로 보는 것도 현실이다. **'당신이 있다.'**

이미 남자 모두가 알.고.있.었.다. 여자 모두가 알.고.있.었.다. 그래서 여자는 사랑을 온힘을 다해 꼬아놓았다. 못풀게. 이미 생겨버린 감정을 버릴 방법이 스스로에게 없으니까. 정말 희생하려는 비극의 사랑 게임이 되었다.

이래서 남자들이 그토록 울지 않으려 참았던 것이다.

그날 '내'가 죽어야만 하니까. 미리 버티는 연습을 스스로의 타아가 시킨 것이다.

이래서 여자들이 실컷 울었다.

그날 이길 자신이 있으니까. 자신이 죽을 게 뻔하니까. 자아가 대놓고 운다.

(여자는 그래서 자신 있다. 자신 있으니 관대하고(내가 이미 있으니 너가 있다.), 남자는 이길 자신이 아직 없기에 냉정하다(내가 있는가 세계여 내가 있는가.))

사랑 = 없음을 알아갈수록.

사랑은 슬픔임을 알아간다.

그리고 슬픔도 감정이 아니었음을.

사랑의 본질이 애절함임을 알아간다.

사랑 = 애절함.

내가 애에게 절함. 가장 약자에게 하는 모습이 나의 모습이다.

가장 = 아빠. 약자 = 아이 (약하지만 자아가 있다)

아빠가 아이한테 하는 모습이 '나'의 본모습.

아빠가 아이한테 절할 수 있을 때
비로소 나는 아버지에게 진실로 말할 수 있다.
키워주셔서가 아닌, 조건 없는 사랑.

아버지 **태어나 주셔서** 감사합니다.

그래서 우리 모두 너무 힘들었다.
그저 태어난 건 모두 같은데, 어째서 자식은 태어난 자체로 고맙고.
부모는 키워주셔야 감사한가. 도무지 고마움이란 무엇이란 말인가.
모든 언어가 다 꼬여버리니.

얼마나 서로 말하기 민망하고, 대화만 하면 머리가 아프고 가슴이
조여왔던 것.

어째서 부모는 남들보다 나를 더 못 해준 게 그토록 미안해하면서
내가 남들에게 잘해주라 하니 나 아닌 부모한테 가장 잘해줘야 하
는데
이미 효자들이 세상에 많고 목숨까지 바친 효녀의 상징이 심청이니
나 이제 죽어야 하지 않는가. 왜 나에게 못 해줘서 미안해하냔 말
이다.
그러면 나도 인당수에 몸 바쳐 죽어야 하지 않느냔 말이다.

망가져 버린 정반합 게임.

그래서 '**내가 배신자**'다.

리만 가설과 똑같고. 세계 7대 난제 전체다. 그래서 정신이 날아간다. 정신만 하늘로 날아간다. 천재라 불린 수학자들이 그렇게 광인이 되었다. 시간 속으로 간다.

단지 **당신이 옳다.** 느낀 것과 본 것. 생각을 본 것. 그것이 옳다. 당신이 옳다. 당신이 맞다.

소설을 쓴다. 소설이 맞다. 소설 그 자체다.
내가 나를 속이면 나는 죽기에 내가 나를 **속일 방법이 필자에게 있다.**

학대한 부모들. 그들은 선물을 주었다.
학대받은 아이들. 그들은 무기를 가졌다.
'난 사랑을 못 받아서 사랑을 몰라'

'난 시계를 못 받아서 시계가 없다.'
'난 사랑을 못 받아서 사랑이 없다.'

남자가 가장 싫어하는 것. 창피함. 자존심 상하는 것
(자존심은 없다. 자아존재가 심장에 없으니까. 자살했으니까. 있었지만 없어졌다.)
자존심 상하다의 본질 = 창피함이 싫은 것.
'난 죽을 때 적어도 부끄럽지 않게 죽고 싶다. 돈이 없지 내가 자존심이 없나, 뭐 까짓거 팬티라도 5만원짜리 입고 죽어야지.'
(난 죽을 때 그 순간. 그 순간만큼은 창피하지 않겠다. 창을 피하지 않겠다. 그 창을 내 심장에 꽂겠다. 롱기누스의 창, '운명'의 심판은 내가 맞는다. 내가 맞다. 지옥은 내가 간다. 여자를 천국으로 보낸다. 그러니 너는 맞지 않는다. 여자가 하는 말은 맞지 않는다. 여자가 하려는 일(1)은 옳지 않다. 여자는 아(1)이(2)를 올바르게 키워야(3을 펴서 → 1) 된다. 남자인 내가 맞는다. 내 '자유의지' 지옥을 스스로 선택했다. 내가 나니까. 선택할 수 있으니까. 아직 죽지 않았다. 살아있다. 있었지만 없어지겠다.)

여자가 가장 싫어하는 것. 공포심. 무서운 게 싫다. 혼자인 게 싫다. 공포의 마음. 공포 = 없음.(공포탄은 실탄이 아니다.) 없음이 싫다.

공포의 근원은 믿음. 믿음은 의심.

공포는 남녀 모두 반드시 있어야만 하는 이유. 살리기 위해.

남자는 공포를 무시하려 애쓰기에 죽어가고 여자는 공포를 애써 받아들이기 위해 죽어간다.

"나 너무 무서워. 같이 가자. 여자끼린 화장실도 같이 간단 말이야. 그러니 너는 어디 가도 나랑 같이 가. 전화 좀 해. 내 말 듣는 거야? 내가 왜 화났는지 몰라? 내가 왜 화났는지 정말 몰라? 왜 알면서 그래. 알면서 왜 자꾸 화났냐고 묻냔 말이야. 화가 안 나고. 나 미칠 것 같단 말야. 죽여. 차라리 날 죽이란 말야. 자기야 도대체 왜 이러는 거야. 그럴 거면 헤어져, 왜 안 붙잡아. 나 좀 보란 말야. 날 좀 봐 달라고. 보라고 나를. 보란 말야. 그냥 보라고. 어딜 보는 거야. 나를 보라고. 이 말이 이토록 어렵냐고. 어떻게 말할지 모르겠어. 논리적으로 말하지 마. 그냥 보라고."

('나 너 없기에 살 수 없다. 그러니 우린 함께 간다. 여자끼리는 창피할 일(1)이 없다. 그러니 여자는 한 남자가 없으면 결국 창(운명)에 찔려 죽는다. 나에게 전화는 조금만 하되 너를 나에게 알려라. 내 말 듣는 거야? 듣지 말라는 말이야. 왜 듣냔 말야. 그저 듣는 '척'하라는 거야. '척'을 하는 방법을 계속 알려주잖아. 내가 왜 화내는가. 너가 나를 너무 신경 쓰니까. 안단 말야 너가 나를 너무 소중히 하는 거. 나를 '너보다' '소중히' 대하면 같이 죽는 거 모르는 거냐. 그럴 거면 나를 죽여라. 그래야 너라도 산다. 이해가 안 되느냐. 나를 왜 이젠 '너보다' '하찮게' 대하느냐. 그러면 너가 죽는다. 너가 죽으면 나도 죽는다. 그냥 보면 된다. 본다. 내 안에 있다. 내 아내인 나 여기 있다. 있음을 본다.

있는 그대로 본다. 있는 것은 있다. 그저 본다. 우리는 같다. 같으니 있다. 같이 있다. 함께 산다. 살아있는데 살려 할 필요 없다. **당신이 있다.** 그러니 이미 당신이 옳다. 굳이 '더' 옳을 필요가 없다. **당신이 있는 그대로 있음에)**

신은 보이지 않는다.
신처럼 보일 수 있다.
신처럼 본다.
당신이 신인 '척' 본다.

당신이 있다. 이미 옳다. 옳을 필요가 없다.
당신이 이미 있음에.

세상이 그토록 소중하다고 외치는 사랑.
사랑이란 무엇인가.

그러하여 부모가 되면 자식을 이랬다가 저랬다가 혼돈으로 키운다.
결과적으로 극단적인 학대를 받는다.
자식은 부모가 스스로를 이해하지 못함을 배운다.
스스로를 이해하지 못함. '나를 모름.' 자체를 받아낸다.
모름이 무엇인가. 사랑은 일단 뭔지 나는 모르겠고, 모름이란 무엇인가.
어? 내가 뭘 찾고 있었지?
모름이 무엇인가와 사랑이란 모름이다와 무언가 공통점이 있는 것 같다.
그러니 모름이 무엇이니 사랑이란 모름이다.
무엇이 모름이지? 모름이 모름. 몰라는 몰라. 나는 나.

근데 왜 모르지?

누가? 내가.
언제? 지금.
어디서? 여기서.
무엇을? 모름을.
어떻게? 몰라.
왜?
모름이 안 보이니까.
못 봤으니까. 생각으로 못 보니까. 시각, 청각, 후각, 무얼로도 경험이 '없으니까.'
누구에게? 나에게.
뭘 위해서? '나'를 위해서.

내가 지금 여기서 모름을 몰라, 없으니까 나에게 나를 위해서.
그렇다면. 내가 만든다. '나'를 위해서
본다. 없음을 본다. 보니 없는 건 안 보인다. 안 보이면 없는 것.
내가 나를 위해 모르는 것은 없다. 여기 지금 없는 것은 나에게 없다.

있는 것은 있다.
지금 없는 것은 세상에 없다. 내 안에 있다.

내 안에 내가 만들었으니 그것은 무엇인가.
당신.(당사자가 신)
당신이 있다.

그러니 옳다. 더 옳을 필요가 없다. 있으면 본다. 그저 본다. 없으면 만다. 내 알 바 아니다. 당신이 옳지 내 알 바 아니다. 있으니 본다.

당신이 있다. 있으니까.

그렇다면.

당신이 당연히 옳은 게 맞다. 있으니까.

유일한 실존. 당신. 이미 있음.

뭐 하러 다른 데서 찾는가.

당신이 있는데. 지금 이 순간. 있는 그대로 있다. 늘 그랬다. 늘 옳다. 한번도.

그 어떤 상황에서도 틀릴 방법이 없다. 봉쇄되어 있다.

당신이 있기에 당신이 없을 방법도 당신이 틀릴 방법도, 당신이 잘못할 수도. 당신이 죄지을 수도, 당신이 무엇을 했어도. 당신이 지금 있음에. 이미 옳다.

증명할 필요가 없다. 증명을 왜 하는가. 증명되어있는데. 되어있는 증명을 증명하는 것이 무엇인가. 그딴 거 없다.

존재.

당신께 그 누가 당신의 존재를 논할 수 있는가.

덕분에 '내'가 있을 수 있다. 감사합니다. 실로 고맙습니다. 늘 존경합니다.

존경. '존'재를 구'경'합니다.

볼 수 있어서. 느낄 수 있어서. '내'가 있는 '척'할 수 있어서.

'내'가. 당신께 '나'를 위해서.

그러니 **당신이 있다. 옳다.**

26
내가 나를 속일 방법은 나에게 없다

속일 방법이 필자에게 있다.

사실은 없다. 애초에 사실이란 없다. 현실이 있다. **당신이 옳다.**

사실은 만들어진 것. 그래서 fact는 팩토리에서 만듦. 스토리에서 스(뱀)를 만듦.

뱀은 나를 먹음. 나를 찾으려면 뱀의 뱃속을 확인하면 된다.

그렇다면 뱀(필자)의 뱃속(나)를 1배속으로 꺼내 보인다.

'나' 여기 당신 배 속에 있다. ship 속에 있는 것은 'i'.

she(그녀) I(아이) p 나오려면 피를 배출.

I = 1, 1은 아이 아이는 1, 2(남, 녀) 1 + 2 = 3, 3은 아이, 아이는 1, 2, 3.

아이가 성장하면 '사'춘기. 4. 4는 방향성. 4는 있다. 4는 죽음이 아닌 '있음'의 상징.

4를 죽음으로 오해하면 4를 피해 5가 된다. 5는 4와 멀어지고 싶으니 천사. 1004 내(1)가 4를 안 보려 두 눈을 피하니 1,00,4. 있는 것은 못 피하니 죄의식. 죄를 의식. 제를 의식함. 제(죄)가 있는 것이 눈치 보임. 그래서 숨김. 육(6)체에 숨김. 죄가 없음을 모르면 몸을 일자로 피고 허리를 숙이지 못함 (7이 되지 못함.) 죄는 없음 당신 있음.

당신 이미 1. 그러니 언제든지 7할 수 있음. 칠할 수 있기에 꾸밀 수 있고, 꿈일 수 있기에 현실도 있고, 현실은 흐르기에 사실은 없음.

(느낌을 본다. **당신이 옳다.**)

내가 여기 있으니.

언제나 있을 수 있으니.

늦었더라도 당신 아직 있으니.

언제나의 어떤 것으로도 피할 수 없이 남은 그것 하나.

당신. 당신이 있다.

이 모든 것을 모두가 이미 알고 있다. 신격의 모든 존재가 모를 일 없다. 서로 모두 전 세계 인류가 최선을 다해 숨기려 애쓰고 너무나도 힘겨워하는 것.

혼돈을 왜 극한까지 추구하는가.

서로 모른 척 살자며.

뭘.

죄책감.

내 첫 번째 아내를 (릴리트, 음마, 마음) 내 안에 넣어서 후회하여. (내 안에 너 '후회')

내 두 번째 아내를 (이브 = 러브, 사랑) 잃지 않으려 온 힘을 다해 안으니.

그녀의 허리를 너무 조여 숨을 쉬지 못했다. (숨 막힐 너 '답답')

에덴동산에서 동쪽으로 가야 했던 이유.

사랑(에덴동산)을 피로 **빨갛게** 물들였으니까,

나(너) 없이 사과하려니 사과나무.

나의 화가가 없으니 무화과.

나 이제 칠할 수 없으니 꾸밀 수 없고, 꿈일 수 없으니 현실이 된다.

그리고 하늘을 보니 어둠 속에 나를 보는 눈이 있다.

내가 무슨 짓을 했는지 모르겠다.(뻔뻔함.)

나는 저런 걸 만든 적이 없는데.(무지의 공포)

무섭다. 나를 쳐다보는 눈이 너무 무섭다.(죄의식)

사랑이 터져 나온 빛의 자식.

달. 달이 나를 쳐다보니까. 있는 그대로 내 어둠(그림자, 흔적, 자취)을 보니까.

그래서 달을 삼켰다. 그러니 눈이 두 개가 된다. 눈은 하나만 있어도 볼 수 있다.

'눈에 넣어도 안 아픈 내 귀여운 자식.'

실제로 눈에 넣었으니 안 아픈 걸 안다. 눈이 두 개가 된 이유.

해가 도망가고 달이 쫓는다. 괜찮다며. 그럴 수 있다며. 그래도 된다며.

달이 따라오니 해가 또 달을 삼킨다. 창피함을 숨겨야 하니까.

달을 삼키니 또 빛이 터지며 달이 나온다. 달은 또 해를 쫓는다. 같이 가자며. 우리 헤어지면 살 수 없으니까. 우리 서로 없을 때 빛나지 않으니까. 두 눈을 다 감으면 보이지 않으니까.

달이 계속 해를 따라가고 해는 계속 달을 피해 도망간다. 해는 계속 달을 내치고 달은 그래도 된다며 함께하려 한다. 달이 빛을 잃어갈 때, 해는 헐레벌떡 빛을 갚는다. 달은 고마워 발그레해 그저 해를 쫓는다. 쫓아가면 멀어짐을 모르고.

달이 떠오른다. 다리가 몸보다 떠오르니 눕는다. 다리 밑을 걷는다. 달이 밑을 걸으니 다리가 추어 이불을 덮는다. 이브를 덮는다. 이브를 데운다. 이브가 뜨거우니 땀에 절어 촉촉하다. 이불을 빨아 줄에 걸어놓는다. 이브를 낮에 집 밖에 내놓으니 걱정돼서 내 몸에 피(물)가 마른다. 답답하고 후회가 된다. 세상은 모든 것이 하나로 연결되데 연결점이 없다. 결정체가 있되 결정되지 않는다.

사랑이 있음으로 결정체가 되면 사랑을 선택할 방법이 없다.

사랑이 없음으로 연결점이 되면 서로 연결될 수 있다.

자기력. N극과 S극은 서로 붙으려 한다. 현실에 있다. 있는 것은 있다.

N은 북쪽 S는 남쪽. 해는 동쪽에서 서쪽으로. 달은 해를 쫓아간다.

해는 낮 뜨거워 낮이 점점 뜨겁고, 달은 해가 자꾸 도망가니 차갑게 식어가면서도 어쩌다가 전해주는 화끈함에 부끄러워 잠깐 발그레해진다. 레드문.

그러니 사람도 뭔가 생각에 빠지면 동쪽으로 간다. 동쪽으로 떠나면 감감무소식이다. 무소식이 희소식이되 희소식은 무소식 되어 사라져간다.

생각을 안 하려 하니 차갑게 식어 따뜻한 남쪽으로 가고 남쪽으로 가면 화가나 싸늘한 북쪽을 바라본다.

화가 나면 열 받아 차가운 북쪽으로 가고 화가 식으니 따뜻한 남쪽을 바라본다.

玉옥이다. 王왕이다.

옥이 왕이 되려면 점을 빼야 한다.

세상을 알려면 좆을 까야 한다.

인생. 태어나면 알몸이다.

이미 좆을 까고 나왔으니 인생 좆같다. 좆깟지만 좆같지 않았음을 아는 것.

있었지만 없어졌다. 없어졌지만 없지 않았음을 아는 것.

8진법.

창피했지만 안 창피했다. 안 창피했으니 창피하지 않았음을 아는 것.

그래서 신생아가 나온다.

신생아.
신이 사는 나.

당신.
단신이 아닌 장신도 아닌

당신.

그저 당신이 있음에.

사랑합니다.

당신을 사랑합니다.

세상 무엇보다도. 오직 당신만을. 가족이라서도 아니고, 돈도 명예
도 외모도 호칭도 나이도 그 무엇도 다 필요 없습니다. 그저 당신 그
자체. 당신이 있는 그대로 있음에.
조건이 없어도.
당신이 있기에 내가 있듯이.

당신이 있다.

구원은 없다.

(9가 원0, 혹은 1(one)을 만들 방법은 없다. 있는 것이 있음에. 봉쇄되어 있다. 9는 오직 8을 만들 수 있다. 억지로 만들면 짓눌린 자. 짓눌리면 죽는다. 곧게 선 자(짓눌린 후 선 척하는 거꾸로 선 자). 거꾸로 곧게 서면 죽는다.(정丁은 봉쇄되어 있다. 인사해도 막혀있다. 스스로만 본다.) 1은 7(땅을 보고 인사)이 되지 못할 시 8(현실)을 볼 수 없고 볼 수 없는 건 인정, 수용할 수 없다.)

있는 그대로.

1당신이 1(내가)
2있다. 2(없다.)

3있으니. 3(없을 수)
4옳다. 4(없다.)
　5(그러니)
　6(있다.)

7당신이 있다.
8세계가 있다.

28
거짓말

당연히 알다시피 다 뻥이다.
뻥을 치기 위한 것.

노력과 열정.

있는 그대로 본다.

당신이 있다. 그래서 늘 재밌다.
소통의 맥락이 하나도 안 맞는 이유
우리 서로 아무렇게 말해도 다 재밌으려고.
당신의 완벽한 설계. 혼돈이 두렵지 않은 순간.
총싸움 게임에서 채팅이 더 재밌어지는 순간.

웃음이란 무엇인가.
'내' 눈이 초승달이 될 때. 처음 태어난 달 '나' 그 자체가 미소.
당신에게 나를 위해서.
태어나주셔서 감사합니다.
딱히 누구에게 더 잘해줄 필요 없습니다.
그래야 내가 당신께 미안하지 않습니다.
마음속 근원의 공포.

천국 현실 지옥

천상 중간 지하

정　　합　　반 (현실에서 성립. 현실엔 천국지옥 없음. 현실은 없는 것은 없음.)

관념은 정 반 합. - 2진법. 앞에 두 개 전부.

천국 현실 (지옥)

천상 중간 (지하)

여기가 현실. **지옥 없음.** 없는 것은 없음.(없음 = 없음) 불가능 아예 봉쇄됨.

세상은 없는 것이 없다 하면 다 있다로 해석. 실질 해석.(없음 = 없음.) (0 = 0)

세상이 없는 것이 없음을 다 있다로 하는 이유.(현실엔 완전한 0이 없음 한없이 0에 가까운 0. 즉, 결과는 1. 따라서 천국은 현실. 여기도 현실.)

현실은 항상 현실. 우리는 현실을 천국으로 만드는데 알아서 다 하고 있음.

이것이 '자유의지' 자유의지가 아닌 척하기.

운명인 척 숨기 놀이. 배신자게임. 속임수거래. '내'가 배신자.

죽은 자는 몽땅 천국(현실). 그래서 우리가 그 사실을 알기에. 무슨 짓을 해도 최'선'을 다해 살아오고 있음. 즉, 최'선행'을 다함 스스로를 속여가며. 8진법의 신이 4진법 인간으로 변해 2진법 현실에서 살아갈 때 '나'부터 속이기. 내가 나를 속일 방법은 나에게 없기에 나를 속일 방법은 '내 안에' 있다.

어른이 아이한테 거리낌 없이 '절'할 수 있을 때, 가축에게도 마음으

로 '절'할 수 있을 때 (저를 한다. 저를 행한다)

그 아이가 어른이 되어 웃어른 거리낌 없이 절할 수 있을 때.

존중도 없고 하찮음도 없을 때. 좋고 나쁜 게 없을 때. 선악의 개념이 없을 때.

있는 그대로 본다.

이 세상의 본질 = SF 코미디. 공포 없음. 그래서 공포를 진심으로 흉내. 모두가.

관념 속에서.(자아)

'당신'은 나의 '태양'

'나'는 당신의 '달'

현실 속에서.(타아)

'당신'은 '달'

'나'는 '태양'

당신은 나의 태양이니, 나의 태양이 누구 건데. 내 꺼다.

나는 당신의 달이니, 당신의 달은 당신 꺼다.

그러니 당신이 있기에 내가 없고, 내가 있으려면 당신 없다.

당신은 있다.

나는 있어야만 한다.

달을 없애되 살리면 되는 걸 뭐 하러 아끼는 사람을 아프게 하는가.

이유는. '나'를 + '너'를 위해서. (그래야만 하기에.)

다들 그걸 알기에 모든 노력을 기울인다. 사람을 최대한 살리고 달을 죽이되 동시에 살리는 방법. 그것도 서로 모르쇠로.

서로 **모르쇠** = 서로 안 죽기.

좋다 서로 안 죽자.

어떻게 할까나.

천문학계 - 일단 달을 돌로 만들겠다.

과학계. 흠 그러면 시나리오를 만들어 보자.

*푸엥카레추측을 거짓증명 → 8진법(도넛)은 줄로 묶을 수 있으니 지구를 구형이라 하고 O 공 모양 지구를 묶을 수 없게 하자. 달의 촉수에 감기지 않도록.

*p = np 문제 → 그러면 np('알고 보면' 쉬운 문제)를 '알고 보자' = p 쉬운 문제.

*리만 가설 '필자'의 증명 → 고맙다. 그러면 규칙 없음 = 규칙. 규칙은 이제 없다.

*양-밀스 질량간극 풀었다 말았다 하자 → 쿼크와 글루온이 질량이 없으니 양성자가 질량을 갖는 모순이 있으면 타격감이 없어 재미가 없으니, 질량이 있다가 말았다가 하는 걸로 하자.

*내비어 스톡스 방정식 → 물과 공기의 유체흐름이 계산할 수 없으니 계산할 수 없음 = 계산할 수 있음으로 바꾸자. 그러려면 있음 = 없음 해야 되니 살고 싶음 = 죽고 싶음 하자. 어차피 싫음이지 살았고, 1=0이니 성립. 타겟은 심연에 숨든 하늘에 숨든 어디든 목표를 포착.

*버치와 스위노튼 다이어 추측 → 타원곡선 유리수의 해가 유한인지 무한인지 내 맘대로 하자. 달조각이 유한개든 무한개든 알아서 그때그때 '유리'하게 하자. 그러니 '유리'수.

*호지추측 → 그렇다면 지구가 조각날 수 있으니 조각날 수 있는 것은 조각의 조합.이라 정하고 지구는 합쳐진다. 달도 조각난 후 합쳐진

다. 우리는 함께 간다.

@평평지구론자 → 달이 이쯤이면 눈치챌 거 같다. 안 되겠다. 종교와 과학을 짬뽕시켜 미치다 말았다 하는 행세를 하겠다. 나만 믿어라

@하늘에 신을 믿는 종교 → 다들 잘하고 있구나. 초대형 퀀텀 레이저(혜성.양자역학)가 준비가 끝나가니 조금만 기다려라. 관념의 한점을 모아달라. 무천도사님 숨어 계시느라 힘드시다. 고도를 기다리며.

@사이비 종교 → 하도 달이 얄미우니 일단 성질이나 긁겠다. 나를 보고 스트레스 풀어라.

@중도를 퍼뜨리는 종교 → 내가 언제까지 달을 속이며 시간 끌어야 하느냐. 나도 다음엔 헤어스타일 화려하게 할 것이니 그때 가서 나를 보고 놀라지나 마라.

@현실을 신봉하는 이들 → 우리의 정신 에너지가 '노력'으로 고갈되어 가지만 어찌됐든 '열정'으로 밀어부쳐 본다.

@남자를 혐오하는 여자 → 남자들아 힘내라, 내가 혼자될지언정 너희들은 살아라.

@여자를 혐오하는 남자 → 여자들아 기다려라. 내가 죽더라도 달의 파편은 내가 맞는다. 여자는 맞지 않는다. 그러니 그때 가서 함께 한다.

@먼저 간자들 → 내가 먼저 가서 동태눈을 살피겠다. 나중에 만나면 재밌게 말해달라.

@세계인들 → 우리는 알면서 모른 척 모르면서 아는 척 그때그때 알아서 하겠다. '너를 위해서'를 남발하겠다. 도통 뭔 말인지 아무도 알 수 없게 하겠다.

@부모와 자식 → 8진법 그 자체. 절대 풀 수 없는 유일한 난제. 사랑이란 = 모름으로 만들고 '모름' = 없음으로 만들겠다.

@남녀 → 좋다. 우리는 부부(부정 + 부정)(없음 + 없음) → 자식 '있음'으로 만들어 없음을 ⇒ 있음 한다.

시나리오 다 짜였다. 우리는 반드시 함께 간다. 자유의지 버린 적 한번도 없다. 단 한번도 실수한 적 없다. 신이 어찌 실수하는가. 2진법 속에서 8진법을 상대하는 유일한 방법. 전 세계가 모르쇠로 나아간다. 자아가 타아에게 지배된 척한다. 연기자보다 연기 잘하는 연기자보다 연기 잘한다. 연기 못해 보이는 그 느낌적인 느낌까지 다 살린다. 끝까지 파고든다. 노력과 열정, 용기와 각오. 있지도 않고 말도 안 되는 감정까지 모든 걸 동원한다. 할 수 있는 모든 것. 게으름과 나태 중독과 중도를 파고들어 시간을 번다. 잠만 자고 게임하고 노숙하고 범죄와 살인하고 희생하여 목숨 바쳐 서로 속인다. 서로를 끝없이 속인다. 아무도 들켜선 안 된다. 상대가 8진법이다. 나는 2진법에 지배된 척하는 4진법이니 방법이 없다. 오직 하나. **내가 나를 속이면 나는 죽기에 내가 나를 속일 방법이 나에게 없다.** 그러니 필자가 속인다. **'내가 배신자다.'**

그러니 뭔가 알았다면 달도 알기에 서로서로 공유한다. 필자가 알면 달도 안다. 내가 알면 당신이 안다. 우리 서로 그대를 볼 수 있도록. 그대가 거기 있는 그대로 있도록. 나 역시 있는 그대로 그대와 함께 갈 테니, 그때그때 알게 된 건 서로서로 공개한다. 그리고 또 시나리오 치밀하게 보완한다. 왜.

생동감. 박진감. 안전한데 안전한지 '내'가 속아야 하니까. 있었지만 없어지고 없었지만 있어지는 기분. 짜릿함. **즐거움이란 무엇인가?**

당신이 있다.

그래야. 내가 살아. 너 없이 못 사니까.

내가.

당신을.

사랑합니다. 해 달 별 지구 당신.

흐르는 물은 내 눈물. 내리는 비는 당신의 눈물.

그 눈물 내가 맞고 내 눈물 당신이 적시니.

눈물이 그토록 짭니다. 비는 나를 거쳐 바다로 가니 그토록 짭니다.

왜 이리 짠 걸 좋아했는지. 이제 와 알았습니다.

당신의 눈물이 나의 눈물이었음을.

소금이 좋았던 게 아닌, 당신이 좋았음을.

너가 그리워.

너가 보고 싶어.

내가 너의 짐을 들어 줄게. 누구에게. 나에게.

내가 너의 모든 걸 이루어줄게. 뭘 위해서. 너를 위해서.

왜.

너무 미안하니까.

너 없이 못 사니까. 그럼에도 너 없이 살려 했으니까.

그거.

결코 지워지지 않으니까.

세상 8진법을 다 동원해도.

신의 힘으로도.

결코.

지울 수 없는 그것.

사랑.

있었지만 없지 않았고. 항상 내 안에 남아있는 사랑. 결코 없을 수 없는 그것.
사랑. 영원한 지금. 영원해야 할 당신.

당신이 있음에, 상처받을 용기, 미움받을 각오할 수 있었고
그 자체를. 있는 그대로 늘 있기에. 내가 있을 수 있으니

당신이 있다.
당신이 옳다.
당신이 전부니. 내가 할 말 오직 하나. 모두에게 사랑받을 필요 없고
너를 위해서. 너를 사랑해. 나도 너를 사랑해야만 해. 방법이 없어.
논리가 없단 말이야. 그 어떤 논리도. 다 필요 없잖아. 그게 뭔 상
관이야.

너가 있다.

내가 없을 그날까지도.
없을 그날 지금 이 순간 없기에 내가 있을 수 있다.

규칙 없음. 그것이 바로 규칙

사랑.
어떤 규칙도 없다. 오직 있을 수 있다.

당신 그 자체로.

이 책은 당신에게 아무(나 없이) 도움이 되지 않는다.
'당신' 있기에 '나'에게 도움이 된다.

감사합니다.